폐허를 보다

이 도서의 국립중앙도서관 출판시도서목록(CIP)은 e-CIP홈페이지(http://www.nl.go.kr/ecip)와
국가자료공동목록시스템(http://www.nl.go.kr/kolisnet)에서 이용하실 수 있습니다.
(CIP제어번호:CIP2016001735)

폐허를 보다
이인휘
소설집
실천문학사

차례

알 수 없어요

모든 일은 만해마을에 들어서면서부터 일어났습니다. 당혹스러웠습니다. 하루 이틀도 아니고 한 달 가까이 예상하지 못한 일이 일어나 미칠 것 같더군요. 누구에게 함부로 말할 수 있는 이야기도 아닙니다. 사람들이 들으면 흰소리하고 자빠졌네, 하면서 웃을 얘기일 수도 있어요. 그래서 선배에게 편지를 보내봅니다.

내게 배정된 작업실은 414호실입니다. 도착하자마자 베란다 문을 열고 밖으로 나갔지요. 붉은 황토 빛깔을 입혀놓은 적송들이 쭉쭉 하늘로 치솟아 있었습니다. 우거진 숲에선 나뭇잎들이 서로를 부비며 손을 흔들었습니다. 새들도 누군가 새로 왔다고, 어떤 사람인지 궁금하다는 듯 속닥거렸습니다. 바람을 타고 어디선가 풀씨들이 날아와 마음밭에 새순을 올리고, 입가에 웃음꽃을 피웠습니다.

만해마을 창작실에는 나보다 먼저 온 문인들이 있습니다. 소설가와 시인들, 저마다 이야기 한 보따리를 가슴에 품고 들어온 사람들입니다.

나는 한 사람의 죽음에 관한 이야기를 쓰기 위해 왔습니다. 비정규직 철폐를 외치며 분신한 사람입니다. 그가 살아온 발자취를 지난겨울부터 걸었습니다. 그가 태어난 흑산도 옆 작은 섬 상태도에 가보았고, 마지막까지 활동한 목포에도 머물렀습니다. 여러 사람들도 만났습니다. 그의 가족은 물론 친구들, 같이 일한 동료들에게 많은 걸 물었습니다.

방 안에 자료를 펼쳐놓았습니다. 죽은 사람의 사진도 여기저기 눈에 띄도록 붙여놓았습니다. 그가 내 안에 들어와주기를 바라며 자료를 보고 사진을 보고 또 들여다봤습니다. 보이지가 않았습니다. 들어온 지 닷새가 지나도록 마음을 열어주지 않아 단 한 글자도 쓸 수가 없었습니다.

점심을 먹고 뜨거운 햇볕이 내리쬐는 건물 밖으로 나갔습니다. 스프링클러에서 물방울들이 튀어나와 보석처럼 반짝이며 잔디 위로 내려앉았습니다. 새벽이슬처럼 물방울들이 시원해 보였지만 마음이 어두웠습니다. 문득 만해전시관이 보여 그곳으로 들어갔습니다. 만해를 기리는 사람들의 그림과 글이 전시돼 있었습니다. 마음이 다른 곳에 가 있어 모든 게 시큰둥했습니다.

무거운 몸으로 밖으로 나왔습니다. 전시관 입구에 만해의 흉상이 있었습니다. 가만히 그의 얼굴을 들여다봤습니다. 코에서 입으로 팔자 주름이 깊게 패어 있었습니다. 이마 위에도 고뇌의 그림자처럼 주름살이 꿈틀거렸습니다. 사선으로 내리깐 눈동자와 굳게 닫힌 입술이 고집스럽게 보이더니 이내 고독하게 느껴져 동상 앞으로 한 걸음 다가섰습니다.

만해에 관해 아는 것이 별로 없습니다. 「님의 침묵」, 「알 수 없어요」라는 시편 정도를 어릴 적에 본 게 전부입니다. 오래전 일이라 시 내용도 가물가물합니다. 그런데 한순간 만해의 눈동자가 움직였습니다. 움찔했습니다. 정말로 만해의 눈동자가 살아 있는 것처럼 움직였습니다. 숙이고 있던 얼굴도 나를 향해 들어 올렸습니다. 귀신을 본 듯 눈이 크게 떠졌습니다. 만해의 눈동자가 내 눈을 또렷이 응시하고 있었습니다. 온몸에 소름이 돋았습니다. 만해의 눈에 붙잡힌 나는 그의 흉상처럼 온몸이 굳어 어떤 생각도 일지 않았습니다.

"더운데 뭐 해?"

문득 동료 문인의 소리에 고개를 돌렸습니다. 갑자기 눈부신 햇살이 쏟아졌습니다. 이맛살을 구겼습니다. 머리 한가운데에 무언가가 내리꽂힌 듯 아찔한 현기증이 일고 머릿속이 지근거렸습니다.

"글은 좀 돼가?"

"아니, 한 줄도 못 썼어."

"써야지, 여기까지 왔는데."

"그래야지……."

말꼬리를 흐리며 방으로 돌아왔습니다. 편두통이 생긴 듯, 왼쪽 머릿속이 아팠습니다. 글도 못 쓰고, 죽은 사람과 끊임없이 대화를 시도하다 보니 헛것이 뵀나 봅니다. 나는 자리를 깔고 누워 자문했습니다. 죽음을 선택한 것인가, 아니면 죽음으로 내몰린 것인가?

잠이 들었나 싶었는데 문 두드리는 소리가 들렸습니다.

"술 마시러 가자고. 여기 운곡 스님이라고 계신데 작가들끼리 인사라도 나눠야 된다며 속초로 넘어가자네."

동료 문인이었습니다.

"속초?"

"여기서 미시령으로 넘어가면 사십 분 정도밖에 안 걸려. 나와."

밖으로 나가자 문인들이 모여 있었습니다. 나를 기다리는 스님과 문인들에게 가볍게 인사를 하고 차에 올라탔습니다. 차 두 대에 여덟 명이 나눠 타고 미시령을 올랐습니다. 산은 깊었습니다. 휘뚤휘뚤 끊임없이 휘어진 산길은 인생의 먼 길처럼 보였습니다. 한낮에 겪은 만해와의 만남을 털어버리고 차창 밖에 펼쳐진 내설악을 바라봤습니다. 숲이 양털처럼 뭉실뭉실 모여서 초록 바다를 이루고 있었습니다. 훌쩍 뛰어내리면 그 위에서 통통 튈 것 같았습니다. 해가 넘어가면서 숲의 빛깔이 더욱 짙어져 평온해 보였습니다. 문득 내가 살아온 발자취 어디에 저런 평온이 있었나 싶어 쓸쓸함이 너울처럼 밀려들었습니다.

"이 선생은 무슨 생각을 그리 하십니까?"

운전대를 잡은 운곡 스님이 백미러로 쳐다봤습니다.

"풍광이 아름다워서요."

"좋은 산이죠. 금강산이 아무리 좋다 캐도 울산바위 같은 멋진 바위는 없을 겝니다."

어슴푸레한 하늘 위로 울산바위가 솟아 있었습니다. 산 위로 거대한 바위 왕국이 불쑥 치솟아 오른 듯 울산바위는 장엄했습니다. 침엽수림이 왕국을 떠받들듯 굵직굵직한 바위의 결을 따라 산 아래로 줄기차게 뿌리를 이어놓고 있었습니다. 손을 차창에 갖다 대고 초록 바다 위로 가만히 손바닥을 얹어 빗질하듯 쓸어내리며 어두운 마음의 빗장을 벗겨냈습니다.

미시령을 내려와 동명항에 도착했습니다. 바닷바람이 비릿한 생선 냄새를 풍기며 반겼습니다. 모두의 얼굴이 밝아졌습니다. 특히 머리를 박박 깎은 후배 시인의 얼굴엔 흐뭇한 미소까지 번졌습니다.

"형님, 술병 속의 술처럼 바다가 출렁거리네요."

"뛰어들지그래?"

김민형 시인이 웃었습니다. 까까머리에 갸름한 얼굴을 한 청년입니다. 그는 참 묘한 친구입니다. 늘 입가에 선한 미소를 담고 다니다가 누군가 부탁하면 달려가 돌봐줍니다. 또 아무리 우스운 일이 있어도 절대 소리를 크게 내서 웃는 법이 없습니다. 손으로 입을 가리고 웃습니다. 그는 지금 희곡 「직지심경」에 매달려 있습니다.

우리는 선착장 한 귀퉁이에 앉아 술을 시켰습니다. 오징어와 우럭, 멍게, 해삼이 대바구니에 푸짐하게 담겨 나왔습니다. 서로의 잔에 술을 따랐습니다. 운곡 스님이 인사를 건네자 교장 선생님이었다는 노시인이 반갑다고 말했습니다. 여덟 명 중에 교수 한 명, 소설가 두 명, 나머지는 모두 시인입니다.

"방구석에 박혀 글만 쓴다고 되지 않습니다. 술도 마시고 그래야 글도 써지는 법. 특히 소설가 선생들 방 안에 틀어박혀만 있지 마시고 술, 자주 많이들 마십시다."

스님의 목소리는 우렁차고 느릿느릿했습니다. 그분의 호탕한 말씀에 모두들 웃었습니다. 파도가 간간이 밀려와 술잔에 담긴 술을 흔들며 여운을 남겼습니다. 목소리들이 술에 젖어

들자 어둠 저편 오징어잡이 배가 눈부신 불빛으로 하나둘씩 나타났습니다. 어둠에 잠긴 바닷물 위에서 포구의 불빛이 출렁거렸습니다. 바람도 가끔씩 몰려와 몸에 달라붙은 술기운을 쓸어갔습니다. 어느 순간, 선착장을 가득 메운 술자리의 목소리들이 한데 어우러져 웅성거렸습니다.

"만해는 굶어 죽은 겁니다."

끼리끼리 담소하는 어수선한 목소리들 속에서 한 사람의 목소리가 또렷이 들려왔습니다. 남한에서 최초로 만해에 관한 논문을 썼다는 교수였습니다.

"만일 내가 단두대에 올라서 나라가 독립된다면 추호도 주저하지 않겠다, 라고 했거든. 오직 나라의 독립만을 염원하며 살았던 거예요. 그래서 3·1운동을 주도하고 최남선에게 독립선언문을 쓰게 한 것인데, 모두가 변절한 겁니다. 분노했죠. 그분 성품에 변절자들이 용서되겠습니까. 옥살이를 하고 나와 우연히 길거리에서 최남선과 부딪혔어요. 최남선이 인사를 하자, 대뜸 당신 나 압니까, 하고 등을 돌려버렸거든. 일본 놈들 압박이 말이 아니었지요. 끊임없이 감시하고, 만해가 움직일 수 있는 모든 고리를 잘라버렸거든요. 그래도 굴하지 않고, 민족 신문이었던 『조선일보』 지면에 글을 쓰며 생계를 이어갔는데, 그마저 폐간당했으니 먹고살 길이 막막했죠. 성품이 대쪽 같으니 누구 도움을 받는 식으론 안 되거든. 게다가 마음을 나눌 인간조차 거의 사라져버린 뒤였죠. 만해의 사인이 분명치 않지만, 영양실조로 죽었다는 믿을 만한 주장도 있어요. 그분의 죽음은 일제뿐만 아니라 민족의 반역자들, 우매한 민족에 의해 저질러졌다고 보는 겁니다."

술잔을 기울이며 그의 목소리에 매달렸습니다. 만해가 굶어 죽었다는 말이 황당하게 들렸습니다. 정말이라면 기가 막힌 일이 아닐 수 없었습니다. 우리 민족의 큰스님이었고, 나라와 중생을 위해 애쓰다가 열반에 든 걸로 알고 있었는데, 아사했다니……. 그는 만해의 이야기를 비수처럼 휘둘렀습니다.

어느 순간, 그의 목소리가 귓전에서 떠나고 내 목소리가 들려왔습니다.

'선택이었겠지. 자신이 옳다고 믿는 신념에 대한, 꺾을 수 없는 선택이었겠지.'

문득 죽음도 선택할 수 있다는 당연한 생의 이치를 새롭게 깨달은 것처럼 이용석의 모습이 떠올랐습니다. 그도 우리 사회가 죽인 것이리라. 문득 이용석의 고향 상태도가 떠올랐습니다. 흑산도에서 삼십 분이나 더 여객선을 타고 들어가야 하는 작은 섬이 술잔 부딪치는 포구의 불빛 속에서 연기처럼 가물가물 피어올랐습니다.

전기도 없는 곳에서 오직 하늘과 바람과 구름과 별과 바다를 보고 자라난 아이가 초등학교 2학년 때 목포로 전학을 가면서 처음으로 육지를 만납니다. 항구에 배가 들어서면서 아이의 눈에 비친 것은 육지의 불빛이었습니다. 하늘의 별빛보다도 더 휘황찬란한 불빛 바다를 아이는 넋을 잃고 경이롭게 쳐다봤을 겁니다.

"이 선생, 혼자 마시지 말고 같이 마십시다."

운곡 스님이 웃음 주름을 달고 가만히 쳐다봤습니다. 겸연쩍어 생각을 접고 내 잔을 스님 잔에 부딪쳤습니다.

"술도 많이 마시려면 건강해야 합니다. 살진 사람들은 절대 술을 많이 못 마시지요. 고은, 신경림 선생 같은 분들 보세요. 그분들은 배가 없어요. 비쩍 말랐는데도 젊은 사람들보다 술이 셉니다. 이 선생도 여기 계시는 동안 산을 자주 들락날락하시는 게 좋을 겝니다."

스님이 설악산을 말했습니다. 그분이 오르고 내렸던 설악의 길을 말하고, 만해 선사가 산책하던 길도 말했습니다. 스님의 이야기를 듣고 있자니 왠지 내가 못나 보였습니다. 노동운동을 한다고 구로동 주변을 이십오 년 넘게 서성거렸습니다. 돌아보면 우리 산천 어느 곳 하나 제대로 아는 곳이 없습니다. 오직 일 관계로 여기저기 떠돌거나 공장 지대의 어두운 하늘만 보았을 뿐입니다. 물론 그 길을 걸은 것을 후회하지 않습니다. 다만 설악산을 한 번도 오르지 못한 것과 만해의 의연한 삶과 처참한 죽음을 몰랐다는 사실에 그동안 내 세계에 갇혀 다른 것들을 놓치고 살지 않았나 싶어 까닭 모를 부끄러움이 일었습니다.

다음 날 아침 눈을 떴을 때 설악산을 오르고 싶었습니다. 산에 왔으니 산에 오르는 것은 당연할 것입니다. 하지만 나는 자타가 공인하는 계곡파입니다. 여럿이 산에 가도 늘 계곡에 남아 술 마시며 짐 지키는 일을 택했고, 산을 올라 다른 계곡으로 내려온다고 하면 아예 빠지거나 같이 간 사람들이 내려올 계곡에 미리 진을 치고 술을 마셨습니다. 그런 내가 산에 오르고 싶다는 생각이 들자 신통했습니다.

아침을 먹자마자 구두를 신고 십이선녀탕으로 향했습니다. 눈부신 햇살이 몇 굽이 산을 넘어 점점 선녀탕 아래로 내려왔습니다. 산에서 불어오는 바람도 흥흥거려 가벼운 마음으로 오르기 시작했습니다.

물이 참 맑았습니다. 물소리도 힘찼습니다. 새들이 지저귀고, 햇살이 나뭇잎 사이에서 반짝반짝 찰랑거렸습니다. 수많은 사람들이 올랐을 길 가에 있는 나무의 뿌리들이 썩은 빛깔로 죽어 있기도 했습니다. 비탈길에 있는 어떤 나무는 사람들에게 얼마나 손을 내줬는지 닳아서 반들거렸습니다.

나를 짓누르던 무거운 생각들을 설악산에 풀어버리고 싶었습니다. 그러나 많은 생각들이 뒤엉킨 뱀처럼 꿈틀거렸습니다. 생각의 끈을 놓고 마음을 텅 비워버리고 싶은데 미로 같은 길만 늘어났습니다. 그런 생각들이 싫어 빠르게 걸었습니다. 몸에서 열이 나고 이마에 땀이 맺히고 땀방울이 눈썹 끝에서 뚝뚝 떨어졌습니다.

더운 열기가 목울대를 타고 올라와 입 밖으로 새어 나왔습니다. 몸은 불에 달군 듯 뜨거웠습니다. 다리를 건너고 계단을 밟고 비탈길을 올랐습니다. 구두는 흙으로 뒤덮이고 윗도리는 흥건히 젖었습니다. 머리카락 한 올 한 올을 타고 땀이 흘러내려 눈앞을 가렸습니다. 손으로 땀을 털어내며 쉬지 않고 오르던 어느 순간 크렁크렁 물 떨어지는 소리가 들렸습니다. 폭포였습니다. 하얀 물기둥이 큰 바위 위에서 쏜살같이 떨어져 내리고 있었습니다. 폭포는 제 몸을 부수며 물보라를 날렸습니다. 안개비처럼 물 알갱이들이 내 몸을 덮쳤습니다. 끊임없이 파문을 일으키는 웅덩이를 바라보다가 옷을 벗었습니다. 너럭바위 위에 옷과 신발을 올려놓고 웅덩이로 향했습니다. 수천 년을 물과 장난치며 반질반질해진 바위와 조약돌을 밟고 물속으로 뛰어들었습니다.

몸이 차가운 기운에 휩싸이자 악 소리가 저절로 나왔습니다. 물 밖으로 고개를 내밀어 고함을 질렀습니다. 온힘을 다해 소리쳤지만 숲은 고요히 소리를 산자락에 덮어버렸습니다. 다시 물속으로 자맥질했습니다. 떨어져 내리는 물기둥이 유리 조각처럼 몸을 쑤셔댔습니다. 도망치듯 물 밖으로 빠져나와 양손으로 가슴을 싸안고 쭈그려 앉았습니다. 따뜻한 햇살이 등짝으로 내려앉아 쓰다듬었습니다. 햇살이 고마워 고개를 들었습니다. 빽빽이 들어찬 숲 사이로 하늘이 눈부시게 푸르렀습니다. 푸르름에 눈이 시려 눈물이 고였습니다. 슬픔이 가시처럼 살갗을 뚫고 올라왔습니다. 통곡이 폭포 소리와 함께 산을 흔들어댔습니다.

무엇 때문에 울었는지 모릅니다. 눈물이 멈추자 마음이 시원했습니다.

'날개 달린 물고기.'

오래전 잠결에 눈을 떴을 때 느닷없이 '날개 달린 물고기'라는 말이 떠올랐습니다. 상태도에서 본 숭어 떼가 아른거렸습니다. 햇빛 짱짱한 오후에 선착장으로 몰려든 숭어 떼는 그들만의 잔치를 벌였습니다. 작은 것은 작은 것끼리 몰려다니고, 몸집이 큰 늙은 숭어는 한가롭게 작은 숭어들 곁을 맴돌았습니다. 중간 크기의 숭어들은 날아가고 싶다는 듯 허공으로 뛰어오르다 자맥질하곤 했습니다.

수면을 박차고 올라온 숭어에게 날개를 달아주고 싶었습니다. 육지 세계를 동경하던 아이의 꿈속에 날개 달린 거대한 숭어가 나타나 하늘 위로 비상하는 겁니다. 아이는 책 속에서 본 백화점도 가보고, 엘리베이터도 타보고, 불빛 빌딩숲을 날다가 자동차의 긴 행렬을 보며 감탄사를 연발합니다. 꿈속에서 세상의 광활함과 신기한 것들을 보면서 육지로 떠날 날을 기다립니다.

마침내 열네 시간 동안 통통배를 타고 목포에 도착해서 불빛 바다를 봅니다. 생전 처음 도시가 뿜어내는 불빛을 신비롭게 바라보며 꿈을 품습니다. 하지만 아이는 육지에 발을 내디딘 순간 끝없는 경쟁과 살아남기 위한 생존의 법칙 속에 들어선 것을 알 턱이 없습니다.

아이가 성장합니다. 학교에선 섬에서 온 촌놈이라는 표지를 이마에 새기고 외롭게 성장합니다. 힘들고 어려운 시절을 이겨내며 청년으로 자라 좋은 대학을 졸업합니다. 세상은 더욱 표독스럽게 이빨을 드러내고 청년을 물어뜯습니다.

방황과 좌절을 겪다가 청년이 들어간 곳은 공기업 임시직입니다. 성실함을 생활신조로 삼은 청년은 열심히 일합니다. 그의 노력은 지극해서 같이 일하는 정규직은 물론 관리자들까지도 감동시켜, 일 년 후 전 사원의 적극적인 추천을 받고 비정규직이 됩니다.

그는 늘 웃는 사람이었습니다. 어려움 속에서도 가난한 산동네 아이들을 위해 공부방을 만들었습니다. 직장에서 일이 끝나면 공부방으로 달려가 아이들에게 희망을 심어줬습니다. 몸이 힘들어도 불평하거나 수업을 빠뜨린 적이 없습니다. 그렇게 삼 개월마다 비정규직 계약을 체결해가며 삼 년을 공기업 직원으로 일했습니다.

겉으로 드러내진 않았지만 가슴은 까맣게 탔습니다. 공기업은 비정규직을 정규직으로 전환시키지 않고 더욱 더 많은 비정규직을 끌어들였습니다. 정규직과 똑같이 일하면서도 정규직 임금의 절반을 받았고, 모든 수당과 혜택은 없었습니다. 게다가 언제라도 삼 개월간의 계약을 끝으로 잘릴 수 있었습니다. 비인간적인 행태라고 여겼지만 어찌해볼 도리가 없었습니다. 그러던 어느 날 비정규직 노동조합이 불쑥 눈앞에 나타납니다. 회사가 부당하다고 느낀 비정규 직원들이 은밀히 노동조합을 만든 겁니다. 그들은 환호하며 90프로 이상 노동조합에 가입했습니다.

모두들 기뻐했지만 노동조합을 처음 접하는 비정규 직원들은 선뜻 나서기를 주저했습니다. 잘못하면 비정규직이라는 자리마저 잃게 될까 두려웠던 겁니다. 그때 이용석이 나섰습니다. 광주지부장을 자청했고, 회사에 맞서 협상 테이블로 나선 겁니다. 회사는 조합원이 천여 명이나 되는 비정규직 노동조합을 인정하지 않았습니다. 공기업의 대표가 협상에 나오지 않으면서 단체협약은 사 개월 동안 결렬됐습니다. 무언가 좀 더 나아질 거라고 기대했던 조합원들은 공기업의 거대한 벽을 느끼며 시들해졌습니다.

어떤 결단이 필요했습니다. 그들은 마침내 파업을 결정했고, 이용석은 누구보다 앞서서 조합원의 동참을 호소했습니다. 그들은 한국노총과 민주노총의 비정규직 철폐 대회와 연계시켜 파업 날짜를 정하고 준비를 서둘렀습니다. 하지만 정부와 공기업은 탄압으로 맞섰고, 조합원들은 두려움에 덜미가 잡혀 노동조합을 이탈했습니다.

이용석은 불면의 나날 속에서 수없이 자신에게 '생의 진실'에 대해 묻고 또 물었습니다. 삶과 죽음의 가치에 대해서 물었고, 어머니와 가족들을 떠올리며 살아온 발자취도 되돌아봤습니다. 그리고 양대 노총의 비정규직 차별 철폐 대회에서 외쳤습니다. 그의 목소리는 불꽃이었습니다.

"비정규직에 대한 차별을 철폐하라!"

그가 세상에 남긴 마지막 목소리입니다. 그리고 가족들은 그가 남겨놓은 노트북에서 유지를 찾아내고 오열했습니다.

내 생애의 빛은 공부방 아이들이었습니다.
어려운 환경 속에서도 희망을 잃지 않고 살아가는 그 아이들은 내 삶의 스승이자 등대였습니다.
내 어두운 미래와 긴 터널 속에서 나를 빛으로 깨운 나의 동반자였습니다.

참여하지 않는 조합원, 깨어나지 않는 조합원들에게 몸으로 깨닫게 해주고 싶었습니다.

그들의 몫을 제가 다하고자 합니다.

섬에서 어머니가 오신다는 말을 듣고도 차마 얼굴을 뵐 수가 없어 찾아뵙지 않았음을 용서하십시오.

이용석은 어머니를 만나면 긴 시간 동안 갈등과 번민 속에서 내린 결단이 흔들릴 것이라고 판단한 겁니다.

'날개 달린 물고기'라는 제목과 함께 이용석의 전 생애가 어렴풋이 떠올랐습니다. 그의 생애는 바로 결단이었고, 선택이었습니다. 만해 한용운이 자신의 생을 결정하고 민족과 중생을 위해 온몸을 던진 것처럼 이용석 역시 삶과 죽음을 모두 끌어안은 것입니다.

만해의 눈빛이 시퍼렇게 살아서 내 몸을 꿰뚫는 듯했습니다. 분노와 고독과 슬픔에 젖은 그 눈빛이 무엇을 말하는지 아직 알 수 없습니다. 눈빛을 떠올리자 많은 사람들의 이름이 되살아났습니다. 전태일, 박영진, 윤상원을 비롯해 살아 있는 사람들의 더 나은 삶을 위해 스스로 목숨을 하늘로 올린 죽은 이들이 떠올랐습니다. 생을 결단할 수 있었던 사람만이 죽음을 결단할 수 있구나 싶었습니다.

문장은 마음이라고, 그의 생을 한 올 한 올 풀어봤습니다.

날개 달린 물고기를 타고 상태도로 날아갔습니다. 해와 바람이 놀다가 어두워지면 별이 떠올라 드넓은 지붕처럼 펼쳐지는 그곳에서 그의 영혼을 찾아 나섰습니다. 그의 죽음이 어떤 의미로 되돌아올지 모르고 길을 따라 나섰습니다.

물속에서 나와 바위에 쭈그려 앉아 계곡 위를 올려다봤을 때 햇살을 받은 나뭇잎들이 연초록빛으로 팔랑거렸습니다. 언제 어떻게 내려와 계곡의 물속에 몸을 뉘었는지 모를 바위들 사이로 맑은 물이 시원스럽게 흘러내렸습니다. 계곡을 타고 내려온 숲의 향기가 그윽했습니다. 옷을 입으려고 고개를 숙이는데 바위 밑 물속에 검게 반짝이는 돌이 보였습니다. 묘한 기분에 휩싸여 돌을 집어 들었습니다. 힘껏 뽑아 올려 물을 털어내자 돌이 검은 윤기를 뿜어냈습니다.

"내 마음의 설악산."

돌을 꺼내 들자 그 말이 저절로 흘러나왔습니다. 산의 형상을 똑 닮은, 책 크기만 한 돌이 각진 곳 하나 없이 반질거렸습니다. 돌을 쓰다듬었습니다. 부드러운 숨결이 묻어나 기뻤습니다. 옷을 입고 양손으로 돌을 업고 산을 내려왔습니다.

십이선녀탕에서 만해마을로 걸어오다 보면 소나무 숲이 펼쳐져 있습니다. 김민형 시인이 숲 사이를 걷고 있었습니다. 사흘 전부터 직지를 찾는다며 술에 빠져 있다가 취해 쓰러져 자고 나면 다시 술을 찾았습니다.

"차라리 백담사에 주저앉지그래?"

문인들이 한마디씩 웃음을 던졌습니다. 그럴 때마다 그 친구는 빙긋이 웃으며 "정말 그럴까요?"라고 화답했습니다. 그에게 내 마음의 설악산을 보여주고 싶었으나 방해하기 싫어 지나쳤습니다. 직지를 찾아가는 길이 어쩌면 자신의 생을 찾는 방편일지도 모른다는 생각이 들었습니다.

그런데 '곧게 가리킨다'라는 의미의 그 '직지'(直指)라는 게 정말 가능한 것일까요? 내 친구 안재성은 70년대 노동운동사를 정리하면서 심한 회의에 부딪혀 화를 낸 적이 있습니다. 사람들을 만나 인터뷰하다 보면, 모두들 자신의 자랑거리를 늘어놓기에 급급하다고 했습니다. 함께 도모한 사건을 놓고 삼십 년이 지난 지금까지도 서로 다르게 주장한다고 합니다. 더 심한 경우, 같은 단체에 있었으면서도 서로가 사건을 주도했다며 상대편의 활동을 폄하하는 것을 볼 때면 맥이 풀린다고 했습니다.

허망한 그의 웃음을 이해할 수 있었습니다. 그는 한때 도덕적 기치를 높이 들고 군사독재가 지배하는 우리 사회를 혁명으로 바꾸기 위해 노동운동에 뛰어든 사람입니다. 광주항쟁 때 지독한 고문을 받아 한쪽 귀가 들리지 않습니다. 그 바람에 국가유공자가 되었지요. 그런 그가 사람들의 허위 의식이 만들어내는 욕심의 목소리를 모를 리 없습니다.

나 역시 구로공단을 맴돌며 그런 모습을 많이 보았습니다. 세월이 흘러갈수록 이 세상을 아름답게 만들고자 했던 정의로움은 사라지고 있습니다. 많은 사람들이 목청을 높여 그럴듯한 이야기를 주장하지만 개인의 사심과 욕심으로 가득 찬 모습을 보기도 합니다. 이 참담한 사회 속에서 개인과 집단의 탐욕적 이기주의로 오염되는 운동권을 들여다보는 것은 쓸쓸한 일이 아닐 수 없습니다.

하긴 나를 들여다봐도 끔찍합니다. 밖으로 드러날까 봐 부끄러움을 감추고 있는 내 모습이 보입니다. 싫지만 생각들은 멈추지 않습니다. 가슴을 쿡쿡 찔러대는 기억을 안고 방으로 들어와 문을 잠갔습니다.

일주일쯤 지나자 교장 출신 노시인이 만해마을을 떠나면서 이별주 자리를 만들었습니다. 그 술자리에서 또다시 만해에 관한 이야기를 들었습니다. 강원도의 이름난 기생과 연애했다는 것이었습니다. 눈물겹도록 아름다운 여인과 사랑을 나누며 시 「님의 침묵」이 써졌다고 합니다. 그에 대해 의견이 분분합니다. 「님의 침묵」은 연애시일 뿐이라는 이도 있고, 인간이 범접할 수 없는 신의 세계에 관한 통찰이라는 사람도 있습니다.

이상하게도 만해의 이야기만 들으면 내 귀가 진돗개 귀처럼 쫑긋 섭니다. 그러다가 한순간 만해의 눈빛이 몸속까지 파고드는 듯합니다. 술잔을 기울이며 만해 얼굴을 주름살 하나까지 놓치지 않고 그려보았습니다.

노시인이 떠나고 장마가 시작됐습니다. 전날 밤 장마를 예고하듯 만해마을 앞뜨락에서 개구리들이 일제히 비명을 질러댔습니다. 발정 난 고양이 같은 소리가 싫어 베란다 유리창을 물샐틈없이 닫아걸었습니다. 하지만 어디선가 들려오는 기괴한 울음소리가 유리창을 흔들어댔습니다. 한순간 개구리 소리가 뚝 멈췄습니다. 죽음을 목전에 둔 거대한 짐승이 최후의 발악을 하는 듯한 소리가 설악산을 쩌렁쩌렁 울려댔습니다. 섬뜩한 소리에 글쓰기를 멈추고 창밖을 내다보았습니다. 설악산이 칠흑 속에 갇혀 있었습니다. 어둠을 찢어대는 그 괴기스러운 비명은 일 분 정도 계속됐습니다. 그리고 다시 만해의 눈빛이 떠올랐습니다. 나는 만해의 눈빛과 머릿속을 파고든 그 기괴한 소리에 사로잡혀 새벽이 파랗게 일어날 때까지 몸을 뒤척거렸습니다.

한 사흘 정도 비가 퍼붓고 멈춘 어느 날 전국 자활 단체의 일꾼들이 수련회를 하기 위해 만해마을로 몰려들었습니다. 여름철이 되자 여러 단체에서 만해마을로 들어오는 경우가 많아졌습니다. 조용하던 산에 사람들의 목소리가 뒤덮이면서 새들은 어디론가 사라져버렸습니다.

물을 뜨기 위해 밤늦게 로비로 내려갔습니다. 식당에서 물을 받아 나오는데 누군가가 뒤에서 내 어깨를 잡았습니다. 혜련이었습니다. 아마, 선배도 아는 친구지요. 서울여성노동자회에서 자활 센터의 일을 하는 그녀를 보자 기쁨이 남달랐습니다. 일차 워크숍이 끝나고 술추렴을 하던 그녀는 같이 온 일꾼 두 명과 함께 술과 안주를 들고 내 방을 찾아왔습니다.

혜련은 열다섯 살 때부터 아버지가 하는 노점상을 도와주다가 공장에 들어간 친구입니다. 그녀의 얼굴 광대뼈에는 억척스러움과 강인함이 반짝거립니다. 어릴 적부터 옳다고 생각하면 생각을 꺾지 않는 당찬 아이였습니다.

그녀가 공장에서 노동조합에 눈을 뜬 것은 필연일 겁니다. 노동조합이라는 것을 알았을 때 온몸에 열꽃이 피면서 자신의 길이라고 확신했답니다. 1985년 6월 남한 최초의 구로동맹파업이 일어났을 때, 군사정권의 잔혹한 탄압을 뚫고 가리봉전자 파업을 주도한 여인이 그녀입니다. 오랜만에 외딴 곳에서 반가운 이들을 만나 기분 좋게 술에 취해 잠이 들었습니다.

다음 날 비가 내렸습니다. 자활 단체는 백담사 등반을 하고 떠날 예정이었지만 비가 오자 모든 것이 취소되고 다들 끌고 온 차를 타고 뿔뿔이 흩어졌습니다. 혜련은 백담사도 못 보고 가는 걸 서운해했습니다. 나는 즉시 그녀와 동행을 차에 태워 백담사로 향했습니다.

비가 추적추적 내렸지만 모두들 즐거워했습니다. 비에 젖은 산도 안개구름을 산중턱까지 끌고 와 멋을 부렸습니다. 그녀들은 사진을 찍으며 깔깔거렸습니다. 마음이 환하게 열린 그녀들에게는 보이는 모든 것이 아름다웠을 겁니다.

그녀들을 끌고 산사로 들어섰습니다. 절 안에는 사람들이 드문드문 보였습니다. 일주문을 지나 백담사 안에 첫발을 내디뎠을 때 제일 먼저 보인 것이 만해를 기리는 시비였습니다.

나는 나룻배
당신은 행인.

당신은 흙발로 나를 짓밟습니다.
나는 당신을 안고 물을 건너갑니다.
나는 당신을 안으면 깊으나 옅으나 급한 여울이나 건너갑니다.

만일 당신이 아니 오시면 나는 바람을 쐬고 눈비를 맞으며 밤에서 낮까지 당신을 기다리고 있습니다.
당신은 물만 건너면 나를 돌아보지도 않고 가십니다그려.
그러나 당신이 언제든지 오실 줄만은 알아요.
나는 당신을 기다리면서 날마다 날마다 낡아갑니다.

나는 나룻배
당신은 행인.

시 속에서 중생들을 위한 만해의 가없는 마음을 엿볼 수 있습니다. 부처의 마음과 닮은 그의 마음을 푸른 하늘처럼 바라보면서 만해기념관으로 향했습니다. 기념관 안에서는 나이 든 보살 아주머니가 넉넉한 웃음으로 우리를 반겼습니다. 백담사의 옛 정경이 담긴 사진과 함께 시「님의 침묵」이 멋진 필체로 걸려 있었습니다. 그중에도 나를 강력하게 끌어당긴 것은 만해의 시「알 수 없어요」였습니다.

> 바람도 없는 공중에 수직의 파문을 내이며 고요히 떨어지는 오동잎은 누구의 발자취입니까.
> 지리한 장마 끝에 서풍에 몰려가는 무서운 검은 구름의 터진 틈으로 언뜻언뜻 보이는 푸른 하늘은 누구의 얼굴입니까.
> 꽃도 없는 깊은 나무에 푸른 이끼를 거쳐서 옛 탑 위에 고요한 하늘을 스치는 알 수 없는 향기는 누구의 입김입니까.
> 근원은 알지도 못할 곳에서 나서 돌부리를 울리고 가늘게 흐르는 작은 시내는 구비구비 누구의 노래입니까.
> 연꽃 같은 발꿈치로 가이없는 바다를 밟고 옥 같은 손으로 끝없는 하늘을 만지면서 떨어지는 해를 곱게 단장하는 저녁놀은 누구의 시(詩)입니까.
> 타고 남은 재가 다시 기름이 됩니다. 그칠 줄을 모르고 타는 나의 가슴은 누구의 밤을 지키는 약한 등불입니까.

묵묵히 가슴으로 시를 읽어내리자 한마디 한마디가 파문을 일으키며 온몸에 기름을 붓고 불을 당겼습니다. 손끝, 발끝, 머리끝까지 열기가 몰려들어 몸이 터질 것 같았습니다. 찌릿찌릿 뜨거운 전율이 팽팽해지자 열기를 토해내지 않을 수 없어 몸이 입을 열었습니다. 주변을 아랑곳하지 않고「알 수 없어요」를 큰 소리로 낭독하기 시작했습니다. 왜 그랬는지 모르겠습니다. 그냥 '바람도 없는 공중에 수직의 파문을 내이며', 라고 읽자 온몸에서 일렁이는 불길이 걷잡을 수 없이 정신을 혼미하게 만들었습니다. 나는 신들린 사람처럼 액자 앞을 서성거리며 글자 하나하나를 눈동자에 붙잡고 방언을 뇌까리듯 시를 노래했습니다. 이마에서 땀이 흐르고 온몸을 태울 듯 열기가 터져 나왔습니다.

몸이 허공에 둥둥 떠 있는 듯했습니다. 내 몸이 어디론가 사라졌다가 족자 앞에 다시 나타나는 것을 어렴풋이 느꼈지만 통제할 수 없었습니다. 바람이 미친 듯이 불었다가, 정적으로 내려앉고, 고요함 속에 잠들었던 나무들이 폭풍우에 뿌리째 뽑혀 날아갈 듯이 나뭇가지들을 흔들어대는 풍경 속으로 곤두박질치곤 했습니다.

시를 다 읽고 나니 허공을 하염없이 떠돌다 땅 위로 내려선 기분이었습니다. 붉게 충혈된 눈을 족자에서 거두고 돌아섰습니다. 혜련과 일꾼들이 족자에 시선을 매달고 있었습니다. 부끄러움이 밀려왔습니다. 사람들 앞에서 연설도 못하는 내가 울부짖듯이 시를 낭송했다는 사실이 믿기지 않아 겸연쩍었습니다.

"형, 좋은 글 많이 써."

혜련이 떠나기 전에 내 손을 잡았습니다. 한 번도 느껴보지 못한 그녀의 손길이 부드럽고 따뜻했습니다. 어느새 그녀의 얼굴도 세월의 흔적을 쌓고 있었습니다. 입가에 주름이 잡히고 눈가에 고된 시간의 무게를 매달고 있었습니다. 보기 좋았습니다. 투박하고 강렬하게만 보이던 느낌이 훈훈하게 다가와 내 눈이 다 선해졌습니다.

그녀를 보내고 만해마을 전시관으로 발길을 돌려 『한용운 시선집』을 사서 방으로 돌아왔습니다. 첫 장을 넘기니 한용운의 서문, '군말'에서 한 구절이 눈에 띄었습니다.

> 연애가 자유라면 님도 자유일 것이다. 그러나 너희는 이름 좋은 자유에 알뜰한 구속을 받지 않느냐. 너에게도 님이 있느냐. 있다면 님이 아니라 너의 그림자이니라.

혜련이 떠나고 비가 계속 내렸습니다. 백담사 계곡은 물소리로 우렁찼습니다. 먹장구름이 바람을 타고 꾸역꾸역 몰려와 산봉우리를 짓눌렀습니다. 바람의 분노에 발가벗겨진 숲이 아우성쳤습니다. 햇빛을 쓸어버리고 어둠이 차지한 설악산에 빗소리만 가득했습니다.

이틀 후 햇살이 구름 사이로 언뜻언뜻 내비쳤습니다. 심란해 보이던 문인들의 얼굴에도 화색이 돌았습니다. 베란다의 빨래들이 나부꼈습니다. 바람의 시련을 견뎌낸 설악산도 눈부셨습니다. 새들이 지저귀고, 나뭇잎들이 정갈한 웃음소리를 흘려보냈습니다.

"짜장면 먹으러 갑시다."

동료 문인이 원통에 나갔다가 기막히게 맛있는 짜장면집을 발견했다고 했습니다. 세상에 태어나 그렇게 맛있는 짜장면은 처음이라고 했습니다. 그 후 김민형 시인이 그 집에 갔다가 와서 까무러치는 맛이라고 한술 더 떴습니다. 말이 돌자 운곡 스님이 당장 가자고 나섰습니다.

네 사람이 따라나섰습니다. 스님이 차를 몰고 원통으로 달렸습니다. 맑고 상쾌한 바람이 물기 먹은 나무들로부터 흘러나와 생기를 부어주고 날아갔습니다. 승용차는 단숨에 원통으로 들어가 중국집 앞에 섰습니다. 내가 먼저 '산천'이라는 중국집으로 들어섰습니다. 중국집에 들어서자 벽지가 갈기갈기 찢어진 것이 풀 냄새가 진동했습니다.

"주인장! 주인장!"

주인은 보이지 않고 주방 쪽에서 내부 수리 중이라 장사를 안 한다는 대답이 들려왔습니다.

"스님, 중국집이 안 하네요. 가는 날이 장날이라고 내부 수리 중이랍니다."

"그래요? 아주 잘됐군요. 매일 풀만 먹는데 고기나 먹으러 갑시다."

스님은 껄껄거리며 웃었습니다.

우리는 손님 하나 없는 한적한 돼지갈비집으로 들어가 술을 시켰습니다. 숯불과 고기가 들어오고 불판이 올려지자 스님이 집게로 척척 불판 위에 고기를 올렸습니다. 고기 굽는 냄새가 진동하자 술잔이 돌았습니다. 다음 날 서울로 올라갈 일이 있어서 술을 마시지 말자고 다짐했지만 허사였습니다.

백주 대낮에 먹는 술맛이 그리 좋을 수 없었습니다. 술기운이 목울대를 저릿 적시면서 순식간에 온몸으로 스며들었습니다. 김민형 시인이 슬그머니 일어나더니 운곡 스님을 위해 시 한 수 쳤습니다.

그대는 억겁 세월 어디선가 또 만 리는 떨어진 곳에서
문득 나와 접혀 이곳에 떨어졌나요
그 짧은 비행을 위해 아득한 시간과 거리를 접어
그대와 나 잡은 손을 놓지 않고 왔겠지요
잘 날아왔습니다 고맙습니다

이슬 내리고 바람 불고 개구리 우는 밤을 지나
그대와 내가 펼쳐진 세상에서 서로 다르게 늙어갑니다
다시 만나려면 사랑의 일로도 어림없겠지만
그대가 있어 종이 위에 시 한 줄 적어놓습니다

시의 그림자 속에 김민형 시인의 마음이 비처럼 흘렀습니다. 그는 그날 이후 사랑의 일로도 어림없는 세계를 관통해 스님의 길로 접어들었습니다. 인생이란 참 묘합니다. 어떤 인연이 수많은 만남 중에 그를 운곡 스님과 만나게 한 걸까요. 백담사에서 시작된 물이 술집 뒤 개천으로 이어져 철철 소리를 지르며 흥겹게 흘러갔습니다. 소주의 독한 맛이 물소리에 씻겨버렸는지 샘물처럼 상쾌해 척척 입에 감겨들었습니다.

"이상하게도 요즘 내 머릿속은 온통 만해로 들어차 있어요. 할 수만 있다면 그분에 대한 글을 써봤으면 하는 생각이 드네요."

술기운이 거나해져 만해를 불러냈습니다.

"쓰세요. 글이란 가슴에 차오를 때 써야 제맛이 나지요."

스님의 말씀에 기분이 좋아졌습니다. 고개를 끄덕거리며 콧노래를 흥얼거리다가 흥에 겨워 〈동행〉이라는 노래까지 불렀습니다. 그러자 후배가 〈감자꽃〉으로 분위기를 이어갔습니다.

시와 노래와 구수한 농이 고기보다 더 푸짐한 안주가 되었습니다. 우리는 그곳에서 소주 여덟 병을 비우고 만해마을 입구에 있는 가겟집에서 막걸리로 입가심하며 기분 좋은 트림을 터뜨렸습니다.

모두들 좋은 글 쓰라고 격려하며 작업실로 흩어졌습니다. 술이 목구멍까지 찼지만 더 필요했습니다. 결국 소주를 사서 갖고 와 다시 술잔을 기울였습니다. 그러다가 홀연히 뇌리에 시 한 수가 스쳤습니다.

> 한밤중에 산에 오르면 소리만 있다
> 벌레 한 마리 서슴지 않고 죽이는 너
> 한 줄기 물소리에도 옴짝달싹 못하는구나

술김에 나오는 대로 지껄이다가 쓰러져 잤습니다.

으슬으슬 바람 소리에 잠이 깼습니다. 무거운 눈꺼풀을 걷어내고 사방을 둘러보았지만 어둠뿐이었습니다. 머리맡에 놓인 물병을 집어 들어 물을 들이켰습니다. 부처님 오신 날을 기념해 법당 현판 위에 묶어놓은 오색 띠가 바람을 따라 요란을 피웠습니다. 담배 한 개비를 태우고 나서 다시 누웠습니다.

바람 소리가 멀어져가고 법당의 띠 소리도 멀어져갔습니다.

갑자기 누군가가 내 손목을 꽉 움켜잡았습니다.

"만해 선사에게 갑시다."

운곡 스님이었습니다. 스님은 상기된 얼굴로 나를 들여다보았습니다.

"이 선생이 쓴 책에 사인을 해 가지고 갑시다."

운곡 스님의 말을 따라 내가 쓴 장편소설 『내 생의 적들』을 펼쳤습니다. 그러곤 무심코 하얀 여백 위에 딱 한 문장을 썼습니다.

'법당은 무사다.'

글을 쓴 순간 눈이 번쩍 떠졌습니다. 꿈이었습니다. 유리창 밖이 시퍼렇게 살아나는 것을 보고 일어나 앉았습니다. 너무나 생생하게 남아 있는 꿈이 심상치 않았습니다. 벌떡 일어나 펜을 찾아 꿈이 달아나지 못하게 글로 적었습니다. '법당은 무사다'에 마침표를 딱 찍으면서 고개를 든 순간 느닷없이 창밖에서 까마귀가 '까악!' 비명을 질러댔습니다. 베란다 유리창 바로 밑에서 까마귀가 사선으로 날아오르며 설악산으로 비상했습니다. 그 모습이 나를 경악케 했습니다.

'길조냐, 흉조냐!'

푸르스름한 빛을 거스르며 한없이 날아오르는 까마귀를 보면서 옴짝달싹할 수 없었습니다. 입술이 닫히고 두 눈은 까마귀 소리로 떨고 있는 설악산에 갇혀버렸습니다. 그 짧은 시간 동안 일어난 모든 일이 놀라움과 경이로움으로 다가와 창밖을 응시하며 서 있었습니다.

선배, 두렵기도 하고 기이하기도 한 이 일들을 어떻게 설명할 수 있을까요?

머리가 욱신거려 이불 위로 쓰러졌습니다. 그러자 육체와 정신이 땅 밑으로 빨려들었습니다. 무서워 다시 일어났지요. 정신을 차려야 했습니다. 욕조에 뜨거운 물을 받고 들어갔습니다. 가슴이 여전히 두근거렸고, 어젯밤에 먹은 술기운이 모두 올라와 온몸을 달궜습니다.

'법당은 무사다.'

눈을 감고 수없이 되뇌어보았지만 무슨 뜻인지 알 수가 없었습니다. 무슨 계시처럼 여겨졌지만 알아챌 수가 없었습니다. 오래전『삶이 보이는 창』이라는 잡지 제호를 만들 때도 그랬습니다. 그때도 새벽에 깼다가 다시 잠이 들었을 때 손에 책을 쥐고 있었습니다. 그 책 제목이 '삶이 보이는 창'이어서 사람들에게 제안했더니 모두들 좋다고 했습니다.

생각이 꼬리를 물고 미로를 달리자 숨이 찼습니다. 마음을 진정시키려고 숨을 들이마셨다가 길게 내뱉는 호흡도 했습니다. 그러다가 설핏 잠이 들었는데 문 두드리는 소리가 들렸습니다. 운곡 스님이 아침 공양 가자는 신호였습니다.

욕조에서 나와 방 한가운데에 앉았습니다. 설악산이 초록빛 선명한 모습으로 나를 바라보았습니다. 숲 속의 나뭇잎들이 너울너울 손짓하며 바람을 일으켰습니다. 수상했습니다. 나뭇잎들도 내게 무슨 신호를 보내는 것 같았습니다. 고개를 숙이고 눈을 감았습니다. 그러자 내 안에 숨어 있던 만해의 눈이 어둠 속에서 나를 쳐다보았습니다.

'당신을 쓸까요? 부끄러운 내가 죽은 사람의 이야기를 쓰고자 했던 오만함을 꾸짖고 싶은 건가요? 도대체 무슨 말씀을 하고 싶은 건가요?'

눈을 뜨고 설악산을 바라봤습니다. 만해를 쓰고 싶다는 생각이 바람결에 휩쓸리는 나뭇잎처럼 내 마음을 훑고 지나갔습니다. 정말 만해가 쓰고 싶었습니다. 돌아보면 내게 벌어진 모든 일들이 만해와 얽혀 있음을 강렬하게 느낄 수 있었습니다.

하지만 자신이 없었습니다. 만해에 대해 아는 것이 없고 만해의 삶을 제대로 그려낼 능력도 없었습니다. 게다가 지금은 이용석의 이야기를 쓰고 있고, 또 다른 작품집을 계약하기 위해 서울로 떠나야만 했습니다.

만해를 써야겠다는 욕구에 휩싸이자 마음이 답답해졌습니다. 서울로 가면 또 다른 계약서를 들고 돌아와 다시는 만해를 쓸 엄두도 못 낼 것입니다. 자꾸 욕심이 고개를 쳐들고 마음을 흔들어댔습니다.

식당으로 내려가 밥을 먹었습니다. 밥을 먹으면서도 만해의 생각이 떠나지 않았습니다.

'그래, 스님에게 물어보자. 꿈 이야기는 하지 말고 "법당은

무사다"라는 말이 있기나 한 건지, 있다면 그 말의 의미는 무엇인지 물어보자.'

밥을 먹고 나서 스님에게 산책을 나가자고 권했습니다.

"스님 간밤에 제가 꿈을 꿨는데 법당은 무사다, 라고 소리를 쳤습니다. 그게 무슨 의미일까요?"

스님이 걸음을 멈추고 설악산을 올려다봤습니다.

"그것 참 좋은 꿈을 꿨습니다. 법당은 본래 부처의 몸이라고 볼 수 있습니다. 그리고 무사를 한자로 풀어보면 삿됨이 없다는 뜻인데, 몸에 삿됨이 없다 카면 그것만큼 좋은 것이 어디 있겠습니까. 아주 좋은 꿈입니다."

스님의 말을 듣고 조심스럽게 지난밤 꿈 이야기를 꺼내놓았습니다.

"까마귀라 카면 불교에서 득도를 의미하기도 합니다. 아무래도 이 선생 머리 깎으셔야겠습니다."

스님의 말이 끝나는 순간, 만해마을 수련관을 짓는 인부들 중에 한 사람이 식사를 끝내고 밖으로 나왔습니다. 갑자기 그 사람이 작업장으로 뛰어가면서 "관세음보살!" 하고 외치더니 법당 앞에 세워진 큰 종을 댕댕 울렸습니다. 그 소리가 강렬하게 귀에 꽂혔습니다. 사내가 박장대소하며 원숭이 걸음으로 작업장을 향해 사라졌습니다. 우스꽝스런 사내의 뒷모습이 기이했습니다. 동시에 종소리의 여운이 숨을 턱 가로막았습니다. 섬뜩한 기운이 몸에 감기는 것이 싫어 담배를 꺼냈습니다.

스님과 헤어져 방으로 돌아왔습니다. 줄담배를 피우며 설악산을 올려다봤습니다. 사람들이 들으면 우습다고 할 만한 일련의 일들이 나에게는 예사롭지 않았습니다. 만해의 기운이 어떤 신호를 보내는 게 틀림없었습니다. 신병을 앓는 사람처럼 만해의 눈을 응시하고 또 응시했습니다. 결단을 내렸습니다. 만해를 알아보자고. 그가 진정 어떻게 살았고, 죽어갔는지를.

짐을 챙기기 시작했습니다. 서울로 가서 계약을 포기하고, 현재 쓰고 있는 글을 빨리 끝내고 나서 만해에 관한 기록과 이야기들을 모아보자고. 짐을 다 챙기고 방문을 나오기 전에 설악산을 바라봤습니다. 결단을 내렸지만 마음이 뒤숭숭한 게 차분해지지 않았습니다.

차를 타고 만해마을을 빠져나오는데 삶과 죽음에 관한 생각들이 꼬리를 물었습니다. 1986년 3월, 신흥정밀 공장에서 파업 중에 분신한 동료 박영진이 죽음을 결단하고 일주일 전에 찾아왔습니다.

"형은 감상주의자야. 좋기도 하고 나쁘기도 하지."

그가 막걸리를 마시며 노래를 불렀습니다. 〈새〉라는 노래. '저 청한 하늘 저 흰 구름'으로 시작하는 그 노래가 생전에 내게 남긴 마지막 목소리였습니다. 늘 무언가를 찾던 눈빛, 전태일처럼 동료들의 삶을 소중히 아껴주려던 모습. 그의 죽음으로 인해 글을 쓰게 됐습니다. 그의 삶을 조금이나마 세상에 알리고 싶어 글을 쓰다가 소설가가 된 것을 선배도 아실 겁니다. 삶은 얼마나 먼 길이고 먼 산인지, 돌아보면 내 삶은 온통 눈부신 사람들과 격동의 세월이 만들어준 겁니다.

80년 광주항쟁 속에서 방황하던 청년, 구로동 파업 한가운데에서 빛과 절망을 본 청년, 더 먼 기억 속의 어두운 현실들. 무당인 어머니와 떨어져 살다가, 열네 살에 공장에 다녀야만 했던 우울한 기억들. 어머니와 아버지가 웃는 모습을 한 번도 본 적 없는 힘겨웠던 시절들. 수많은 생각들이 망망대해를 표류하듯 떠다니자 결국 만해마을을 빠져나오기도 전에 차를 세우고 말았습니다.

눈물이 났습니다. 가슴속에 응어리로 묻어둔 정체 모를 슬픔이 터졌습니다. 내가 우는 건지 누가 우는 건지도 모르고 눈물을 흩뿌렸습니다. 그 눈물 사이로 어머니의 모습이 어른거렸습니다.

마음을 진정시키고 다시 차를 몰았습니다. 그러나 이번에도 원통을 넘지 못하고 갓길에 차를 세우고 울음을 터뜨렸습니다. 어머니라는 이름이 자꾸만 가슴을 메게 했습니다.

어머니가 돌아가셨을 때 슬프지 않았습니다. 안타까움이 없었던 것은 아니지만 눈물이 나지 않았습니다. 어머니를 보내고도 눈물 한 방울 보이지 않는 후레자식이라는 소리를 들을까 봐 굳은 표정만 짓고 있었습니다.

싸락눈이 매몰차던 날 어머니는 대전 동삼공원묘지에 묻혔습니다. 입관이 시작되고, 흙을 한 삽 떠 넣기도 했지만 여전히 눈물이 나지 않았습니다. 한평생 무당이라는 표지를 얼굴에 새기고 서글프게 살다가 돌아가신 분입니다.

나는 어머니를 묻고 봉분을 세우고 사람들이 다 떠날 때까지도 움직일 수 없었습니다. 무엇인가가 두 다리를 천근만근의 무게로 짓눌렀던 것입니다. 싸락눈이 거세게 몰아치던 그날도 까마귀가 날아오르며 비명을 질렀습니다. 그 비수 같은 울음소리가 먹먹한 가슴을 가른 건지 오열하고 말았습니다. 까마귀 소리와 내 비명 소리가 싸락눈 사이로 날아다니며 산을 울렸습니다. 형제들이 달려왔습니다. 그들이 나를 끌어안고 다독였지만 한 걸음도 움직일 수 없었습니다.

알 수 없었습니다. 한 번도 그분에게 웃음을 준 적이 없다는 회오 때문인지, 왜 그 시점에 어머니의 얼굴이 내게 나타났는지 알 수 없었습니다. 마음을 진정시키려고 담배 한 개비를 꺼내 피웠습니다. 산은 여전히 설악산이고, 계곡의 물은 여전히 시원스럽게 내달리고 있었습니다. 그냥 어디론가 떠나고 싶었습니다. 몸에서 이는 기운을 다스릴 엄두가 나지 않아 누군가를 만나야 했습니다. 차를 제천 쪽으로 돌렸습니다.

귀신 쓰인 듯 몸이 들썩거렸습니다. 제천에서 좋아하는 후배가 택시 운전을 합니다. 98년도 현대자동차 파업 때 모든 준비를 책임진 이해민입니다. 옳다고 믿는 길만 성실하게 걸어온 사람입니다. 결단을 내리면 주저하지 않고 책임질 줄 알아서 조합원들에게 신뢰를 얻었던 사람입니다.

그런 그가 파업이 패배로 끝나자 뒤도 안 돌아보고 현대자동차를 떠났습니다. 밀실 협상을 통해 위원장이 직권조인을 한 탓입니다. 위원장을 동조한 조합 간부들과 몇 푼의 이익으로 싸움을 마무리 짓고자 했던 조합원들의 모습에 실망한 것입니다. 그는 가족들을 데리고 제천으로 떠나버렸습니다. 뜻있는 사람들이 찾아와 다시 시작하자고 설득했지만 그의 절망이 너무 커서 붙잡을 수 없었습니다.

제천에 도착해 덕동계곡에 자리를 틀었습니다. 한때 출가했다가 돌아와 시인이 된 후배도 같이 자리를 했습니다. 무슨 바람이 불어 여기까지 왔느냐고 내게 물었습니다. 나는 마음이 진정돼서 만해마을에서 일어난 일들을 말해줬습니다.

휘몰아치던 격정을 덮어두고 오랜만에 반가운 이들과 즐거웠습니다. 덕동계곡도 비가 많이 온 탓에 물소리가 우렁찼습니다. 우리는 계곡 하류 넓은 개천 옆에 세워진 원두막에서 술잔을 돌렸습니다. 많은 이야기들이 오갔습니다. 살아온 나날과 살아갈 나날을 더듬기도 하고, 세상의 헛된 것들에 대해 비난을 펴부으며 건방을 떨기도 했습니다.

해민에게 회사로 돌아가고 싶지 않느냐고 물었습니다. 그는 지금이 더 편하다고 고개를 저었습니다. 공고를 졸업하고 현대자동차에 입사해 평생직장으로 알고 자랑스럽게 살던 친구입니다. 그는 운동권이 점점 더 망가지고 있다고 서글픈 표정을 지었습니다. 먹고살기는 어떠냐고 물었습니다. 조금 벌면 조금 먹고 살면 된다고 했습니다. 마음이 편한 게 최고라며 선한 웃음을 보였습니다. 혹시라도 능력이 닿으면 아이들 잘 키우고 힘겨운 사람들에게 작은 도움이라도 되면서 살면 좋겠다고 했습니다.

늘 그랬지만 삶이 오리무중입니다. 우리는 오리무중에다 술을 들이부었습니다. 비가 후둑후둑 개울 위로 파문을 일으키며 떨어졌습니다. 시인에게 경을 읊으라고 졸랐습니다. 그가 읊는 경소리는 일품입니다. 경 읽는 소리가 맑은 목탁 소리처럼 산속으로 퍼져나갔습니다. 전등불로 날벌레들이 날아들어 춤을 췄습니다. 물소리도 경을 타고 넘어와 우리들 마음에 젖어들었습니다. 경소리가 무얼 말하는지 알 수 없었으나 술맛은 기가 막혔습니다.

술에 취하고, 좋아하는 사람들에 취하고, 빗소리와 물소리에 취해 쓰러졌다가 다음 날 일어났을 때, 지난밤 내내 개울가에서 통곡하던 모습이 떠올랐습니다. 악을 쓰고 비명을 지르던 모습. 하긴 어쩌지도 못하는 마음의 표현일 것입니다. 택시 운전을 하는 해민은 일터로 떠났습니다. 사흘을 술추렴하고 나서야 모든 기력이 빠져나간 듯 어깨가 축 늘어졌습니다. 그제야 집으로 돌아갈 생각이 들어 서울로 향했습니다. 그리고 그날 저녁 또다시 이해할 수 없는 꿈을 꿨습니다.

막 태어난 갓난아이가 울고 있습니다. 누군가가 그 아이를 내게 건네줍니다. 아이를 받아 들면서 잘 키워 부모를 찾아줘야겠다고 생각했습니다. 아이를 안고 떠돌았습니다. 내가 있는 곳은 거대한 분지입니다. 분지 중턱을 판잣집들이 빙 둘러싸 악취를 풍기고 있습니다. 그 분지를 돌면서 걷다 보니 내가 누구와 말하고 있습니다. 나는 상대방에게 가난한 마을의 이야기를 전해줬습니다. 판잣집 사람들은 잘사는 사람들에게 쫓겨 분지에 살고 있다고 말했습니다. 생존만을 위해 사는 삶은 처참한 삶이라고도 말했습니다. 잘사는 사람들이 가난한 사람들과 더불어 살려고 노력하지 않으면 반드시 가난한 자들의 공격을 받고 재앙을 얻게 될 거라고도 말했습니다. 그래서 사람 사는 세상은 평등해야 하며 모든 사람은 서로가 나누며 살아야 한다고 말했습니다. 그리고 몇 마디 더 꺼내놓다가 화들짝 놀랐습니다. 이야기를 나누고 있던 사람이 바로 갓난아이였던 것입니다. 나는 놀랍고 신기한 눈빛으로 아이를 바라봤지만 이내 자연스러운 상태로 돌아왔습니다.

다시 길을 걸었습니다. 걷다 보니 한 노인과 대여섯 살쯤 돼 보이는 여자아이가 내 앞으로 걸어왔습니다. 갑자기 내가 안고 있는 아이가 무어라고 중얼거리자 여자아이가 몸을 휙 날려 절벽 아래로 데굴데굴 굴러떨어졌습니다. 여자아이는 필사적으로 벽을 타고 기어올랐습니다. 갓난아이가 뭐라고 다시 말하자 여자아이는 절벽 아래로 몸을 또 날렸습니다. 노인은 이 모든 기괴한 상황 속에서도 유심히 나만 쳐다봤습니다. 나는 아이들의 요사스러운 행동을 넋 놓고 바라보다가 노인을 쳐다봤습니다. 한순간 움찔했습니다. 그건 바로 만해의 흉상에서 본 그 눈빛이었습니다. 내가 뒷걸음치자 노인과 아이는 사라져버렸습니다.

이상하게 내 마음도 평상심으로 돌아와 아이를 안고 다시 걸었습니다. 그러자 이번에는 아이의 발목이 갑작스럽게 뚝 부러졌습니다. 아이는 대수롭지 않게 다시 주워 발목에 쓱 붙여버립니다. 이게 무슨 일인가 싶었지만 아이를 안고 어느 빈 집으로 들어갔습니다.

빈집에 아이 두 명이 있습니다. 아이들은 모두 발과 손목에 상처를 입어 피를 흘리고 있습니다. 안쓰러워서 방구석에 있는 약상자에서 소독약을 꺼내 발라주려고 했습니다. 그러자 갓난아이가 젤리 같은 것을 휙 던져 줍니다. 그것을 아이들의 상처 난 곳에 바르자 신기하게도 흐르던 피가 멈추고 상처가 아물었습니다.

갑자기 어디선가 갓난아이가 깔깔거리며 웃었습니다. 웃음소리를 향해 고개를 들었습니다. 갓난아이가 창틀 위에서 팔베개를 하고 나를 보며 웃다가 고개를 뚝 꺾어버립니다. 놀라서 벌떡 일어나 아이를 바닥에 눕혔습니다. 아이는 죽어 있습니다. 아이를 막 흔들었습니다. 흔들면서 어느 순간 아이가 가짜라는 느낌을 받았습니다. 깔깔거리는 웃음소리가 다시 창틀에서 들려왔습니다. 갓난아이가 짓궂은 표정으로 웃고 있습니다. 다행이다 싶어 아이를 안고 집 밖으로 나섰습니다. 순간, 세상이 너무 밝아 눈을 뜰 수가 없었습니다. 분지를 빙 둘러싸고 있던 판잣집들은 어디론가 사라지고, 그 자리에 초록의 나무와 반듯한 집들이 눈부시게 들어차 있었습니다.

"이게 어찌 된 일이야?"

내가 소리쳤습니다.

"니가 말했잖아, 가난한 사람도 행복해야 된다고."

아이가 대답했습니다.

"그렇다면 니가 저렇게 만든 거냐?"

아이가 내 품에서 벗어나 땅 위에 내려서더니 깔깔거렸습니다.

'악마냐, 신이냐!'

아이는 어느새 대여섯 살짜리로 자라 있습니다. 나는 소스라치게 놀라며 눈을 번쩍 떴습니다.

꿈에 시달렸습니다. 도대체 무얼 말하는지 알 수 없었습니다. 지난번 꿈은 명백히 만해와 밀접했지만 이번 꿈은 무슨 암시인지 감도 잡을 수 없었습니다.

서울에서 계약을 파기했습니다. 여전히 꿈은 내 몸에 달라붙어 괴롭혔습니다. 왜 이런 일이 나에게 지속적으로 일어나는지 답답했습니다. 빨리 만해마을로 돌아가 만해의 흉상에게 물어보고 싶었습니다. 도대체 지금 누가 내게 말을 거는 건지, 무슨 말을 하고 싶은 건지 물어보고 싶었습니다.

다음 날 가족을 만나고 만해마을로 출발하려는데 전화가 왔습니다. 오랫동안 구로공단에서 노동운동의 길을 함께 걸어온 김명운이었습니다. 떠나기 전에 점심이나 같이 하자고 했습니다. 올해 초 가깝게 지내는 김해자 시인에게 점심을 사겠다고 했는데, 같이 만나자고 했습니다. 좋다고 했습니다. 그렇지 않아도 많이 아팠던 그녀의 몸이 좋아졌는지 궁금하던 차였습니다. 그녀는 보살이라고 불렸습니다. 아픈 사람이 있으면 달려가 같이 아파해주고, 괴로움에 빠진 사람이 있으면 함께 괴로워하며 사람의 마음을 감싸 안는 시인입니다.

그런데 그녀가 뇌출혈로 쓰러졌습니다. 입이 돌아가고, 눈동자가 돌아가고, 팔다리가 마비돼 심각한 지경이었습니다. 많은 작가들과 그녀를 아는 사람들이 걱정했습니다. 그 마음 덕인지 기적적으로 수술은 성공했고, 아픈 곳들이 정상으로 돌아오고 있습니다.

"요즘 꿈에 시달려 죽겠다."

점심을 먹고 나서 말을 꺼냈습니다. 꿈 이야기가 나오자 해자가 호기심 가득한 눈빛으로 쳐다봤습니다.

"뭔 꿈인데?"

해자의 맑은 눈빛을 보며 웃었습니다. 나는 이제까지 겪고 꾸었던 꿈을 꺼내놨습니다. 이야기하는 내내 그녀가 감탄사를 연발했습니다. 늘 의연하게 생활해오는 명운은 지긋이 웃기만 했습니다.

"형, 그거 좋은 꿈이야. 내가 설명해줄게."

해자가 내 앞으로 의자를 당겨 앉았습니다. 그녀도 어떤 큰 일을 맡을 때 꼭 아이 꿈을 꾼다고 했습니다. 아이를 건네받았다는 것은 중대한 일을 맡았다는 것이고, 산중턱에서 만났다는 노인은 도와줄 은인이라고 했습니다. 갓난아이가 부러진 다리를 쓱 갔다 붙이는 것은 곤경에 빠질 때가 있는데 대단하지 않아 잘 풀릴 것이라는 암시라고 했습니다. 아이가 계속해서 장난질을 치는 것도 내가 맡은 일이 쉽지 않은 일이어서 온갖 갈등과 번민에 시달릴 것을 각오해야 한다는 것이라 했습니다.

그럴듯하게 들렸습니다. 옆에 있던 명운은 꿈보다 해몽이 근사하다고 웃었습니다. 해자의 얼굴을 바라봤습니다. 그녀가 아주 심각한 표정으로 잘 살라고, 정말 좋은 일이 나에게 일어날 거라고 말했습니다. 그 좋은 일은 만해를 통해 볼 거라고 했습니다.

그 말이 만해마을로 오는 동안 마음을 흔들었습니다. 그동안 겪은 모든 일들이 짜 맞춘 각본처럼 완벽해 경이롭기까지 했습니다. 심지어 해자를 만나 꿈에 대한 해석까지 들었다는 사실이 섬뜩하리만큼 놀라웠습니다.

'정말 내게 무슨 일이 일어나고 있는 걸까.'

세상 밖으로 나와 기억에 남은 모든 발자취를 더듬거렸습니다. 기쁨보다는 슬픔이 많은 세월이었습니다. 세상이 달라져야 한다고 운동에 뛰어들었지만 부끄러움도 많았습니다. 생각이 꼬리를 물고 맴돌았습니다. 인생이 먼 길이라고 했지만 끝이 어디인가 싶었습니다. 내가 살아온 나날이 어딘가에서 누군가에게 조금이라도 빛을 발하기를 원했지만 티끌처럼 느껴졌습니다. 많은 얼굴들이 떠올랐습니다. 증오에 찬 얼굴과 사랑으로 가득 찬 얼굴, 그리고 시기와 질투와 미움으로 가득 찬 얼굴이 보였습니다. 돌아보면 그 얼굴들은 내가 만들어놓은 게 아닐까 싶었습니다.

숨이 찼습니다. 생각을 떨쳐내고 마음의 평온을 찾고 싶었습니다. 처음 만해마을로 들어설 때 보았던 미시령 길이 나타났습니다. 해가 저물어 설악산은 깊고 고요했습니다. 설악의 품으로 들어서자 만해에게 묻고 싶었습니다. 인생의 빛은 어디에 있느냐고 말입니다. 그 길은 정말 어떤 길이냐고 묻고 싶었습니다. 당신이 걸어온 길은 어떤 길이었느냐고 묻고 싶었습니다.

만해마을에 도착해 만해의 흉상 앞으로 걸어갔습니다. 대답을 듣고 싶었습니다. 왜 내 안에서 떠나지 못하는지.

놀랍게도 그가 말하는 소리가 들렸습니다. 삶과 죽음의 간격을 아느냐고 했습니다.

어디론가 나를 데려갑니다. 죽음 앞에 홀로 서 있는 나를 바라보게 합니다. 무섭고 두렵고 어지럽습니다. 만해마을에 도착할 때부터 기다렸다는 듯이 까마귀 떼가 숲 속에서 날아들었습니다. 까마귀 수십 마리가 머리 위에서 맴돌더니 소나무에 내려앉습니다. 정말 나만 이상하게 까마귀들의 비상을 보는 걸까요. 숨이 막혀 또 물었습니다. 만해 선사가 남겨놓은 시를 읊으면서 물었습니다.

> 바람도 없는 공중에 수직의 파문을 내이며 고요히 떨어지는
> 오동잎은 누구의 발자취입니까.

지리한 장마 끝에 서풍에 몰려가는 무서운 검은 구름의 터진 틈으로 언뜻언뜻 보이는 푸른 하늘은 누구의 얼굴입니까.
꽃도 없는 깊은 나무에 푸른 이끼를 거쳐서 옛 탑 위에 고요한 하늘을 스치는 알 수 없는 향기는 누구의 입김입니까.
근원은 알지도 못할 곳에서 나서 돌부리를 울리고 가늘게 흐르는 작은 시내는 구비구비 누구의 노래입니까.
연꽃 같은 발꿈치로 가이없는 바다를 밟고 옥 같은 손으로 끝없는 하늘을 만지면서 떨어지는 해를 곱게 단장하는 저녁놀은 누구의 시(詩)입니까.
타고 남은 재가 다시 기름이 됩니다. 그칠 줄을 모르고 타는 나의 가슴은 누구의 밤을 지키는 약한 등불입니까.

슬픕니다.

'그칠 줄을 모르고 타는 나의 가슴은 누구의 밤을 지키는 약한 등불입니까.' 의미를 해석하기도 전에 가슴이 아픕니다. 선배는 누구의 밤을 지키는 미약한 등불이라도 돼봤는지요?

'타고 남은 재가 다시 기름이 됩니다.' 저 푸르른 잎들이 낙엽이 되어 또다시 눈부신 연초록 새순을 일으키는 건 알지만 우주의 삼라만상을 주관한다는 신의 영역은 내가 부를 수 있는 노래가 아닙니다.

사람들을 행인이라 하고 자신을 나룻배라 말하면서 하루하루 낡아간다고 어여삐 웃는 사람이 세상에 얼마나 있을까요?

'당신은 물만 건너면 나를 돌아보지도 않고 가십니다그려.' 만해 선사의 안쓰러움을 담은 넉넉한 웃음을 봅니다.

그의 눈빛이 무엇을 말하는지 어렴풋이 알 수 있습니다. 더불어 만해 선사가 남긴 글 속에 더 나은 세상의 빛을 위해 죽은 자들의 심장이 얹혀 있는 것을 언뜻 봅니다.

'알 수 없어요.'

만해 선사의 글귀를 보고 또 봅니다, 이 황폐한 세상의 시간 속에서.

공장의 불빛

공장은 끝없이 펼쳐진 논 한쪽에 섬처럼 떠올라 있습니다. 공장에서 십 분쯤 걸어 나오면 마을과 마을을 이어주는 지방도로를 만납니다. 그 지점에서 30여 미터 떨어진 곳에 버스 정류장이 있습니다. 정류장 뒤편에는 낡고 닳아서 상호도 잘 안 보이는 '오복전방'이 있습니다. 가게 뒤로 이어진 마을에 사는 사람들이 담배도 사고 술추렴을 하는 곳입니다.

칠십도 더 돼 보이는 할머니가 꾸려가는 전방입니다. 벌레가 잔뜩 낀 형광 불빛 아래 과자와 라면이 진열돼 있습니다. 진열장 옆에 둥근 플라스틱 탁자와 의자 네 개가 있고 그 뒤로 할머니가 생활하는 방이 있습니다. 텔레비전 소리가 들려옵니다. 간간이 겨울바람 소리도 유리로 된 바둑판 문양의 미닫이문을 흔들고 지나갑니다. 어둠을 밝혀놓은 불빛 때문에 공장 윤곽이 희미하게 보입니다.

맞은편에 최성태 과장이 앉아 있습니다. 탁자 위에는 막걸리가 든 노란 주전자가 있고 연탄난로 위에서 꽁치김치찌개가 끓고 있습니다. 군청색 작업복을 입은 그의 손가락 사이에서 담배 연기가 피어오릅니다. 서른여섯 살 젊은 친구가 지칠 대로 지쳤습니다. 많이 운 탓에 두 눈도 충혈돼 있습니다.

창밖을 바라봅니다. 더께처럼 유리 위에 쌓인 먼지 때문인지 공장의 불빛은 십자가처럼 퍼져 있습니다. 불빛을 볼 때부터 오랜 기억으로 남은 노래가 입안에 맴돌았습니다.

예쁘게 빛나는 불빛
공장의 불빛
온 데 간 데도 없고 희뿌연 작업등만
이대론 못 돌아가지 그리운 고향 마을
춥고 지친 밤 여긴 또 다른 고향

오래전 비참했던 노동자들의 삶을 슬퍼하는 노랩니다. 노랫말이 가슴을 저며 아련해집니다. 최성태는 담배 연기를 안주 삼아 막걸리를 홀짝홀짝 마십니다. 어쩌다 여기까지 와서 저 친구를 만나게 됐나 싶습니다. 인연이라는 것이 뭔지. 열네 살에 공장 문을 들어섰다가 육십이 다 된 나이에 다시 공장에 들어간 것도 어떤 인연 같습니다.

고용 센터의 소개를 받고 찾아간 공장입니다. 집에서 멀지 않다는 것이 마음에 들었습니다. 버스로 출퇴근하기 때문에 교통비도 줄일 수 있었습니다. 공장은 거대하게 펼쳐진 벌판에 갇힌 교도소처럼 을씨년스러웠습니다. 쌀쌀한 바람과 잎 진 가로수의 차가운 풍경 때문에 더 스산스러웠지만 월급만 제때 주길 바랐습니다.

정문으로 들어서면서 신경이 쓰인 것은 지난번 공장처럼 CCTV가 곳곳에 설치돼 있는가였습니다. 다행히 CCTV는 눈에 띄지 않았습니다. 정문 앞에 덩치 큰 개가 침을 흘리며 짖어대도 무시했습니다. 현장 옆에 세워놓은 컨테이너가 사무실이었습니다.

사장은 사십 대 후반쯤 돼 보이는 남자로 안경을 쓰고 있었습니다. 작업복을 입은 모습이 말쑥했습니다. 말할 때마다 "이해가 가시죠?"라고 되물었습니다. 면담을 끝내고 사장이 나를 현장으로 데려갔습니다. 들어올 때부터 격렬하게 짖어대던 개가 또다시 으르렁거렸습니다.

사장이 "가만있어!"라고 소리치자 날카롭게 드러낸 이빨을 감추며 꼬리를 흔들었습니다. 공장 문을 열자 안은 어둡고 음산했습니다. 400여 평이나 되는 큰 공장 안에는 작업하는 곳만 불이 켜져 있었습니다. 쾅쾅거리는 기계 소리와 합판 가루를 걸러내는 집진기 소리가 귀청을 자극했습니다. 사장은 작업대 쪽으로 걸어가면서 어둠 속을 가리키며 저 안에 쌓인 것이 모두 합판이라고 설명했습니다. 2, 3층 높이로 쌓아놓은 합판 윤곽이 보였습니다. 오른쪽에는 생산된 것을 쌓아두고, 왼쪽에는 생산할 합판을 쌓아둔다고 했습니다. 생산할 합판을 지게차로 라인 제일 오른쪽 철판 위에 갖다 놓으면 작업대에 설치한 스위치들을 눌러 이동시킵니다.

합판이 벨트컨베이어를 타고 오면서 첫 번째 본드롤러를 지나면 찐득찐득한 본드가 묻습니다. 두 번째 롤러로 들어오면서 작업자 발아래와 2층 난간 위에 걸린 필름이 합판의 위와 아래에 입혀집니다. 작업자 두 명이 필름이 붙고 남은 사이드 자투리를 커터 칼로 오려냅니다. 그다음 손가락 하나 간격을 두고 연달아 나오는 합판과 합판 사이 필름도 잘라줍니다. 필름이 입혀진 합판이 하나하나 벨트컨베이어를 타고 차곡차곡 쌓입니다. 70개 정도의 합판이 다 쌓이면 스위치를 눌러 대형 프레스 아래로 이동시킵니다. 프레스를 내려 합판을 압축시키면 필름이 본드에 완벽하게 붙습니다. 이십 분 정도 기다렸다가 프레스를 들어 올리고 지게차로 꺼내면 제품이 완성됩니다.

별스럽지 않아 보였습니다. 합판 공장이라 힘들 거라고 생각했는데 간단해 보였습니다. 알고 보니 싱크대를 만드는 현장에 물건을 대주는 공장이었습니다. 스위치 작동하는 법을 익히고 칼질만 잘 하면 될 것 같았습니다. 나는 한 발자국 다가가 칼질하는 모습을 유심히 들여다봤습니다. 그러자 반백의 머리카락을 빗자루처럼 쓸어내린 나이 든 사내가 나를 힐끗 쳐다봤습니다. 사장이 면접 볼 때 말한 강 집사라는 사람 같았습니다.

"일은 아주 쉬워요. 칼질만 하면 되니까 힘들지도 않아요. 근데 기술자들이 잘 안 가르쳐줄라고 해요. 특히 강 집사라고 나이 많은 분이 계신데, 성격에 문제가 있는 사람이에요. 자기 일을 뺏긴다고 생각하는지 배우는 사람들을 아주 힘들게 만들어요. 성격이 차분하신 거 같은데, 신경질을 부려도 참고 배우셨으면 좋겠네요."

사장의 말대로 집사의 눈빛이 예사롭지 않았습니다. 안경을 쓰고 있는데도 음산한 기운을 머금은 강렬한 눈빛이었습니다. 그러고 보니 사장이 들어왔는데도 두 사람은 쳐다보지 않았습니다.

"하다 보면 금방 배울 수 있어요. 내일부터 일하실 수 있죠?"

그러겠다고 대답하며 나오다 작업대를 다시 봤습니다. 나올 때도 들어갈 때처럼 그들은 쳐다보지 않았습니다. 어둠이 차지한 넓은 공간 한쪽에 밝은 불을 매달고 칼질하는 두 사람이 괴기스럽기까지 했습니다. 사장과 그들의 사이도 이상하게 느껴졌습니다. 칼질만 반복하는 두 사람의 풍경은 어둠이 만들어놓은 한 뼘의 빛에 갇힌 모습이었습니다.

상관하지 않았습니다. 오히려 일만 할 수 있도록 내버려두면 더 좋겠다는 생각을 했습니다. 하지만 다음 날 출근하자 현장은 다른 모습이었습니다. 공장 앞에 주차돼 있는 세 대의 트럭에 생산된 제품이 실리고 있었습니다. 작업복을 입은 사람들 서너 명이 분주하게 움직였습니다. 출근 시간이 늦었나 싶어 시계를 봤는데, 오 분 전이었습니다. 사장에게 가서 인사를 하자 삼십 대 초반으로 보이는 사내에게 나를 맡기며 시키는 대로 하면 된다고 했습니다.

현장은 어제와 달리 곳곳에 불이 켜져 어둡지 않았습니다. 작업대 옆에 셔터도 올라가 있어 밝은 빛이 들어왔습니다. 그 문으로 지게차가 들락거리며 대형 트럭이 싣고 온 생산할 합판을 옮겼습니다.

현장은 활발하게 움직였지만 먼지가 많이 날렸습니다. 지게차가 휘젓고 다니면서 미세한 나무 가루를 공중으로 날려 보냈습니다. 먼지들이 조명 불빛을 받으며 안개처럼 흘러 다녔습니다. 지게차가 두 대 있는데 한 대가 오래돼서 매연을 구름처럼 피워 올려 숨이 탁 막혔습니다. 문을 다 열었지만 소용없었습니다. 작업자들은 그런 환경에 익숙한지 상관하지 않고 바쁘게 움직였습니다.

처음 지시받은 일은 말목(각목) 올리기입니다. 한 묶음씩 밴딩된 합판이 들어오면 그것들을 구분해 쌓기 위해 말목을 합판 위에 올려놓습니다. 한 시간 정도 말목을 들고 쫓아다니다가, 주문 들어온 물품 내역에 따라 합판을 몇 장씩 꺼내 지게차 발에 올리는 일을 했습니다.

25킬로그램이나 되는 넓은 합판을 두 사람이 호흡을 맞춰 꺼내 올려야 합니다. 처음 합판을 드는 순간 팔꿈치에 '찡' 하고 울리는 무게가 느껴졌습니다. 시간이 지날수록 팔목과 손가락이 얼얼했습니다. 그래도 엄살을 피우거나 요령을 부릴 수 없었습니다. 상대방의 호흡에 맞추지 못하면 다칠 수 있어 신경질을 내기 때문입니다. 세 시간 동안 그 일을 하고 나니 어깨와 허리가 뻐근했습니다.

사장의 말이 틀렸습니다. 칼질하는 사람들도 사수(기계 전체를 관장하는 사람)는 정신없이 바쁩니다. 합판을 이동시키는 스위치, 본드를 넣는 스위치, 합판을 꺼내는 스위치가 모두 다른 곳에 있어서 수시로 다가가 눌러주는 일을 반복해야 합니다. 특히 본드는 적당한 양을 채워놔야 하기 때문에 늘 지켜봐야 합니다. 본드가 떨어질 것 같으면 달려가 스위치를 누르고 다시 원위치해서 칼질을 하고, 본드가 채워진 듯하면 또다시 달려가 본드가 나오지 않도록 스위치를 꺼야 합니다.

점심때가 돼서 사람들을 따라갔습니다. 셔터 문 밖으로 나가보니 건물이 하나 붙어 있었습니다. 정문 쪽은 사장이 생활하는 곳이고, 그 옆 조그만 방이 식당입니다. 식당 옆엔 재단실이 있습니다.

읍내 식당에서 배달해 온 음식이 있었습니다. 동태찌개와 반찬이 나왔는데, 다시다 맛만 강했습니다. 그래도 힘을 쓰고 난 뒤라 맛있게 먹었습니다. 배송하는 기사 세 명을 빼고 다섯 명이 밥을 먹었습니다. 밥 먹기 전에 신입 신고로 간단하게 이름 석 자만 말하고 인사했더니, 반갑다는 말 한마디를 다 같이 건넵니다.

밥을 먹고 식당에서 나오자 숨이 탁 터졌습니다. 공장을 빙 둘러싼 철조망이 거슬렸으나 남한강 강변 끝까지 펼쳐진 논은 시원했습니다. 겨울 초입 쌀쌀한 바람이 땀을 뻘뻘 흘리며 밥을 먹고 난 열기를 씻어줬습니다. 청아한 하늘색 허공의 구름도 바람 따라 떠다녔습니다. 현장 사람들이 철조망으로 다가가 담배를 꺼내 물었습니다. 다 같이 철조망 사이로 오줌을 갈기면서 담배 연기를 피워 올렸습니다.

지퍼를 올리고 들판을 바라봤습니다. 싹둑 머리가 잘리고 남은 벼 그루터기들이 황량해 보였습니다. 문득 봄이 오면 참 좋겠다 싶었습니다. 넓은 들판이 초록빛으로 넘실거리면 아름다울 것 같았습니다. 가능하다면 이곳에서 아내와 살아갈 돈을 벌면서 아무 생각 없이 한 세월 갔으면 싶었습니다.

오후에는 끌질만 했습니다. 마지막 공정을 거쳐 나온 제품을 다듬는 일입니다. 필름이 매끈하게 안 잘렸거나 합판과 합판 사이의 필름을 자르면서 남은 자투리를 헤라(널찍한 철판으로 만든 끌)로 밀어내는 일입니다. 오전 내내 나를 데리고 일을 시킨 친구가 긁어내는 방법을 가르쳐주었지만 생각보다 쉽지 않았습니다.

하루 일과를 끝내고 집으로 돌아갈 시간이 됐습니다. 모두들 사무실로 가서 사장에게 퇴근 인사를 했습니다. 단 한 사람 집사만 오지 않았습니다. 그는 현장에서 옷을 갈아입고 뒷문으로 나가 1톤 트럭을 몰고 정문을 나가버렸습니다. 사장과 회계를 보는 그의 아내는 현장 사람들의 인사를 일일이 웃음으로 받아줬습니다. 나 역시 이곳 방식을 따라 인사를 건넸습니다.

"첫날이라 힘드셨죠? 수고하셨습니다."

목소리에 겸손이 실려 있고 표정도 밝아 보였습니다. 이곳에 오기 전에 다닌 공장 사장처럼 악독해 보이진 않았습니다.

일주일 내내 여기저기 불려 다니며 일했습니다. 물류에서 부르면 합판을 꺼내러 갔고, 재단실에서 부르면 합판 가루를 들이마시며 시다바리를 했습니다. 생산된 제품을 긁어내는 일도 매일 했습니다.

"제가 한번 해볼까요?"

작업대 사수를 맡은 최성태 과장이었습니다. 그는 일주일 동안 한 번도 나와 말을 섞지 않았습니다. 합판을 서너 장씩 둘러메고 필름 입히는 작업을 하거나 지게차를 몰고 제품을 정리하는 데만 열중했습니다. 놀랍기는 했습니다. 가슴 높이까지 쌓인 합판 중에서 순식간에 석 장을 빼내 어깨에 올리고 달렸습니다. 두꺼운 합판은 자동으로 벨트컨베이어를 타게 하지만, 얇은 합판은 휜 것이 많아 벨트컨베이어에 직접 올려야 합니다. 기계 속도를 맞추기 위해 빠르게 올려 본드롤러로 집어넣는데 그야말로 전광석화입니다.

키가 170센티미터 정도 됩니다. 체구는 호리호리해 보이는데 작업복을 갈아입을 때 본 몸은 보디빌더 같습니다. 식당에서 밥을 먹고 나면 늘 현장으로 들어가 의자에 몸을 맡기고 눈을 감습니다. 작업 지시 외에는 다른 말을 하는 걸 본 적이 없습니다. 건방져 보이고 고집스러워 보이던 그가 느닷없이 다가와 웃었습니다. 반짝거리는 눈동자와 살짝 올라간 입꼬리에 담긴 미소가 아주 매력적이었습니다.

"저는 이렇게 하니까 잘 되던데요."

최 과장이 헤라를 들고 필름 자투리를 긁어내 보였습니다. 자투리를 밑에서 톡톡 친 다음 헤라로 밀어내니 순식간에 긁어졌습니다. 그동안 힘으로 밀어내다 보니 합판 가루가 눈으로 튀어 들어가 애를 먹었습니다. 그의 손길이 신통해 고개를 끄덕였습니다.

최 과장이 헤라를 건네주고 작업대로 돌아갔습니다. 이상하게도 마음을 잡아끄는 그의 미소와 말투가 긴 여운으로 남았습니다. 공장에서 기술자들이 자신의 경험을 낮춰서 말하는 걸 들은 적이 없기 때문입니다. 항상 기술자들은 권위를 앞세워 위압감을 주는데 그의 말투는 정겹기까지 했습니다. 묘한 친구다 싶었습니다.

열흘쯤 지나자 최 과장이 집사에게 칼질을 배우라고 지시했습니다. 집사는 다른 사람의 말을 콧등으로 듣지만 최 과장 말은 무시하지 않습니다.

"집중해서 들어요. 두 번 말하지 않을 테니까, 정신 차려 들으라고!"

집사가 목소리에 날을 세웠습니다. 그는 두꺼운 커터 칼 한 자루를 건네주며 칼을 쥔 손 모양을 보여줬습니다. 아무것도 아닐 거라는 칼질이 왠지 어렵게 느껴졌습니다.

집사가 시범을 보이고 나서 내가 자투리를 자르려고 칼을 갖다 대는 순간 칼날이 튕겨나갔습니다. 다시 집중해서 칼을 합판 모서리에 밀착시켰지만 자투리는 삐뚤빼뚤 흉스럽게 잘렸습니다.

"잘 보라니까!"

집사가 나를 밀쳐내고 칼질을 다시 보여줬습니다. 그는 현장 이곳저곳에 눈길을 주면서도 구불구불한 물길을 쉼 없이 흘러가는 물처럼 몸과 손을 놀렸습니다. 팔 년 동안 한 번의 결근도 없이 자신만의 방법을 세워 익혀온 그의 칼질이 신비롭기까지 했습니다.

집사는 칼질하면서 작업자가 지켜야 할 것을 강조했습니다. 작업하다가 부러진 칼날을 모아두는 곳, 잘라낸 필름 쪼가리를 모아두는 방법, 칼을 두는 곳, 휴지를 두는 곳, 그냥 아무렇게나 두는 것이 아니라 반드시 정렬돼 있어야 한다고 말하며 나를 쳐다봤습니다.

칼질을 배우면서 집사가 아주 섬세하고 까다롭고 규칙적인 사람이라는 걸 알았습니다. 작업복도 다른 사람들은 땟국물로 얼룩져 있는데 그는 말끔했습니다. 턱도 뾰족해 날카로운 눈빛과 더불어 예민하게 느껴졌습니다. 마른 몸매에 팔이 길고 손가락도 유난히 길었습니다. 칼도 손에 꽉 틀어잡혀 있었습니다. 그는 점심시간에 밥 먹고 나면 식당에 홀로 남아 돋보기를 끼고 성경책을 펼칩니다.

집사는 사장과 같은 교회를 다닙니다. 사장이 팔 년 전 이곳에 와서 공장을 차릴 때 읍내에 있는 교회를 찾아갔다가 집사를 만났습니다. 직원을 구하기 어려워 고민할 때 성실하다고 소문난 집사가 눈에 든 겁니다. 그는 한 달을 지켜보다가 목사를 통해 집사를 고용했습니다. 그런 관계인데도 사장이 현장에 들어왔다 나가면 집사는 여지없이 욕설을 내뱉었습니다.

"개새끼!"

칼질을 배운 첫날 집사에게 지청구를 많이 들었습니다. 그가 던진 말은 "아니지!", "야, 이 사람아!", "어이!" 정도의 고함 소리였습니다. 아마 내 나이도 있고 해서 차마 거친 말로 이어지지 않은 것 같습니다. 대신 살벌한 눈빛과 몸짓으로 나를 짓눌렀습니다. 고함 소리에 고개를 들어보면 여지없이 팔짱을 끼고 입을 꽉 다문 집사가 나를 노려보고 있었습니다. 실수가 거듭될수록 그의 팔짱은 목 위로 점점 올라갔고 눈빛은 더욱 사나워졌습니다.

괴팍한 사람이구나 싶었습니다. 그래도 별스럽게 대하고 싶지 않았습니다. 단순노동은 시간이 해결해준다는 걸 알기 때문입니다. 아무리 어렵게 느껴져도 똑같이 반복되는 노동은 시간이 지날수록 익숙해지게 돼 있습니다.

집사는 나보다 열 살이나 많았습니다. 그가 어떻게 나오든 그러려니 하기로 마음먹고 핀잔을 줄 때마다 웃었습니다. 죽일 듯이 노려봐도 마주 보며 웃었습니다. 일주일쯤 지나자 칼질이 익숙해지기 시작했습니다. 집사는 여전히 칼질을 지켜보다가 작은 실수라도 하면 "아직도!" 하면서 팔짱을 낍니다. 처음에 최 과장은 무표정이었는데, 이젠 집사와 내 관계가 우스운지 그럴 때마다 매력적인 미소를 던져줍니다.

사람들과 조금씩 가까워지는 동안 여러 변화가 일어났습니다. 두 명이 입사했다가 한 사람이 하루 만에 떠나버렸고, 또 한 사람은 일주일을 견디다가 집사에게 반나절 칼질을 배우더니 퇴사해버렸습니다.

사장은 신년 초부터 고민해오던 난제를 풀기 시작했습니다. 그는 사업 경험도 있고 다른 공장의 공장장 경험도 있는 배송기사 장 씨를 공장장으로 세웠습니다. 장 씨는 칠 개월 동안 능동적으로 공장을 돌봤습니다. 버려지는 박스조차 차곡차곡 모아 공장 비품으로 챙겨놓기도 했습니다. 납품 업체들과의 관계를 끈끈하게 이어주는 역할도 스스로 했습니다. 사장은 특히 '공장이 잘돼야 직원들도 잘산다'라는 그의 신조가 무엇보다도 마음에 들었습니다. 하루는 전 직원을 모아놓고 회사가 글로벌하게 성장하려면 체계가 제대로 서야 한다고 강조했습니다. 직원들에게 공장장 환영 박수를 치게 하면서 그의 말을 잘 따라달라고 부탁했습니다.

난 의아했습니다. 과장이 두 명 있었기 때문입니다. 최 과장은 팔 년이나 일한 사람인데 아직도 현장에서 일합니다. 서열이 이상해 고개를 갸웃거렸습니다. 나중에 알고 보니 임금 문제였습니다. 매년 임금 인상을 최저생계비에 맞춰 올려주다 보니 어느 때는 한 푼도 올려주지 않아 최 과장의 현재 월급은 190만 원입니다.

사장은 월급에 대한 불만을 잠재우기 위해 오래된 직원들에게 직함을 붙여주고 직급 수당 10만 원을 더 줬습니다. 그 말을 들으니 어이가 없었습니다. 하루 열 시간 노동하고, 토요일도 오전까지 일하고, 법정 공휴일도 없이 추석과 설날, 일요일만 쉬게 하면서 팔 년이나 일한 사람에게 190만 원을 준다는 게 너무 야박했습니다.

최 과장은 이 지역 어디를 가도 임금이 비슷하다고 했습니다. 법정 공휴일에 쉬는 공장이 많지 않다고 했습니다. 지역 사장단 모임에서 모든 게 공유된다고 합니다. 도시와 농촌을 상생시킨다고 여러 세제 혜택을 받으면서도 사장들이 개목걸이 같은 최저생계비만 준다고 비웃었습니다.

"자네 얼마 받나?"

한 달 조금 지났을 때 집사가 물었습니다.

"수습 기간 삼 개월 동안은 150만 원, 그 후에는 170만 원 준다고 하더군요. 얼마 받으세요?"

"지금 자네가 받는 것보다 적어! 아주 개새끼라니까!"

"왜 그렇죠?"

"저 새끼가 원래 겉과 속이 다른 놈이야. 하나님을 속이는 놈이지."

집사는 140만 원을 받고 있었습니다. 65세 노인들을 취업시키면 정부에서 28만 원 정도를 지원합니다. 그런데도 사장은 집사의 월급을 한 푼도 올려주지 않았습니다. 집사는 빈정이 상해 더 이상 말을 섞지 않으려고 했습니다. 공장장 사건을 두고도 '지 말만 잘 듣는 놈을 데리고 현장을 족치려 한다'고 했습니다.

그의 말은 크게 틀리지 않았습니다. 제일 먼저 달라지기 시작한 건 시간이었습니다. 그동안 현장 작업은 한 시간 단위로 끊어 담배 한 대를 피웠습니다. 한 시간 안에 한 번의 필름 작업이 끝나기 때문에 한 타임이 끝나면 담배 한 개비를 피우고 들어와 다음 작업을 합니다. 사장은 거기에 제동을 걸었습니다. 오전 휴식 시간은 열 시에 십 분, 오후엔 세 시 반에 이십 분으로 정했습니다. 동시에 점심시간 한 시간을 이십 분 줄여 사십 분으로 만들었습니다.

작업자들은 이구동성으로 공장장에게 항의했습니다. 점심시간을 이십 분이나 잘라먹는 회사가 어디 있느냐고 따졌습니다. 공장장은 사장에게 왔다 갔다 하더니 한 달만 시범적으로 해보자고 했습니다. 사람들은 시범적이라는 말이 거짓말이라고 욕하면서도 받아들였습니다.

현장의 커피도 사라졌습니다. 사무실에 자판기가 있으니 거기 와서 빼 먹으라고 했습니다. 사람들은 누가 커피 빼 먹으러 사무실로 가느냐고 흥분했지만 안 마시면 그만이라고 욕설을 퍼부으며 또다시 받아들였습니다.

조퇴와 외출 시간을 엄격히 돈으로 계산하기 시작했고, 퇴근은 반드시 청소를 다 끝내고 하라고 지시했습니다. 그 말은 사장이 처음 면담 중에 한 말을 상기시켰습니다.

"끝나자마자 그냥 퇴근하는 건 보기 좋지 않더라고요. 뒷정리를 하고 가야 하는데 다들 그냥 가면 안 되는 거잖아요. 퇴근 후에 얼마 동안 뒷정리를 해주실 수 있나요?"

처음엔 어처구니없어 대답을 못했습니다.

"한 이십 분 정도 뒷정리를 해주실 수 있나요?"

선하게 봤던 사장의 모습이 일그러지고 기분이 나빠졌습니다. 왜 공장은 하나같이 현장에서 일하는 사람을 존중하지 않는지 화가 났습니다. 오만 가지 잡다한 곳까지 한 푼이라도 더 챙기려고 몸부림을 칩니다. 이제까지 다녔던 공장의 모습들을 여기서도 똑같이 봐야 한다는 사실이 기가 찼습니다.

화가 나는데 마음까지 심란하게 만든 건 난로 연기였습니다. 작업장 온도가 영하로 내려가면 합판과 필름이 본드로 접착되기 어려워 작업이 안 됩니다. 그래서 현장에는 대형 화목 난로가 설치돼 있습니다. 겨울이 되어 난로에 나무를 때는데, 거개가 재단실에서 나온 합판 쪼가리들입니다. 본드가 묻어 화력은 좋지만 독성을 잔뜩 품은 연기를 냅니다. 연기 배출이 원활하지 않아 이따금씩 검은 연기를 꾸역꾸역 공장 안으로 토해냅니다.

지게차의 매연과 먼지 그리고 연기 때문에 도저히 참을 수 없어 마스크를 쓰기 시작했습니다. 작업 중에 쓰는 마스크라 공장장에게 사달라고 했는데 며칠이 돼도 사 오지 않았습니다. 왜 비치를 안 해주느냐고 물었습니다. 공장장이 말꼬리를 흐렸습니다.

"사장님께선 우리 공장이 마스크가 필요한 공장이냐고 묻더라고요."

어이없어 웃고 말았습니다. 퇴근 후에 집에 가서 샤워를 하면 머리카락에서 검정 물이 흘러내립니다. 코를 풀면 시꺼먼 콧물 덩어리가 나옵니다. 차라리 내가 사서 쓸 생각을 하고 더 이상 말하지 않기로 했습니다. 그러다가 본드 청소를 하면서 화가 터져버렸습니다.

작업이 끝나면 본드롤러를 깨끗이 물로 씻어내야 다음 날 작업할 수 있습니다. 수성 본드라고 하지만 그걸 맨손으로 청소해야 됩니다. 롤러 사이로 장갑이 끼어서 손이 빨려 들어갈 수 있기 때문에 맨손으로 해야 됩니다. 끈적끈적한 본드가 손에 잡힐 때마다 찝찝합니다. 어쩔 수 없어서 그 짓을 매일 하는데, 어느 날 청소한 본드 물을 하수구로 흘려 보내라고 했습니다.

이미 일 년 전에 그렇게 하다가 누군가의 고발로 벌금을 낸 적이 있다고 들었습니다. 본드 물은 반드시 희석제로 굳혀 드럼통에 담아 폐기물 업체를 통해 배출하게 돼 있습니다.

"왜 희석제를 안 사다 놓는 겁니까?"

"주문했는데 안 와서 그래요. 며칠만 그냥 버리세요."

공장장이 변명했습니다.

"난 못 버립니다. 이 물이 고스란히 남한강으로 흘러들 텐데, 그건 우리가 먹는 상수도 물인 거 모르세요?"

"알겠는데 며칠만 그냥 버리세요."

"못 버립니다. 드럼통에 담아놓고 나중에 희석제가 오면 그때 희석시켜 버리지요."

"아, 그냥 버려! 수돗물처럼 틀어놓고 버리면 되지 뭐가 말이 많아. 걸리면 사장 새끼가 걸리지 자네가 걸려? 또 당해보라고 해!"

집사가 달려오더니 본드 물을 쏟아부었습니다.

"멈춰요!"

집사를 뒤로 밀쳐내며 화를 냈습니다.

"집사님은 빠지세요. 어차피 내가 하는 일이니 내가 알아서 합니다!"

내 뜻대로 남은 본드 물을 드럼통에 버렸습니다. 집사도 완강한 내 모습을 보고 더 이상 끼어들지 않았습니다. 사흘을 그렇게 하자 공장장이 와서 소곤거리며 부탁했습니다.

"사실 희석제가 비싸다고 안 사다 놓는데 나도 힘듭니다. 문제가 생기면 사장이 알아서 한다니까 그냥 버려주세요."

"내가 이 공장을 그만두는 일이 있어도 안 버립니다. 공장장님도 양심이 있다면 이건 해결해주셔야 합니다."

다행히 희석제는 다시 들어왔습니다. 사장은 그 사건에 대해 한마디도 꺼내지 않았고 대신 눈빛을 바꿨습니다. 집사에게서 칼질을 배워낸 게 고마웠던지 늘 겸손과 정겨운 눈빛을 보내더니 일순간 경계의 눈빛을 드러냈습니다.

시끄럽고 귀찮은 일에 빠져들었다 나왔지만 덕분에 최 과장과는 좋은 인연을 맺었습니다. 그 일이 있던 날 버스를 타러 걸어 나가는 길에 최 과장이 차를 세우며 타라고 했습니다. 무슨 일이냐고 물어도 대꾸는 않고 곧바로 오복전방으로 달려갔습니다. 늘 버스를 타고 다녀도 그곳에 가게가 있는지 몰랐습니다.

"술 하시죠?"

최 과장의 단골집이라고 했습니다. 퇴근하다 출출하면 막걸리 한 병을 비우고 가는 데라고 했습니다.

"대단하세요. 집사님 밑에서 칼질을 배울 수 있는 사람은 없다고 생각했거든요."

최 과장의 미소가 가게 안에 환하게 퍼졌습니다. 나도 낄낄거리며 고개를 끄덕였습니다. 새우깡에 막걸리 두 잔을 마시고 났더니 꽁치김치찌개가 끓었습니다.

"뭐 하시다 여기 왔어요?"

"튀김 공장 다니다 왔어요."

"공장 다니셨던 분 같지 않은데요?"

"왜요?"

"말씀하시는 것도 그렇고…… 왜 있잖아요, 뭔가 다른 느낌."

최 과장의 눈빛에 호기심이 가득했습니다. 이상하게도 최 과장에게 나를 숨기고 싶지 않았습니다. 그렇다고 선뜻 내보이기도 막막했습니다. 화장실에 간다며 잠시 가게 밖을 나섰습니다.

벌써 거리는 어둠이 짙어졌습니다. 길 잃은 바람 소리가 허공을 떠돌았습니다. 담배를 물고 가게 옆 나무에 기대 소변을 보면서 하늘을 쳐다봤습니다. 별 하나 보이지 않는 하늘은 어디가 시작이고 끝인지 알 수가 없는 검은 블랙홀이었습니다. 아득한 쓸쓸함이 바람결을 타고 들어와 가슴을 헤저었습니다.

사실 나는 소설가입니다. 좋은 소설을 많이 쓰거나 유명세를 탄 작가는 아니라도 책을 열 권 정도 냈습니다. 한때 문학만이 생의 전부인 것처럼 여기기도 했고, 가족도 등한시하고 글만 보고 살았습니다. 특히 우리 사회의 어두운 면을 되짚어 보는 글을 찾아 헤맸습니다.

인생은 한 치 앞도 예측할 수 없다고, 어느 날 아내가 큰 병으로 쓰러졌습니다. 처음엔 좋아질 거라는 믿음을 갖고 병을 고치기 위해 혼신의 힘을 다했습니다. 일 년이면 충분할 거라고 생각했던 병이 칠 년으로 이어지면서 글도 문학적 상상력도 다 달아나버렸습니다. 천신만고 끝에 아내는 병에서 벗어났지만 나라는 존재는 사라져버렸습니다.

글을 잘 쓰는 사람이 이미 많은데 나까지 기웃거릴 필요는 없다고 생각했습니다. 무섭도록 지독했던 아내의 병이 나은 것만으로도 고맙게 여기자고 위로했습니다. 세상이라는 것이 희로애락의 연속이고, 그 크기와 깊이는 크게 다르지 않게 공전한다고 생각했습니다. 다행히 시골로 내려와 집 한 채 짓고 살고 있으니 됐다 싶었습니다. 유유히 흘러가는 남한강을 바라보면서 자연에 순응해 살자고 했습니다.

먹고사는 문제를 해결하기 위해 한동안 집 짓는 사람들을 따라다녔습니다. 영농조합에서 일용직으로도 일했습니다. 무와 배추를 심고 절임 배추를 만들어 파는 곳으로, 조합 맞은편 산 밑에서 주막을 운영하며 친환경 농사를 짓는 후배가 소개해줬습니다. 그는 머리를 길게 길러 묶고 장군처럼 덩실덩실 씩씩한 걸음걸이를 걷습니다.

후배는 토요일만 되면 가마솥에 장작을 때서 손두부를 만들어 동네 사람들에게 팔거나 안주로 내놓습니다. 동네에서 생산한 콩을 재래식으로 만든다는 소문이 퍼지면서 먼 곳에서 사람들이 찾아옵니다.

나도 매일 일 끝나면 그곳에서 막걸리 반 주전자를 마셨습니다. 시원한 막걸리 한 잔에 구수한 두부를 김치에 싸서 안주하면 힘들었던 몸이 녹아내립니다. 그러다가 같은 면에서 소설을 쓰는 친구를 만났고, 사진작가를 하면서 수제 피자를 만드는 사람도 만났습니다. 좋은 사람들이지만 그들과 자주 부닥치는 게 싫었습니다. 더 이상 글도 안 쓰는 내가 그들과 세상 돌아가는 얘기를 하고 문학과 예술에 관해 얘기하는 것이 싫었습니다. 특히 글을 다시 써보라는 말을 들을 때마다 화가 치밀었습니다.

어느 날 술에 잔뜩 취해 집으로 돌아왔는데 다음 날 후배에게서 전화가 왔습니다. 내가 소설가 친구를 죽여버리겠다며 목을 졸랐다는 겁니다. 상대편이 손으로 막자 손목을 물어버렸다고 합니다.

조짐이 있었습니다. 언제부터인가 혼자 중얼거리기 시작했습니다. 처음엔 읊조리듯 낮았던 목소리가 점점 커져서 내 귀에 뚜렷하게 들려와 놀라곤 했습니다. 말끝에 욕을 붙이는 것도 끔찍했습니다. 조심하려고 애썼지만 느닷없이 나도 모르게 "씨발!" 하는 것이었습니다. 그것만이 아닙니다. 술에 취하면 후배든 선배든 가까운 사람들에게 전화를 걸어 술주정을 했습니다. 그런 탓에 혹시라도 취하면 실수하지 않을까 늘 염려

했습니다.

소설가 친구에게 사과했습니다. 너무 미안해 얼굴을 볼 수 없다고 몇 번의 사죄 문자를 보냈습니다. 어쩌다 이 지경까지 온 건지 괴롭고 한심해 견딜 수가 없었습니다. 그날 소주 세 병을 사 들고 남한강 강가로 가서 술을 마셨습니다. 울기도 하고 소리도 지르고 흘러가는 강물을 하염없이 바라보면서 죽고 싶다고 생각했습니다.

영농조합을 그만두고, 주막으로 향하던 발걸음도 끊었습니다. 모든 게 귀찮고 하찮아 보여 집에서 술만 마셨습니다. 아내는 살기 싫다는 표정이 꽉 찬 내 모습을 보면서 힘들어 했습니다. 일주일쯤 지났을까 한 통의 전화가 왔습니다.

"아저씨, 우리 공장에 들어갔는데 같이 안 다닐래요?"

명주 아주머니였습니다. 그녀는 영농조합에서 함께 일하던 아주머니 두 사람과 함께 식품 회사로 옮겼다고 했습니다. 최저생계비 108만 원만 주는 영농조합보다 작업 시간이 길어도 130만 원을 주는 곳으로 옮긴 겁니다. 남자 한 명 더 뽑는데 월급 150만 원에, 아주머니들을 태워서 같이 다니면 기름값으로 15만 원을 더 준다고 했습니다.

다시는 공장에서 일하고 싶지 않았지만 아내를 위해서라도 가야만 했습니다. 비록 병마로부터 벗어났으나 완전히 회복한 것은 아니었습니다. 그녀를 힘들게 하지 말아야 했습니다. 나는 아내를 위해 사는 것도 좋다고 생각하며 누군가 한 사람에게만이라도 힘이 된다면 그 삶도 좋을 것이라고 다독였습니다. 소설 쓴다고, 이 세상을 변화시켜보겠다고 아내가 아프기 전까지 많이 힘들게 했습니다. 시키면 시키는 대로 주면 주는 대로 월급을 받고 일만 하자고 마음먹었습니다.

호떡을 굽고, 핫도그와 김말이를 튀기고, 감자떡을 만드는 곳이었습니다. 8월 무더위가 극성을 부려 작업장은 식용유 끓는 열기로 가득했습니다. 호떡실에서 작업을 하다 보면 온몸이 땀과 식용유로 범벅이 됩니다. 뜨거운 기름에 튀겨져 나온 핫도그를 집어 쟁반에 올리다 보면 등짝에서 땀이 물처럼 흐릅니다. 김말이를 튀길 때면 열기가 절정에 이릅니다. 벨트컨베이어를 타고 온 김말이가 가마솥으로 들어가면 기름이 사방으로 튀어 오릅니다. 그걸 스텐으로 만든 뜰채에 담아 올려 기름 속으로 두 번 더 집어넣고 휘젓습니다. 얼굴에서 등짝으로, 다시 사타구니를 타고 종아리 밑으로 땀이 흐릅니다. 아주머니들은 집에서 싸 가지고 온 물을 냉동실에 얼려서 수시로 마십니다.

"여름 한 철만 지나면 괜찮대요. 남의 돈 먹기가 어디 쉬운가요."

아주머니들의 평균 나이는 육십입니다. 시골에서 농사짓다가 온 사람과 도시 변두리에서 공장을 다니다 온 사람들입니다. 오랜 노동에 익숙해진 그녀들은 정말 열심히 일합니다. 벨트컨베이어 작업이 그렇듯 꾀도 부릴 수 없습니다. 손이 느려지면 다른 사람의 작업을 멈추게 해서 반장에게 기분 나쁜 소리를 듣습니다.

하루 열 시간 노동이 끝나면 땀과 기름에 범벅이 돼 초죽음이 됩니다. 그래도 아주머니들은 씩씩합니다. 일하면서 끊임없이 이야기를 풀어가며 농담하고 웃습니다. 어느 순간 아주머니들이 다 같이 박장대소하면서 웃을 때면 공장 안이 환하게 밝아집니다. 시끄러운 기계 소리도, 흘러내리는 땀과 기름의 찝찝한 기분도 사라지고 우울한 표정을 짓고 있던 내 얼굴도 밝아집니다.

아주머니들은 집으로 돌아가면 지친 몸을 가누지 못해 쓰러져버립니다. 그러다가 잠이 들면 한밤중에 일어나 씻고, 밥 먹고 다시 잠들었다가 나오기도 합니다. 뼈마디가 쑤셔 어깨와 다리에 파스를 덕지덕지 붙이고 삽니다. 그래도 다음 날 활기차게 나와서 농을 치고 웃습니다. 힘겹게 번 돈을 쓸 수 없으니 천장에 월급 통장을 매달아놓고 반찬처럼 먹어야 한다며 박장대소합니다.

나는 열심히 일하고 싶었습니다. 나보다 나이가 많은 아주머니들이 지친 표정 없이 즐겁게 일하는 걸 보고 더 힘을 냈습니다. 그러다가도 머리 위에서 무언가가 나를 감시한다는 느낌이 들면 머리카락이 쭈뼛 섰습니다.

놀랍게도 우리 공장 안에는 CCTV가 스무 대나 매달려 있었습니다. 모든 작업장 안에 한 개에서 두 개씩 매달린 CCTV는 보기만 해도 섬뜩했습니다. 사장은 고향에서 데려온 사람을 실장으로 앉혀놓고 늘 모니터를 지켜보게 했습니다. 그의 눈은 정말 쥐새끼처럼 생겼는데, 아주머니들은 모니터를 너무 들여다봐서 눈동자가 징그럽게 변해버렸다고 놀려댔습니다. 사장 역시 모니터에 스마트폰을 연결해 시간 날 때마다 현장을 감시했습니다. 그러다가 느닷없이 전화를 걸어 호통쳤습니다.

"작업 시간에 왜 담배 피우러 나가, 임마!"

클럽을 자주 다닌다는 서른두 살짜리 꽃빵 기술자에게 전화를 한 겁니다.

"우린 노예여, 노예!"

몇몇 아주머니들이 푸념처럼 말을 내뱉다가 그러려니 합니다.

"이렇게 일 열심히 해주는데 지가 뭔 트집을 잡겠어."

하지만 사장은 출근하자마자 모니터를 보면서 많은 것을 지시했습니다. 쉬는 시간을 정확히 지킬 것, 청소 시간에 어슬렁거리지 말 것, 기름을 너무 많이 쓰지 말 것 등. 그런 말을 들을 때마다 직원들은 화를 내며 돼지 새끼라고 욕했습니다. 공장은 휴식 시간 십오 분도 무급으로 월급에서 제했습니다. 돈도 안 주는 그 시간을 제대로 쉬는 것조차 용납하지 않는 사장이 안하무인처럼 보였습니다.

못 보고 못 들은 척했습니다. 어차피 공장은 그런 곳이라고 무시했습니다. 하라는 대로 해주는 것도 어려울 것 없다고 생각했습니다. 하지만 석 달이 조금 넘었을 때 견디기 어려운 일이 일어났습니다.

하루 종일 땀을 흘리며 기름 타는 냄새를 맡으면 속이 역겹습니다. 그럴 때면 물을 마셔가면서 달래는데, 그날따라 토할 것같이 속이 울렁거리며 현기증이 일었습니다. 작업을 끝마칠 때까지 참고 청소하기 전에 맑은 바람을 쐬러 잠시 밖으로 나갔습니다.

늦가을 서늘한 바람이 땀을 식혀주자 살 것 같았습니다. 코를 풀고 맑은 공기를 들이마시며 속을 달랬습니다. 그렇게 일 분 정도 문 앞에 쭈그려 앉아 있어나 싶을 때였습니다.

"청소 안 하고 뭐 하는 겁니까?"

실장이었습니다. 갑작스럽게 나타나 다그치기에 일어섰습니다.

"청소 안 할 겁니까?"

"속이 좀 안 좋아서……."

내 목소리가 기어들었습니다.

"다른 사람들은 멀쩡한데 아저씨만 왜 그런 건데요?"

쥐새끼 같은 눈이 쏘아봤습니다. 갑자기 움츠러든 내 모습에 화가 났고, 놈의 눈빛이 징그러워 화가 났습니다. 두 손가락으로 교활해 보이는 놈의 눈을 파버리고 싶은 충동이 일었습니다.

"왜 쳐다보는데요? 일하기 싫으면 가세요!"

슬리퍼를 신은 최 실장이 배를 쑥 내밀고 거만하게 소리쳤습니다. 거름 더미처럼 우뚝 서서 악취를 풍기는 모습이 참을 수 없이 속을 뒤집었습니다. 인내가 한계에 다다랐을 무렵 김씨가 포장 박스를 들고 나오다가 우리를 봤습니다.

"최 실장, 왜 그래요?"

"다들 청소하는데 저 양반 혼자서 쉬고 있잖아!"

"아저씨, 왜 그래요? 어디 안 좋으세요?"

"속이 안 좋아서 잠시 나왔는데……."

구차해서 견딜 수가 없었습니다. 말을 접고 그냥 안으로 들어갔습니다. 청소를 하는데 화가 삭지 않았습니다. 당장이라도 뛰어 올라가 놈의 귀싸대기를 올려붙이고 싶었습니다.

집에 돌아와 술을 마셔도 진정되지 않았습니다. 이리저리 마음을 가라앉히려고 애썼지만 놈의 눈빛이 수시로 떠올라 진저리를 쳤습니다. 훈계하듯, 경고하듯 갈라진 놈의 목소리가 귀에 틀어박혀 떠나지 않았습니다. 술에 취해 잠이 들었다가 새벽에 눈을 떴는데, 놈이 내 앞에 서 있는 듯한 착각에 기겁했습니다.

착잡한 마음을 어쩌지 못해 어둠으로 꽉 찬 마당에 나가 담배를 피웠습니다. 오만 가지 생각이 들락거리며 힘들게 했습니다. 아침도 거르고 공장으로 나가자 명주 아주머니가 흥분해서 다가왔습니다. 이미 어제 일을 현장 사람들이 다 알고 있었습니다.

"개실장이 쌍말을 했다면서요? 원래 개니까 무시하고 참으세요."

웃으면서 고개만 끄덕거렸습니다. 다른 아주머니들도 그냥 무시해버리라고 한마디씩 위로의 말을 건넸습니다. 그럴 때마다 "네" 하고 고마운 표시를 했습니다. 달리 어쩔 도리도 없었습니다.

참담한 심정을 감추고 일만 열심히 했습니다. 다 잊어버리자고 더 열심히 일했습니다. 그럴수록 CCTV가 찍어대는 모니터를 뚫어지게 쳐다보고 있을 최 실장의 희번덕거리는 눈빛이 떠올랐습니다. 내 손의 움직임을 다른 작업자들 손 속도와 비교하고 있을 눈빛이 신경을 곤두세웠습니다.

아주머니들이 일하는 모습을 보면서 분노가 더 커졌습니다. 어려운 생활을 꾸리기 위해 혼신의 힘을 다해 일하는 사람들을 유린하는 사장을 가만두면 안 된다는 생각이 꾸역꾸역 밀려들었습니다.

아주머니들의 월급은 130만 원입니다. 이 공장은 법정 공휴일도 안 쉬고 오직 추석과 설날 그리고 일요일만 쉽니다. 최저생계비 108만 원에 주휴수당, 월차수당, 특근, 잔업수당을 더하면 130만 원은 턱없이 부족한 액수입니다. 나이 들었다고, 일자리 구하기 어렵다고 남녀 차별을 해가면서 아주머니들의 월급을 깎아먹고 있습니다.

인권위원회는 물론 내가 아는 모든 통로를 통해 사장을 고소, 고발하고 싶었습니다. 그로 인해 내가 그만둔다고 해도 아주머니들을 더 이상 농락하지 못하게 하고 싶었습니다. 나 또한 CCTV에 붙잡혀 지내는 걸 더 이상 참아낼 자신이 없었습니다. 사흘 동안 생각을 거듭하다가 영농조합 아주머니들에게 사장과 싸우겠다고 말했습니다.

"그러지 마세요, 아저씨. 우리도 화가 나고 기분 나쁘지만 참고 다니는 거거든요. 우리 같은 사람을 어디서 써주겠어요."

예상을 못한 대답은 아니었습니다. 소개해준 아주머니들이 불이익을 당할 수 있다는 걱정을 할 거라고 판단했습니다. 설득했습니다. 사장이 월급을 제대로 지급하지 않을 뿐만 아니라 CCTV로 작업장을 감시하는 행위는 인권유린으로 형사 처벌까지 받게 돼 있다고. 해썹(HACCP) 공장이라면서 작업복을 한 벌밖에 안 주는 공장이 어디 있느냐고.

"아저씨, 우린 괜찮으니까 그만두려면 아저씨만 조용히 그만둬주세요."

걱정스러운 표정을 한 아주머니들의 얼굴은 설득할수록 더욱 굳어졌습니다. 내가 확고한 의지를 드러낼수록 아주머니들은 일자리를 잃을지 모른다는 두려움에 휩싸였던 겁니다. 늘 다정하던 아주머니들의 목소리가 차갑게 변하자 나는 망연자실했습니다.

그날부로 소리 없이 공장을 떠났습니다. 더 이상 아주머니들을 설득하기 싫었고, 견디기 어려운 분노도 어느새 싸늘하게 식어버렸습니다. 허망한 웃음만 매달고 돌아서는 발걸음은 천근만근 무게로 힘들었습니다. 패배감에 휩싸여 돌아와 아내의 얼굴을 보는데 가슴이 콱 막혔습니다. 안정된 일자리를 구했다고 좋아하던 모습이 실망과 걱정으로 일그러질 것을 생각하니 그만뒀다는 말을 꺼낼 수가 없었습니다. 할 수 없이 다시 고용 센터를 찾아가 소개받은 곳이 합판 공장입니다.

사람이 상처를 받으면 가슴에 칼로 그은 듯한 실금이 새겨집니다. 상처는 보이지 않게 있다가 비슷한 경험을 하면 저절로 떠오릅니다. 열네 살에 공장에 들어가 많이 두들겨 맞고 온갖 허드렛일을 했던 것이 떠올랐습니다. 그런 공장의 기억이 지금의 모습과 별반 다를 것 없다는 생각에 가슴이 답답해졌습니다. 생각을 버리고 일만 하는 것이 쉽지 않았습니다.

한숨을 바람 속에 날려버렸습니다. 모두 부질없는 생각이라며 나를 내려놓고 가게 안으로 들어섰습니다. 꽁치김치찌개 냄새가 비릿하면서도 구수하게 퍼져 있었습니다. 최 과장이 내가 들어오자 씨익 웃으며 여전히 내 대답을 기다리고 있었습니다. 입이 안 열려 말을 돌렸습니다.

"왜 사장을 늘 개라고 부릅니까?"

"아, 개는 사고방식이 좀 이상한 애예요. 지 생각과 말이 늘 다 맞다고 믿거든요."

최 과장은 삼 년 전에 퇴사했다가 다시 들어왔습니다. 처음 공장을 시작할 때 입사해 오 년을 일하다가 나갔습니다. 일이 많아지면서 생산 방식을 놓고 사장과 논쟁을 벌였습니다. 최 과장은 사장이 말한 방식으로 생산해보고, 자신만의 방식으로 생산해보았습니다.

사장은 현장 경험을 이겨낼 수 없었습니다. 그런데도 자신의 방식대로 생산을 지시했습니다. 최 과장은 납득할 수 없어 그날부로 공장을 나갔습니다. 집사 역시 사장의 오만함이 싫어 함께 퇴사했습니다. 그때부터 최 과장은 사장을 '개'라고 부르면서 무시했습니다.

사장은 기술자 두 명이 나가자 직원 한 명에게 칼질을 가르쳐 생산에 나섰지만 물량을 못 맞췄습니다. 그나마 납품된 물량마저 불량 판정을 받고 계속 반품됐습니다. 곤경에 처한 사장이 보름 만에 두 사람에게 사과하면서 다시 불러들였습니다.

“말은 안 하지만 나를 죽이고 싶어 할걸요. 강 집사님은 쫓아내고 싶어 안달이고요. 이 기사님이 칼질을 잘 배우고 있으니 잔머리를 굴려 더 쫓아내려고 하겠죠.”

“내가 누군가를 쫓아내는 데 쓰이는 건 싫은데요?”

현장에서 신참은 무조건 기사로 불렀습니다. 허울 좋은 껍데깁니다. 아무튼 최 과장의 말이 사실이라면 몹시 불쾌한 일이었습니다.

“근데 정말 뭐 하던 분이었는지 말씀 안 하실 겁니까?”

최 과장이 담배를 꺼내 물며 미소를 날리자 걸어둔 마음의 빗장이 슬그머니 열렸습니다.

“지금은 안 쓰지만 소설을 썼어요.”

“아! 근데 왜 안 쓰세요?”

“소설은 쓰고 싶은 글이 생겨야 하는데, 그런 마음이 사라져 버렸거든요.”

“왜요? 무슨 소설을 쓰셨는데요?”

할 수 없이 내가 쓴 소설 제목 몇 개를 말했습니다. 소설을 못 쓰게 된 이유도, 아내가 아팠다는 얘기도 편하게 꺼내놨습니다. 그러고 나서 다시 현장 얘기를 하면서 술을 마셨습니다. 최 과장은 며칠 뒤에 사수 일을 나에게 가르칠 거라고 했습니다. 처음엔 헷갈려 실수도 있겠지만 보름만 지나면 웬만큼 할 수 있는 일이라고 했습니다.

사수 일을 시작하자 정신이 없었습니다. 십여 개나 되는 스위치 용도를 수없이 반복해 외웠습니다. 소용없었습니다. 막상 칼질을 해보니 매 순간 정확하게 눌러야 될 스위치를 누르는 게 너무 어려웠습니다. 많은 불량을 냈습니다. 필름이 다 떨어진 것도 모르고 계속 이동시켜 합판에 본드만 잔뜩 묻혀 필름롤러와 합판을 망쳐놨습니다. 한 번 실수하면 필름롤러에 묻은 본드를 깨끗이 닦아내야 하는데, 그때마다 강 집사의 맹렬한 눈빛과 비난이 쏟아졌습니다.

본드가 다 떨어진 것도 모르고 합판을 이동시켜 필름을 망치거나 본드가 너무 넘쳐 기계를 세우고 덜어내기도 했습니다. 실수로 마음이 힘든 것도 문제였지만, 3밀리 합판 몇 장을 둘러메고 벨트컨베이어에 옮기는 일은 몸을 지치게 만들었습니다. 힘든 나를 감싸주고 짐을 덜어준 건 최 과장이었습니다.

최 과장은 누구나 배우면서 실수를 하는 법이니 신경 쓰지 말라고 했습니다. 합판을 꺼내는 방법과 쥐는 방법, 어깨에 메는 방법을 가르쳐주면서 절대 석 장 이상 꺼내지 말라고 했습니다. 두 장을 꺼내고, 자기처럼 뛰지도 말고 천천히 올려놓으라고 했습니다. 기계 속도에 맞춰 많이 만들 필요도 없다고 했습니다. 자기는 몸에 익숙해져 그렇지만 사장도 두 장을 겨우 들고 천천히 올려놓는다고 위로했습니다.

일주일쯤 지나고 조금씩 실수를 덜 하게 되자 최 과장이 술집으로 나를 데려갔습니다.

"이 기사님 소설 봤어요."

그는 술 한 잔을 따르면서 말을 이었습니다.

"『내 생의 적들』 그거 이 기사님 살아온 얘긴가요? 실제로 그런 고문을 받으신 겁니까?"

"아니요, 소설은 경험을 바탕으로 쓰지만 자신이 경험한 것만으로 쓰진 않아요."

"그리고 정말 궁금한 게 있는데 다리 저는 여자분 실제로 연애했던 사람입니까?"

젊은 사람이라 여자가 먼저 눈에 들어온 모양입니다. 나는 그 여자와 연애한 이야기를 풀어놓았습니다. 최 과장의 눈이 점점 슬픔에 젖어들었습니다. 소설 속에서 그 여자는 죽지만, 현실에서는 떠나보냈다고 하자 술을 연거푸 마셨습니다. 이상하다 싶어 왜 아직도 결혼을 안 했느냐고 물었습니다. 최 과장이 웃으며 말했습니다.

"여잔 무섭습니다."

최 과장은 소주 한 잔을 다시 비우고 살아온 이야기를 꺼내놓았습니다.

부모가 이혼해 엄마의 얼굴도 모르고 자란 이야기, 이모 집에서 중학교만 나오고 금형 공장에 들어간 이야기, 공장에서 일 년을 일하고도 도둑으로 몰려 사장에게 돌을 던져 소년원에 들어간 이야기, 그때부터 집에 샌드백을 매달고 화가 나면 그걸 쳤는데 지금도 방에 고정해놓은 통나무를 십 분 정도 친다며 두 주먹을 내밀었습니다. 두 손 모두 굳은살이 돌덩이처럼 박여 있었습니다.

소년원에서 나와 이모가 다니는 봉제 공장에 들어가 사귄 친구와 선배들을 따라서 여기저기 떠돌아다녔다고 합니다. 배관도 해보고 정화조를 설치하는 곳에서 삼 년 동안 일하기도 했습니다. 그러다가 스물다섯 살 되는 해 여자를 만났습니다. 공장을 다니는 친구의 소개로 만났는데 편의점에서 일하는 여자였습니다. 그 여자가 최성태에게는 첫사랑이었습니다.

최성태는 그녀를 보고 한눈에 반했습니다. 여자 나이는 스물셋이었습니다. 그녀도 가정이 불우해 혼자 살고 있었습니다. 일 년을 만나면서 누군가를 사랑하고 사랑받는 기쁨을 알게 되면서 같이 살자고 청했습니다.

여자는 자신의 방식을 따른다면 함께 살겠다고 했습니다. 최성태의 월급은 모두 그녀가 만든 통장으로 들어갔습니다. 생활비는 그녀가 버는 돈으로 절약하며 살았습니다. 최 과장은 모든 계획을 세워 희망을 만들어가는 그녀가 고마웠습니다. 술도 줄이고, 외박도 하지 않고, 좋아하던 낚시도 끊었습니다. 전세방을 얻을 때까지 아이는 갖지 않기로 하고 웃음을 만들어가며 살았습니다.

삼 년을 그렇게 살던 어느 날 퇴근하고 집에 돌아와 방 한가운데 놓인 편지 한 장을 발견했습니다. 편지를 본 최성태의 눈에서 넋이 빠져나갔습니다.

'미안해, 부디 잘 살아.'

최성태는 그녀의 소식을 알 만한 곳으로 수없이 전화를 걸었습니다. 아무도 그녀의 행방을 모른다고 했지만 믿을 수가 없어서 몇 날 며칠을 방 안에 틀어박혀 기다렸습니다. 기다림이 끝내 절망으로 끝나버리자 그의 삶은 나락으로 떨어졌습니다.

참 어려운 세월을 살았다 싶었습니다. 나 역시 초등학교를 졸업하고 공장에 다녔습니다. 고참에게 두들겨 맞으면서도 다닌 실 공장, 신문 배달, 사출 공장. 만일 그 시절 월남전쟁에 참가했다 돌아온 형이 아니었다면 지금도 어두운 길을 떠다니고 있을지 모릅니다.

아직도 기억이 생생합니다. 소낙비가 억세게 쏟아지던 날 군복을 입은 사람이 더플백을 메고 문을 두들겼습니다. 형이었습니다. 그는 월세 단칸방 살림살이를 둘러보며 나에게 뭐 하느냐고 물었습니다. 공장을 다닌다고 하자 왜 공부하지 않느냐고 화를 냈습니다.

다음 날 형은 나를 데리고 검정고시를 준비할 수 있는 고등

공민학교로 갔습니다. 만일 그때 형의 보살핌이 없었다면 대학은 꿈도 꾸지 못했을 것이고, 내 삶은 어디로 흘러갔을지 모릅니다. 살다 보면 빛이 되는 사람이 있고 어둠이 되는 사람도 있습니다. 형은 나에게 빛이 됐고, 나는 그 빛을 좇아 수많은 사람들과의 관계 속에서 인생을 찾았습니다.

최 과장이 오래전 내 모습으로 다가와 그를 가만히 들여다봤습니다. 부모에게 버림받은 친구, 누구에게도 사랑받지 못한 사람의 쓸쓸한 그림자가 얼굴 한쪽에 그늘처럼 드리워져 있었습니다.

내가 그에게 묘한 매력을 느꼈듯이 그도 나에게 따뜻한 마음을 건네받고 싶었는지 모릅니다. 할 수 있다면 그를 감싸주고, 그의 인생에 작은 빛이라도 되고 싶었지만 나 역시 병들어 있었습니다. 내가 살아야 할 길도 잃어버리고 떠다니고 있었습니다. 무슨 말로, 무슨 마음으로 그를 감싸줄 수 있을지 막막했습니다.

우린 현장에서 별로 말을 주고받지 않았습니다. 물론 이야기 나눌 시간도 없습니다. 점심시간이 짧아져 밥 먹고 담배 한 대 피우면 일할 준비를 해야 합니다. 사장은 내가 사수 역할을 제법 해내자 최 과장을 물류로 이동시켰습니다. 생산부터 배송까지 전체 물량을 꿰고 있는 사람이 물류 책임자로 가는 것은 당연하나 하루에 한두 번쯤 실수를 하는 나는 불안했습니다.

"걱정 마시고 문제가 생기면 나를 부르세요."

같은 공간에서 일하는 최 과장은 늘 나를 지켜보며 실수하면 부리나케 달려와 수습해줬습니다. 3밀리 합판을 둘러멜 때는 반쯤 되는 분량을 자신이 메다꽂고 지게차로 돌아갔습니다.

일주일이나 열흘에 한 번쯤 그와 술을 마셨습니다. 그러면서 그가 이곳으로 온 까닭도 알았습니다. 여자에게 버림받고 한동안 우울증에 시달리다 형이 있는 곳으로 온 겁니다. 형은 읍내에 있는 자동차 부품 공장에서 일합니다. 아직도 여자에 대한 무섬증이 사라지지 않아 연애는 생각도 못하고 있습니다.

강 집사 얘기도 간간이 술자리에 끼어들었습니다.

집사는 황해도에서 월남한 부부 사이에서 셋째 아들로 태어났습니다. 두 형은 고등학교를 졸업하자마자 서울 공장으로 떠났습니다. 어쩔 수 없이 부모를 모시게 된 집사는 고등학교 진학을 포기하고 농사일을 거들었습니다.

아버지가 가진 땅은 논 다섯 마지기와 밭 500평이 전부였습니다. 집사는 부모와 함께 농사지으며 일당을 받고 밭일을 다녔습니다. 그러다가 서른셋에 동네 이장의 소개로 이웃 마을의 여자를 아내로 맞이했습니다.

딸 둘을 슬하에 두었습니다. 집사는 나이 마흔에 아버지를 여위고 이듬해에 어머니를 잃자 농사를 본격적으로 시작했습니다. 돈을 벌어 땅을 늘릴 욕심이었습니다. 감자가 값이 좋으면 다음 해에 대규모로 심어보고 옥수수와 배추도 수만 포기 심어봤지만 뜻대로 되지 않았습니다. 특수작물이 돈이 된다고 해서 농협 빚을 얻어 비닐하우스를 짓고 브로콜리도 대규모로 키웠습니다. 결과는 늘 뒷북을 치고 빚만 늘어났습니다.

집사는 실의에 빠졌습니다. 더 이상 농사지어 밥 먹고 살기는 틀렸다고 생각했습니다. 500평 되는 밭도 아버지가 죽자 형들이 팔아서 자기 몫들을 챙겨버렸습니다. 그는 나이 오십에 농사를 버리고 공장으로 들어갔습니다.

아파트나 빌딩을 지을 때 기초로 세우는 철 기둥을 만드는 곳이었습니다. 거대한 철 기둥을 들여와 납품 업체가 제시한 설계 도면에 따라 자르고 붙였습니다. 집사는 그곳에서 용접공들이 철을 붙이고 잘라내면서 생기는 용접 똥을 치우는 작업을 했습니다. 보안경과 마스크를 쓰고 그라인더로 울퉁불퉁한 면을 다듬는 일이었습니다.

하루 열 시간씩 그라인더를 돌리고 나면 손이 얼얼했습니다. 실수하면 손이 잘리거나 그라인더가 튕겨 나가 허벅지 같은 곳을 파고들기도 합니다. 농협 빚을 갚고 먹고살자면 할 수 없었습니다. 그는 잔업도 마다하지 않고 팔 년을 일해서 빚을 청산했습니다.

교회도 그곳에서 사장의 권유로 다녔습니다. 처음에는 사장 눈에 들고 싶어 들어갔다가 목사의 설교에 감화되어 성경책을 끼고 다니게 됐습니다. 나이가 들면서 힘에 겨워도 일할 수 있다는 것에 감사했습니다. 빚만 늘리고 공장으로 쫓겨났다고 비웃던 동네 사람들도 점점 그를 부러워했습니다.

수십 년 농사를 지어도 살림이 나아지지 않았기 때문입니다. 땅이 많은 사람은 팔아서 뭐라도 하겠지만, 웬만큼 땅을 가진 사람들조차 이러지도 저러지도 못하면서 땅에 붙잡혀 농부로 삽니다. 그들은 수십 년 농사를 지으면서 힘겹게 먹고 살 뿐 희망이 없다고 말합니다.

집사는 공장 좀 같이 다니자는 사람들을 볼 때마다 어깨를 으쓱거렸습니다. 일찌감치 농사를 때려치운 걸 다행이라고 생각했습니다. 기운이 빠져 더 이상 그라인더를 잡을 수 없게 될 때까지 일하면서 밭 500평을 다시 찾고 싶었습니다. 논농사와 밭농사를 하면 충분히 노년을 보낼 수 있다는 희망을 키웠습니다.

집사 나이 예순 문턱에 생각지도 않게 회사가 부도나고 사장은 잠적했습니다. 망연자실한 집사는 일당을 받으며 여기저기 밭일로 떠돌았습니다. 힘겨운 삶을 지탱해준 것은 신앙이었습니다. 집사의 어려움을 알게 된 목사도 교회 잡일을 맡기며 매달 30만 원씩 생활비를 보태줬습니다. 그러던 어느 날 합판 공장 사장이 교회를 찾아온 겁니다. 집사는 합판 공장에 취업했을 때 하나님께 수없이 감사 기도를 드렸습니다.

인생은 참 오리무중입니다. 최 과장도 그렇고 강 집사도 그렇고 나 또한 예기치 않은 삶을 살아왔습니다. 인생이란 뭔지, 집사가 살아온 버거운 세월이 느껴집니다. 돌아보면 내가 만난 가난한 사람들 이야기는 대개가 어둡고 슬픕니다. 튀김 공장에서 만난 아주머니들 역시 고달픈 시간을 등에 지고 힘겹게 살아온 사람들입니다.

예기치 않은 생의 길목을 만나듯 뜻밖의 일이 공장에서도 일어났습니다. 사장은 생산량을 늘리기 위해 사수 한 명을 더 뽑겠다고 했습니다. 사수를 아침 여덟 시 출근자와 열 시 출근자로 나눠 하루에 두 시간씩 생산량을 늘린다는 것이었습니다. 열 시에 출근하는 사수는 물류와 재단 일을 도와주다가 다들 퇴근하면 공장장과 함께 두 시간 생산을 더 시키겠다는 계산이었습니다.

"재 또 이상한 짓 하네."

최 과장은 사장의 의도가 다른 곳에 있다고 말했습니다. 집사를 내보내기 위한 술책이라고 단호하게 말했습니다. 이해가 되지 않아 물었습니다. 그냥 나가라고 하면 될 건데 왜 그런 방법까지 동원하느냐고.

삼 년 전 사장은 목사를 통해 집사를 다시 불러들일 때 충분한 보답이 있을 거라고 말했습니다. 목사도 같은 교인끼리 서로에게 힘이 되는 게 하나님의 뜻이라고 집사를 설득했습니다. 그런 식으로 집사를 다시 불러온 이상 목사와 교인들의 빈축을 살 짓은 절대 하지 않고 스스로 나가게 만들 거라는 게 최 과장의 생각이었습니다.

사장의 속마음은 임금을 현실화하면서 드러났습니다. 합판 공장은 사람들이 기피하는 업종입니다. 사람을 구하기도 어려운데 임금이 야박해 왔다가도 그냥 갑니다. 사장은 공장장이 배송 기사일 때 그의 조언을 받고 임금을 현실화했습니다. 단, 집사의 임금은 140만 원으로 묶어놨습니다. 그가 나가도 부사수를 가르치는 것이 어렵지 않다는 계산 때문이었습니다.

집사가 사장을 '개새끼'라고 부르기 시작한 건 그때부터였습니다. 겉과 속이 다른 놈이라며 사장에게서 등을 돌렸습니다. 분명 사장이 복수하는 거라면서 가만히 당하지는 않을 거라고 했습니다. 최 과장도 사장을 '쪼잔한 자식'이라고 부르면서 현장을 완전히 파악할 사람이 생기면 자기도 그렇게 내칠 거라고 말했습니다.

사장이 생산 계획을 설명하고 열흘쯤 지났을 때 한 사람이 들어왔습니다. 오십 대 초반의 건장해 보이는 사내였습니다. 성격도 활달해 사람들에게 다가가 말을 섞어가며 적극적으로 현장 생활을 했습니다. 이틀쯤 말목을 나르고 합판을 나르면서 현장 분위기를 파악하더니 사장이 집사에게 칼질을 가르치라고 했습니다.

집사는 나를 가르칠 때처럼 똑같은 방식으로 가르쳤습니다. 그가 하루를 집사에게 배우고 난 뒤 말을 걸었습니다.

"성격이 굉장히 이상한 분이네요. 원래 저럽니까?"

"네, 성격이 괴팍해서 그렇지 나쁜 분은 아니에요."

김 기사로 불리는 사내는 읍내에 살았습니다. 교회를 다니는 동네 사람의 소개로 들어왔습니다. 다행히 그는 잘 견뎌내며 생활했습니다. 집사가 뭐라고 윽박지르면 "집사님, 한 번만 봐주세요"라고 너스레를 떨었습니다. 실수가 생길 때면 "집사님, 필름이 내 칼을 피해 지 멋대로 노네요"라고 선수 치며 집사의 눈길을 피해 가기도 했습니다.

칼질에서 가장 중요한 것은 합판과 합판 사이의 필름 한가운데를 반듯이 잘라주는 것입니다. 옆 자투리를 자르지 못하면 나중에 헤라로 긁어내면 되지만 합판과 합판 사이를 잘라주지 않으면 합판이 붙어 나가 공정에서 차례로 떨어질 수 없어 뒤엉킵니다. 그땐 대형 사고입니다. 필름 몇 장을 버릴 뿐만 아니라 합판에 묻은 본드를 닦아내고 필름롤러와 본드롤러까지 손봐야 합니다.

그래서 처음 칼질을 배울 때 가운데를 자르라는 말을 수없이 듣습니다. 이 일 저 일 다 해봤다는 김 기사는 일머리가 좋아 칼질을 빠르게 배웠습니다. 하지만 빠른 만큼 세밀하지 못해 집사의 요사스러운 눈빛을 자주 받았습니다. 칼질이 익숙해지던 어느 날 잘 잘라지지 않는 자투리를 몇 번에 걸쳐 자르려고 애쓰다가 가운데 자르는 걸 놓쳤습니다. 그는 부랴부랴 가운데를 자르려고 용을 썼지만 이미 합판은 엉키기 시작했습니다. 공교롭게도 나는 그 순간 합판 가운데 필름 반만 잘라놓고 본드 스위치가 있는 곳으로 가 있었습니다. 꽈당, 하며 합판 비틀어지는 소리가 나서 다급하게 달려가 비상 스위치를 눌렀습니다. 최 과장이 달려오고 집사가 공구 상자를 만지다가 허겁지겁 뛰어왔습니다.

"뭐야, 이거? 아니, 아직도 가운데를 못 잘라 사고를 내? 돌대가리야? 엉?"

"아니, 자투리를 자르려다가……."

"자투리가 안 잘리면 그냥 놔두라고 얼마나 귀에 못이 박이도록 말했어!"

"에이, 씨발. 배우다 보면 실수도 할 수 있는 거지. 더러워서 못 해먹겠네."

김 기사의 얼굴이 벌겋게 상기돼 있었습니다. 그는 장갑을 벗어 던지고 현장 밖으로 걸어갔습니다.

"저 새끼가 뒈질라고 환장했나, 어디서 씨발이야? 개새끼!"

집사가 뒤쫓으려 하자 최 과장이 막아섰습니다.

"집사님, 그만하시고 일단 정리하죠."

최 과장이 나서서 수습을 시작했습니다. 합판을 다 걷어내고 필름롤러에 묻은 본드를 닦아낸 다음 집사와 내가 다시 작업을 시작하려 할 때 공장장이 우리 두 사람을 불러 사장 앞으로 데려갔습니다. 김 기사가 여전히 상기된 얼굴로 사장 앞에 앉아 있었습니다.

"집사님, 어떻게 된 일입니까?"

"김 기사에게 다 들으셨을 거 아닙니까?"

"욕하셨다면서요?"

"내가요? 난 소리를 질렀지 욕은 저 사람이 했습니다."

사장이 코웃음 치는 모습이 보였습니다.

"집사님도 처음 배울 때 실수 많이 하셨잖아요. 처음 배우는 사람한테 실수했다고 뭐라고 하면 누가 배우겠어요? 집사님 때문에 일하러 왔다가 그냥 간 사람이 스무 명은 넘을 겁니다."

팔짱을 끼고 고개를 숙이고 있던 집사가 눈을 치켜떴습니다.

"누가 그럽니까? 난 그런 소리 처음 듣습니다."

"사람들이 그만둘 때마다 집사님 때문에 힘들다고 떠났어요."

"핑계입니다. 배우고 싶지 않으니까 엄한 사람 잡는 거지요. 난 사람 괴롭힌 적 없습니다."

"이 기사님은 어떠세요? 배우기 힘들지 않아요?"

사장이 갑작스럽게 화살을 내게 돌렸습니다. 집사는 고개를 숙이고 입을 다물었습니다. 난 괜찮다고, 잘 배우고 있다고 말했습니다. 사장이 다행이네요, 라고 말했지만 자신이 원한 대답이 아니라는 표정이 역력했습니다.

"아무튼 수습 기간 동안 배우는 과정에서 일어나는 실수가지고 뭐라 하지 마세요. 만일 차후에 이런 일이 또 일어나면 반드시 일을 낸 사람에게 책임을 물을 겁니다. 서로 사과들 하세요."

"죄송합니다, 집사님."

김 기사가 사과했지만 집사는 고개를 숙이고 화를 삭이는 거친 숨만 몰아쉬었습니다. 사장이 그런 집사를 뚫어지게 쳐다보다가 다들 나가보라고 말을 마쳤습니다.

사무실을 나오면서 최 과장이 한 말이 떠올랐습니다. 그때는 설마 했는데 사실처럼 느껴졌습니다. 책임을 묻겠다고 말할 때 사장은 집사에게서 눈을 떼지 않았습니다. 만일 사장의 의도가 그런 거라면 비열한 짓이었습니다. 나는 제발 비인간적인 일이 일어나지 않기를 바라며 현장으로 돌아갔습니다.

집사는 그날 이후 김 기사에게 한마디도 하지 않았습니다. 그가 실수하든, 뭐라고 말을 걸든 쳐다보지도 않았습니다. 김 기사는 넉살이 좋은 사람이었습니다. 오히려 내게 잔소리를 안 하니 편하다고까지 했습니다.

현장은 일상적으로 돌아갔지만 불길한 예감은 수시로 들락거렸습니다. 표면상으로 순조로워 보이던 나날이 김 기사가 사수 일을 배우면서 속살을 드러내기 시작했습니다. 집사는 그와 같이 일하면서 닫았던 입을 열 수밖에 없었습니다. 김 기사가 제때 정확한 스위치를 누르지 않으면 소리를 질렀습니다.

"비상 스위치! 1번 스위치, 본드 확인! 뭐 하는 거야! 어이!"

사고를 방지하기 위해 소리치는 집사의 눈빛이 예전보다 더 강렬했습니다. 김 기사는 쩔쩔매며 집사의 목소리와 눈빛에 주눅이 들었습니다. 그러다가 일어나지 말아야 할 대형 사고가 터져버렸습니다.

김 기사가 본드가 넘치는 걸 보지 못한 겁니다. 집사가 눈치챘을 땐 이미 본드가 넘쳐 기계 밖으로 흘러내리고 있었습니다. 집사는 "본드 넘쳐!"라고 소리치며 필름롤러를 거쳐 온 합판 필름 가운데 반을 습관적으로 자르고 달려갔습니다. 김 기사도 나머지 합판 가운데를 자르려다가 본드가 넘치는 걸 보곤 허둥거리며 본드 스위치를 누르려고 달려갔습니다. 그러자 가운데가 완전히 잘라지지 않은 합판이 소리를 지르며 뒤엉켜버렸고, 본드 스위치는 눌렀지만 이미 기계 밖으로 본드가 흘러나와 뚝뚝 떨어지고 있었습니다.

"야, 새캬! 비상 스위치 눌러!"

합판이 계속 뒤엉키며 굉음을 내자 김 기사는 혼이 나간 모습으로 비상 스위치를 눌렀습니다. 물류를 도와주고 있던 나는 최 과장과 함께 달려왔습니다. 기계가 완전히 멈춘 작업대는 그야말로 엉망진창이었습니다.

"돌아버리겠네! 이걸 어떡해."

"죄송해요, 미처 못 봤어요."

"못 봐? 하, 차마 욕은 못하겠고. 어이, 이런 사고는 이제까지 한 번도 일어나지 않았어. 왜 그렇게 나대? 내가 입 다물고 있으니까 좋았지? 내 이럴 줄 알았어. 사장한테 가서 일러, 욕했다고 이르라고! 에이, 씨발 못 해먹겠구먼."

집사가 장갑을 벗고 난로 옆에 있는 의자에 털썩 주저앉았습니다.

"미안하다고 했잖아요."

"미안하면 그만이지? 저거 다 어쩔 거야? 난 못하니까 자네가 씹어 먹든 말든 알아서 해."

"왜 그렇게 사람을 못 잡아먹어서 안달입니까? 이해 좀 해주면 어디가 덧납니까?"

"이걸 이해해달라고? 내가 성인군자냐?"

"에이, 씨발. 내가 그만두고 말지. 어디 잘 먹고 잘 살아보슈!"

김 기사는 탈의실에서 옷을 갈아입고 현장을 나갔습니다. 최 과장은 그 모습을 지켜보다가 수습에 나섰습니다. 나도 그를 도와 사고 난 합판을 치우기 시작했습니다. 삼십 분쯤 지났을 때 사장이 집사를 불렀고, 집사는 십 분 만에 다시 돌아와 탈의실로 갔습니다. 최 과장이 집사에게 갔습니다.

사장은 집사에게 잘 배우는 사수를 쫓아냈다고 추궁했습니다. 집사 밑에서 한 달 이상 배운 무던한 사람인데 결국 쫓아냈다고 책임을 물은 겁니다. 무슨 수를 써서라도 그를 다시 데려오라며 사흘을 줬습니다. 그 안에 데려오지 못하면 집사도 더 이상 나오지 말라고 못을 박았습니다.

"더러운 새끼! 여기 아니면 일할 곳 없는 줄 아나 보지?"

집사가 호기를 부렸지만 칠십이 다 되어가는 노인을 쓸 공장은 없어 보였습니다. 누구보다 집사의 생활을 잘 아는 최 과장은 그가 걱정스러웠습니다. 집사의 부인은 퇴행성관절염으로 병원 약을 달고 삽니다. 자식들도 넉넉지 않은 살림이라 집사의 벌이가 끊기는 건 목숨줄을 조이는 일이었습니다.

집사는 그날 이후로 현장에 나타나지 않았습니다. 며칠 동안 현장 사람들 사이에서 집사를 걱정하는 소리가 있었지만 점점 사그라들었습니다. 사장은 닷새가 지난 아침 회의 때 강 집사가 그만뒀다는 것을 확정적으로 발표했고, 다음 주부터 김 기사가 다시 나올 거라고 말했습니다.

모든 일이 최 과장이 말한 대로 드러났습니다. 사장은 회의가 끝나고 최 과장을 따로 불러 물류는 물론 생산팀 관리까지 부탁했습니다. 강 집사의 일은 유감이지만 자업자득이라고 말했습니다. 본인이 일은 다 저질러놓고 목사한테 가서 자신을 비난했다고 어이없어 했습니다. 더 이상 교회도 나오지 않겠다며 목사까지 비난했다고 합니다.

"두 사람의 일이니 신경 쓰지 마세요."

최 과장은 내가 근심스런 표정을 짓자 선을 그었습니다. 마음이 안 좋았습니다. 한 사람을 쫓아내기 위한 계략에 우리 역시 묘하게 이용되고 말았다는 느낌이 떨쳐지지 않았습니다. 문득 그가 목사에게 사장을 뭐라고 비난했는지, 목사는 어떤 비난을 받았는지 궁금했지만 의미 없다고 쓸어버렸습니다.

오래전 노동조합운동을 하던 사람들이 얼마나 다양하게 사장으로부터 폭행을 당하고 회유를 당했는지 많이 봐왔습니다. 하물며 이 조그만 공장에서 교묘한 부당 해고를 당한 것이 뭐 대수롭겠나 싶었습니다. 천박한 자본주의든 세련된 자본주의든 자본주의사회에서 권력은 자본인데, 자본의 소모품인 노동자가 별 볼 일 있나 싶었습니다.

시간은 놀랍도록 맹렬하게 기억을 지워갔습니다. 김 기사가 새로 왔을 때 동료들은 냉랭한 모습을 보였지만 그 시간은 사흘도 넘지 않았습니다. 나 역시 김 기사를 탓하면 뭐할까 싶어 따뜻하게 맞았습니다. 다시 현장은 순조롭게 돌아갔습니다. 식당에서 점심을 먹을 때마다 성경책을 펼쳐놓고 앉아 있던 강 집사의 풍경도 더 이상 연상되지 않았습니다. 처음 밥을 먹고 나와 철조망 사이로 오줌을 갈길 때처럼, 마음을 심란하게 하는 일이 더는 일어나지 않기를 바랐습니다.

바람은 바람으로 끝나버렸습니다. 보름쯤 되던 날 느닷없이 집사가 점심시간에 나타났습니다. 그는 정문 앞 들판에 서서 팔짱을 끼고 현장을 뚫어지게 노려봤습니다. 몇몇 사람들이 나가 인사를 했지만 쳐다보지도 않았습니다. 매서운 겨울바람이 그의 머리칼을 휘저어놓아도 상관하지 않았고, 사장이 나와 쳐다봐도 아랑곳하지 않았습니다.

최 과장은 내다보지 않았습니다. 늘 그렇듯 현장 난로 옆 의자에 몸을 파묻고 사람들 소리도 듣지 않았습니다. 삭막한 겨울 벌판에 망부석처럼 서서 팔짱을 끼고 있는 집사의 모습이 불안한 기운을 몰고 왔습니다. 그곳에서 무슨 생각을 하는지 알 순 없었지만 그의 몸에서 쏟아져 나오는 섬뜩한 기운이 가슴을 답답하게 만들었습니다.

우리는 그를 버려두고 기계를 움직였습니다. 맞은편에서 칼질하는 김 기사의 얼굴은 침통한 표정으로 불안에 젖어 있었습니다. 나 역시 칼질을 하면서도 집사의 모습에 사로잡혔습니다. 두 시간 반이 지나고 휴식 시간이 되어 나가보니 집사는 없었습니다. 텅 빈 벌판에는 얼굴을 할퀴는 매서운 바람과 무심한 구름만 흘러갔습니다.

그가 안 보이자 다행스러웠습니다. 분노를 삭이고 노년을 더 이상 상처받지 말고 잘 보내길 바랐습니다. 안이한 바람이었습니다. 그다음 날부터 집사는 시도 때도 없이 그 자리에 나타나 공장을 압박했습니다.

사흘째 되는 날 새벽에 눈이 많이 왔습니다. 그날도 집사는 사람들이 출근하기도 전에 나타나 칼날처럼 서 있었습니다. 사장이 나가서 뭐라고 떠들었는데 미동도 안 했습니다. 여전히 최 과장은 집사를 쳐다보지 않았고 사람들 말에도 귀 기울이지 않았습니다. 나는 집사의 팔짱이 처음 봤을 때보다 더 높이 목 쪽으로 올라간 것을 볼 수 있었습니다. 그건 참을 수 없이 화가 났을 때 보이던 모습이었습니다. 분노를 삭이지 못하는 그의 심정을 헤아려보다가 부질없어 고개를 저었습니다.

그날 사장은 정문 철창문을 보수하고, 전등 다섯 개를 매달아 현장 앞을 환하게 밝혔습니다. 내 머릿속에 거머리처럼 달라붙은 CCTV도 다섯 대나 설치해 돌렸습니다. 혹시라도 집사가 현장에 불을 지르거나 나쁜 짓을 저지를지도 모른다는 불안감을 떨쳐내려는 행위였습니다.

사장의 노력은 의미가 없어졌습니다. 다음 날 아침 가장 먼저 출근하는 최 과장이 현장 문을 열고 불을 밝혔을 때 작업대 위층 철판 난간에 밧줄을 걸어 목을 매달고 죽은 집사를 발견했습니다. 최 과장이 뛰어가 집사를 흔들었지만 이미 그의 몸은 나무토막처럼 굳어 있었습니다.

최 과장은 사장을 불렀습니다. 사장은 집사가 죽은 것을 확인하고 읍내 파출소로 연락했습니다. 그는 출근하는 직원들을 사무실로 몰아넣고 경찰들을 안내했습니다.

나는 충격에 휩싸였습니다. 무슨 일이 일어날 것 같았지만 이런 일이 생길 거라곤 예상하지 못했습니다. 무거운 돌덩이 하나가 내려앉은 가슴을 짓누르며 숨통을 조였습니다. 사무실 안에 있을 수 없어 밖으로 나갔습니다. 최 과장만 빼고 모두 나와 서성거렸습니다. 다들 말없이 침통한 표정을 지었습니다. 우리는 담배를 태우며 싸늘한 바람에 몸을 웅크렸습니다.

담배를 물고 정문 밖 강 집사가 서 있던 자리로 향했습니다. 그 자리에 서서 공장을 바라봤습니다. 치열하게 공장을 쳐다보며 자살을 선택한 집사가 쉽게 납득되지 않았습니다. 정문과 현장 문 앞에 매달린 대형 전등이 속절없어 보였습니다. CCTV를 볼 때마다 적개심을 품었던 내 생각도 속절없어 보였습니다. 한 사람의 절박한 슬픔과 분노를 방치했다는 죄책감이 물밀듯이 밀려왔습니다. 보이는 것, 들리는 것, 다 무시하고 그냥 살자고 했던 내가 싫어 고개를 떨궜습니다. 생각에 젖어 들판을 서성거리는데 순찰차가 들어왔습니다.

집사 부인이 차에서 내렸습니다. 그녀는 경찰의 부축을 받고 쩔뚝거리며 현장으로 향했습니다. 눈은 겁에 질려 눈물이 그렁그렁 매달려 있었습니다. 잠시 후 현장 안에서 비명 소리와 통곡 소리가 터져 나왔습니다.

사십 분쯤 지나서 119 구급차가 들어왔습니다. 의료진은 신속하게 집사의 시신과 실신한 그의 부인을 싣고 떠났습니다. 사장이 최 과장을 불러 얘기를 나누더니 우리를 불렀습니다. 이건 강 집사 개인이 저지른 일이니 물건을 기다리는 업체를 생각해서 배송을 해야 된다고 말했습니다. 이 일을 납품 업체에 알리지 말라고도 당부했습니다.

모두 고개를 숙이고 침묵했습니다. 무거운 기운을 깨고 현장으로 돌아가 지게차를 움직인 건 최 과장입니다. 작업자들은 최 과장 지시에 따라 합판을 꺼내 배송 트럭에 옮기기 시작했습니다. 작업대에선 경찰들 서너 명이 무언가를 했고, 사장은 파출소 소장과 이야기를 나눴습니다.

참담했습니다. 얼마 전까지 같이 일하던 한 사람의 죽음을 길거리에서 마주친 영구차를 쳐다볼 때처럼 무심히 떠나보낸다는 사실에 화가 났습니다. 부지런히 지게차로 합판을 꺼내는 최 과장을 바라봤지만 무표정이었습니다. 무슨 생각을 하는지 알 수 없어도, 입을 꽉 다물고 표정 없이 일만 하는 모습에서 수많은 감정이 얽혀 있다는 걸 읽을 수 있었습니다.

배송을 마치고 점심시간이 돼도 아무도 식당으로 가지 않았습니다. 현장 감식이 다 끝난 뒤라 작업장엔 적막감만 맴돌았습니다. 최 과장은 현장에 남았고 물류 담당자와 재단사는 최 과장에게 말하고 집으로 돌아갔습니다.

"최 과장, 어쩌거나 더럽게 괴롭네요. 난 이제 그만둘랍니다."

김 기사는 흙빛 얼굴로 현장을 떠나버렸습니다. 작업장엔 최 과장과 나 그리고 공장장만 남았습니다. 오후 작업 시간이 되자 사장이 최 과장을 다시 불렀습니다. 싱크대 업자들이 다음 날 물량을 맞추기 위해 그 전날 급하게 주문하는 경우가 많아 생산을 지시한 겁니다.

최 과장은 생산 라인을 돌렸습니다. 집사가 죽은 자리 옆에서 우리는 말없이 라인을 돌렸습니다. 불현듯 처음 공장에 들어섰을 때 집사와 최 과장 둘이 일하던 모습이 떠올랐습니다. 어둠 속 불빛에 갇힌 사람들처럼 보이던 기이한 모습. 나는 어둠이 만든 불빛에 사로잡힌 사람처럼 암담한 기분이었습니다.

한마디 말도 없이 오후 네 시까지 라인을 돌렸습니다. 네 번째 라인을 마치고 담배 한 대를 피우고 나자 최 과장이 옷을 갈아입으라고 했습니다. 무슨 영문인지 몰라 물었더니 그냥 자기 말을 따라달라고 부탁했습니다. 난 탈의실로 가서 옷을 갈아입었습니다.

그사이 최 과장은 기계를 돌렸습니다. 쾅쾅 기계 소리가 울리자 합판이 라인을 타고 넘어왔습니다. 최 과장은 자동으로 기계를 돌려놓고 묵묵히 합판을 지켜봤습니다. 본드롤러와 필름롤러를 거쳐 합판이 최 과장 앞으로 들어섰지만 칼을 들지 않고 있었습니다. 합판이 필름에 붙어서 밀려드는 바람에 바스러지는 소리를 지르며 뒤엉키기 시작했습니다. 그 소리에 놀라 공장장이 뛰어왔습니다.

"뭐 하시는 겁니까, 최 과장님!"

"사람이 죽었는데 고사라도 지내야죠."

최 과장은 미소까지 띄우며 공장장을 쳐다봤습니다.

"공장장님, 내가 나갈 때까지 저 기계를 멈춰선 안 됩니다. 부탁드려도 되죠?"

공장장이 한숨을 길게 내쉬더니 고개를 숙이고 현장 밖으로 나갔습니다. 최 과장은 탈의실로 가서 옷을 갈아입었습니다. 그사이에도 합판은 앞에 있는 합판을 밀쳐내며 계속 밀려들어 현장을 난장판으로 만들었습니다.

최 과장은 나를 태우고 오복전방으로 갔습니다. 가게에 들어서자 할머니에게 찌개를 부탁하고 냉장고에서 막걸리 큰 거 한 병과 그 옆에 있는 양은 잔을 들고 왔습니다.

"집사님 가시는 길에 술 한 잔은 뿌려드려야겠죠?"

그릇에 막걸리가 철철 넘치도록 부으며 웃었습니다. 그는 내 잔에 자신의 잔을 부딪치고 단숨에 술잔을 비우고는 다시 채웠습니다.

"이 기사님은 천천히 드세요. 전 갈증이 나서 한 잔 더 해야

겠네요."

최 과장은 술잔을 비우고 담배를 꺼내 물었습니다. 표정이 잔뜩 굳었습니다. 치미는 감정을 억누르는 모습이 역력해 안쓰러웠습니다. 담배 연기를 몇 번 내뱉더니 갑자기 피우던 담배를 유리문에 던졌습니다. 입술이 떨리고 눈시울도 붉어졌습니다. 그는 자신이 강 집사를 죽인 거 같다며 흐느끼기 시작했습니다.

할 말이 없었습니다. 현장에 있던 모든 사람들의 침묵처럼 그 누구도 강 집사의 죽음 앞에 자유로울 수 없었습니다. 최 과장은 울음이 멈추면 술을 다시 들이켰고, 그러다가 견딜 수 없으면 몇 마디씩 던졌습니다.

냉정한 자신이 너무 싫다고 했습니다. 한 번이라도 집사님 편을 들고 나서지 못한 게 미안하다고 했습니다. 자신의 인생은 자신이 책임져야 한다고 어릴 적부터 가슴에 못질을 해댄 게 싫다고 했습니다.

그가 술잔을 비우다가 다시 흐느꼈습니다. 아마도 자신을 버린 부모를 떠올렸나 봅니다. 가슴에 새겨져 긁어낼 수도 없는 상처를 다시 떠올렸나 봅니다. 난 마음을 어디에 둬야 할지 몰라 담배만 줄기차게 태웠습니다. 다 알 순 없지만 버림받고 살아온 고단한 그의 삶이 가여웠습니다.

나는 그에게 내가 살아온 방식을 말해주고 싶었습니다. 비록 살아가는 지침으로 삼으라고 할 순 없지만 인간이 태어나서 존재에 대한 물음에 답해가며 살 수 있어야 한다고 말해주고 싶었습니다. 생각하지 않는 인간은 일상을 습관처럼 살다가 죽게 되는데 그 습관을 넘어서 살아가라고 말해주고 싶었습니다. 자신이 발을 내디딘 현실 속에서 내가 과연 누구인지 끊임없이 묻고 답하며 스스로를 찾아가라고 말해주고 싶었습니다. 그의 손을 따뜻하게 잡아주고 싶었습니다.

어둠이 슬픔을 머금고 짙어질수록 공장의 불빛은 눈부시게 빛납니다. 겨울바람도 더욱 차고 거세게 유리창을 흔들어댑니다. 며칠 지나면 2014년 달력도 역사 속으로 사라집니다. 공장이 많이 달라졌다는 사람도 있지만 수도권 변두리에 있는 작은 공장들은 더 나빠진 듯합니다.

암울한 현실이 삶을 돌아보게 합니다. 더 이상 피하지 말고 오늘보다 내일이 낫다면 그 내일을 위해 애쓰며 살아야 할 것 같습니다. 인연인지 운명인지 모르겠지만 내 삶은 그곳에 있는 것 같습니다. 공장이 다시 글을 쓰라고 떠밉니다. 입안에서 맴돌던 〈공장의 불빛〉이라는 노래가 목소리로 흘러나옵니다.

> 예쁘게 빛나는 불빛
> 공장의 불빛
> 온 데 간 데도 없고 희뿌연 작업등만

이대론 못 돌아가지 그리운 고향 마을
춥고 지친 밤 여긴 또 다른 고향

추억으로 남아 있어야 할 노래가 삼십 년의 세월을 건너옵니다. 다시 부르고 싶지 않은 서글픈 노래를 몸에 담고 가게 문을 나섭니다. 여린 살 속으로 겨울바람이 파고들어 가물거리는 눈을 틔웁니다. 공장의 불빛이 싫어 하늘을 올려다봅니다. 어느새 어두운 강물 위로 별들이 빛나고 있습니다. 그 별들이 총탄처럼 쏟아져 내리고 있습니다.

시인, 강이산

이상한 일입니다. 석 달이 다 돼가도록 그가 나타나지 않습니다. 일 년 반 전부터 월급날만 되면 어김없이 교무실로 쳐들어와 손을 내밀던 그였습니다. 처음엔 선생님들이 술 취한 학부모로 여기고 기겁했습니다. 학생에게 무슨 일이 생겨 술 먹고 화풀이하러 온 걸로 여겼던 것입니다.

눈꺼풀이 풀려 초점도 없어 보이는 눈동자로 내 이름을 부르며 다가오면 웃음이 납니다. 여선생들은 술 냄새를 피해 옆자리에서 일어납니다. 미안한 마음에 그를 끌고 복도로 나가면 학생들이 수군거리며 쳐다봅니다. 전화라도 하고 오면 좋겠는데 불쑥 나타나 불편할 때가 많습니다. 그러다 보니 월급날만 되면 언제 나타날지 몰라 교무실 문을 수시로 쳐다보는 버릇까지 생겼습니다. 그런 그가 석 달째 나타나지 않자 걱정을 넘어 불안한 마음이 일었습니다.

그는 생의 길을 떠도는 시인입니다. 여러 문학상을 받았고, 문학인들에게 사랑과 찬사를 받고 있습니다. 나 역시 그를 부러워합니다. 중학교에서 국어를 가르치며 시인이 되고 싶었으나 늘 혼자만의 씨줄과 날줄을 그려놓고 있을 뿐입니다.

몸에 달라붙은 불안한 마음을 덜어내고 싶어 토요일 아침 일찍 찾아 나섰습니다. 그는 석 달 전에 내게 와서 마음에 담고 있는 말들을 시로 풀고 싶다고 했습니다. 오래전 자신이 살았던 방을 찾아가 지난 세월을 들여다보고 싶다고도 했습니다. 늘 그랬듯이 두말하지 않고 돈을 줬습니다. 『저 꽃이 불편하다』라는 시집을 내놓고 반년 넘게 시를 발표하지 않기에 술을 잠시 멈추고 시를 쓰기를 바랐습니다.

시의 바다를 떠다니고 있으면 좋겠다 싶었습니다. 그가 오래전 살았다는 방은 가리봉 오거리 벌통집입니다. 그곳은 나와도 관계가 있고, 깊은 회한과 슬픔이 묻어 있는 곳입니다. 다시는 가볼 일이 없을 것 같았던 가리봉 오거리를 들어섰습니다. 이제는 디지털 단지로 변모해 고층 빌딩이 숲을 이루는 가리봉 오거리입니다. 벌통집이 모여 있던 곳으로 차를 몰았습니다. 도로 옆까지 꽉 차 있던 벌통집이 없어지고 다세대주택들이 들어차 있습니다.

차를 세우고 보도블록으로 올라섰습니다. 늦가을 찬바람에 가로수 잎이 우수수 떨어졌습니다. 길 위의 낙엽들도 허공을 날아올랐다가 견고하게 서 있는 건물 벽에 부딪혀 떨어져 내렸습니다. 오래전 벌통집 사이로 나 있던 비좁은 길들이 그대로 살아남아 반겼습니다. 길 위로 위태롭게 늘어져 있던 수십 가닥의 전선들도 정리만 돼 있을 뿐 옛 기억을 불러일으켰습니다. 서성거리며 돌아보니 인력시장이 있던 곳도 새 건물에 같은 이름의 간판을 달고 있었습니다.

오전 열 시인데 인력시장 건물과 붙은 편의점 앞에는 술추렴이 벌어졌습니다. 편의점은 사람들의 주머니를 열기 위해 보도블록 앞까지 탁자 여섯 개를 펼쳐놓았습니다. 작업복 차림의 늙수그레한 사내들이 여섯 개의 탁자를 모두 점령했습니다. 아마도 팔리지 못한 일꾼들 같았습니다.

잿빛 날씨에 쓸쓸해지는 마음을 끌고 그가 살았던 방을 찾았습니다. 제일 위에서 두 번째 골목이 여전히 같은 모습으로 쳐다보고 있었습니다. 예전에는 흙길이었는데, 아스팔트 옷을 입고 있었습니다. 그 길 언덕을 넘어서면 가로로 큰길이 나타나고 그 사이사이에 좁은 길들이 뚫려 있습니다. 좁은 골목 중에 첫 번째 골목으로 들어서면 그가 살았던 벌통집이 있습니다.

나무와 판자로 덧대고 덧붙여서 만들어놓은 집. 슬레이트 지붕 위에 천막을 덮고 돌로 눌러서 비를 막은 집. 3밀리 합판으로 0.7평씩 방을 만들어놓은 집. 사람들은 그곳을 벌통집이라고 불렀습니다.

언덕길에 올라서자 놀랍게도 벌통집이 남아 있었습니다. 다른 골목은 모두 다세대주택으로 변했는데, 그곳 한 줄만 남아 있었습니다. 다행이었습니다. 만일 그곳마저 없어졌다면 그를 찾을 방법이 없었습니다. 반가운 마음에 휘적휘적 내려가 골목길에 들어섰습니다. 그러자 골목길 입구에서부터 빨간 스프레이 글씨가 춤을 췄습니다. '강제철거하면 죽음으로 맞선다', '입주자들의 삶터를 보장하라', '쳐들어오면 모두 불태워버리고 그 안에서 죽는다'.

보상 문제가 해결되지 않은 것 같았습니다. 한 사람 들어가면 꽉 차는 골목길을 걸어 들어갔습니다. 보도블록이 울퉁불퉁 깨져 있었습니다. 그 위에 집집마다 연결해놓은 가스통이 위태롭게 서 있었습니다. 그곳에서 겪은 일들이 두서없이 떠올라 여기저기를 훑어봤습니다. 여름에는 방 안이 용광로처럼 달궈졌다가 겨울이 되면 냉동 창고가 되는 집들. 어떻게 그 시절 그곳에서 살 수 있었는지. 다시 살라면 살 수 없을 것 같은 집들을 매만지며 그의 방을 찾았습니다. 여덟 집을 지나 골목에서 직각으로 꺾어지자 뻥 뚫린 벽이 보였습니다. 벽 안에 2층으로 올라가는 나무 계단이 있고, 그의 방은 2층으로 올라

서서 두 번째 방입니다.

"계십니까?"

노크하면서 사람을 불렀지만 대답이 없었습니다.

"아무도 안 계십니까?"

답답한 마음에 목소리를 높여 문을 세게 두드렸습니다. 자물쇠로 잠기지 않은 것을 보면 사람이 있는 게 분명했습니다. 다른 이가 살고 있을지도 모른다는 생각에 몇 번을 더 두드리다가 조심스럽게 문을 열었습니다. 어둑한 방 안에서 강이산이 벽에 기대앉아 정면을 바라보고 있었습니다.

이산이, 하고 이름을 불렀지만 뭔가 이상했습니다. 그는 미동도 않고 눈동자의 움직임도 없었습니다. 나는 황급히 들어가 강이산 앞으로 다가갔습니다. 그의 입에서 검정 구정물 같은 것이 흘러내려 옷을 적시고 방바닥에 고여 있었습니다. 자세히 보니 얼굴도 몸도 너무 말라버려 볼이 움푹 꺼져 있었습니다.

정신이 아득해졌습니다. 나는 그를 몇 번 흔들다가 죽은 것인지 산 것인지 분간할 수도 없어 둘러업었습니다. 그의 몸에서 흘러나오는 한기가 등짝에 딱 달라붙었습니다. 퀴퀴하고 눅눅한 방을 빠져나오는데 오만 가지 생각이 다 들었습니다. 입에서 흘러나온 액체가 독인가 싶었습니다. 병이 생겼다면 분명 연락이 왔을 건데 연락도 없이 이런 상태가 됐다는 게 납득이 되지 않았습니다. 문득 죽기 위해 이곳을 찾아왔나 하는 생각에 가슴이 무너져 내렸습니다. 집에서 뛰쳐나오자 찬바람이 골목 안으로 달려들었습니다. 어두웠던 지난 시절의 구로공단 하늘을 휘감고 달려온 바람이 가슴을 헤집었습니다. 험난하고 슬픔이 가득한 기억들이 이산아, 이산아, 소리쳤습니다.

격해진 감정을 누르며 고대 구로병원으로 향했습니다. 그를 업고 응급실로 달려갔습니다. 간호사가 오고 의사가 왔습니다. 그들은 입가에 꾸들꾸들 굳어버린 검은 액체를 보고 뭘 먹었느냐고 물었습니다. 모른다고, 그의 방을 찾아갔을 때 이 모습이었다고 말했습니다. 의사가 고개를 갸웃거리고는 굳은 액체를 핀셋으로 떼어내 유리병 안에 담았습니다. 나는 답답해서 독약을 먹은 거냐고 물었습니다. 의사는 청진기로 몸속 이곳저곳을 느껴보더니 독약은 아닌 것 같다고 했습니다. 위도 정지돼 있고 배 속에 아무것도 남아 있는 게 없다고 했습니다. 최소한 며칠은 물조차 마시지 않은 것 같다면서 동공을 들여다보고 맥박 수를 체크하더니 뇌사 상태 같다고 말했습니다. 의사가 눈을 감기려고 몇 번을 쓸어내렸지만 감기지 않았습니다.

입원해서 정밀 검사를 받으라고 했습니다. 간호사가 보호자에게 연락하라고 했고, 내가 임시 보호자가 되어 입원 수속을 했습니다. 간호사가 옷을 갈아입히라고 환자복을 가져오자 그제야 양말도 신지 않는 강이산의 발이 보였습니다. 길쭉길쭉한 발가락에 냉기가 서려 있었습니다. 평소 즐겨 입던 청바지와 체크무늬 남방도 예전처럼 입고 있었습니다. 그의 옷을 하나하나 벗겨내자 몸이 드러났습니다. 갈비뼈가 툭툭 불거져 살을 뚫고 나올 것 같았습니다. 뱃가죽도 움푹 들어가 등짝에 딱 달라붙어 있었습니다. 어깨와 팔목은 마른 나뭇가지처럼 말라 금방이라도 툭 부러질 것 같았습니다. 탄식이 절로 나왔습니다. 바지를 벗기자 골반 뼈가 그대로 드러나 시체를 보는 것 같았습니다.

강이산의 코에 산소호흡기가 연결되고 팔에 포도당 주사가 꽂힌 것을 확인하고 응급실에서 나왔습니다. 바람에 쓸려 다니는 나뭇잎처럼 마음이 스산스러웠습니다. 나뭇잎이 떨어져 훤히 드러난 나뭇가지들의 속살이 보였습니다. 온기를 잃고 말라가는 강이산의 몸뚱어리를 보며 그가 쓴 「늙은 산」이라는 시가 떠올라 마음이 울컥했습니다.

잎도 꽃도 남김없이 지워버린 뒤
눈도 그쳐 허름한
늙은 산

나무들 이름도 꽃 모양도 잊어버린 산

그 산길 외진 바위 곁 잔설 위에서
얼어가는 깃털 하나를 보았다

아, 새였던가

오래전 겨울 산행을 하다 얼어 죽은 까치를 본 적이 있습니다. 얼어서 바짝 말라버린 새를 보며 왜 저 새는 다른 새들처럼 살아남지 못하고 죽은 것일까, 한참을 들여다본 적이 있습니다.

「늙은 산」을 처음 봤을 때 지독하게 외로운 시다 싶어 몇 번을 읽었습니다. 산이면 다 산이지 싶었는데, 늙은 산이라니? 그것도 허름한 늙은 산이라니? 잎도 남김없이 지워버리고 나무들 이름과 꽃 모양도 잊어버렸다니? 생을 마감하는 것처럼 늙어버린 산의 외진 바위 곁에서 새 한 마리가 죽어 있다니! 새 한 마리의 죽음을 이렇게 비유하고 표현해내다니!

강이산의 재능이 부러웠습니다. 시인이 되고 싶은 나에게 그의 시는 늘 벅찼습니다. 그런데 옷을 벗긴 강이산의 몸을 보는 순간 새의 말라비틀어진 주검이 떠올랐습니다. 그의 시는 새도 보지 못하고 깃털 하나만 보았습니다. 그리고 '새였던가', 라며 분명하지 않게 말합니다. 늙은 산 옆에서 아무도 모르게 죽었지만 깃털 하나가 남은 것입니다. 얼어붙은 새의 깃털 하나로 새의 죽음을 보는 시인의 눈은 얼마나 처절하게 고독한 것인지.

그는 늙은 산 옆의 새처럼 죽어갈 것을 시로 암시한 것 같았습니다. 도대체 무엇 때문에 벽에 기대 자신의 죽음을 지켜보았는지 알 수가 없었습니다. 머릿속의 신경줄이 뚝뚝 끊어지는 것을 느끼면서, 자신이 끌고 온 길이 하나씩 지워져가는 것을 보면서 무슨 생각을 했을지 아득했습니다. 또 그의 입에서 흘러나온 악취 진동하던 검정 물은 무엇인지 알 수가 없었습니다. 내가 강이산에 대해 시 말고 뭘 아는지 답답했습니다.

아무래도 김명운에게 연락해야 할 것 같았습니다. 나와 강이산은 그에게 마음의 빚을 많이 지고 있습니다. 나는 그를 만나지 않지만 강이산은 가끔씩 그를 만나는 것 같았습니다. 때때로 술에 취해 그놈이 부처고 예수라고 말했습니다. 그와 같이 자신을 오롯이 지킬 수 있는 인간은 예수와 석가밖에 없다고 자조 섞인 웃음을 뱉어놓곤 했습니다.

그가 일하는 사무실 전화번호를 알기 위해 몇 곳에 전화를 했습니다. 다행히 그와 연결되어 인사를 나눌 수 있었습니다. 그는 강이산의 상태를 전해 듣고도 목소리 하나 바꾸지 않았습니다. 이미 알고 있었다는 듯한 어조로 곧 오겠다고 했습니다. 전화를 끊고 나자 마음이 무거웠습니다. 다 잊고 살겠다며 구로동을 떠났던 기억들이 하나둘 생생하게 눈앞에 그려졌습니다.

아침 출근 시간이면 공단 주변에 있는 주택가에서 꾸역꾸역 쏟아져 나오는 노동자들의 핏기 없는 얼굴과 생기 잃은 눈동자들이 떠올랐습니다. 서로 어깨를 부비며 거리를 꽉 메운 노동자들의 행렬은 가리봉 오거리를 군청색 작업복 물결로 우중충하게 물들였습니다. 잠에 취해, 술에 절어 어깨를 축 늘어뜨리고 걸어가는 그들은 희망을 지워버린 사람들이었습니다. 오로지 생존을 위해 공장으로 불려 가 열두 시간, 열네 시간씩 노동을 하고 나오면 초췌한 몰골이 됩니다. 그래도 피를 말리는 하루의 노동에서 벗어났다는 해방감에 젖어 술집을 찾고 허기진 배를 채우러 시장으로 향했습니다. 내일이면 또다시 공장으로 끌려갈 그들의 뒷모습은 쓰레기만 나뒹구는 막다른 골목길 같았습니다.

80년대는 동생의 학비를 벌기 위해 누이가 창녀가 되기도 하던 시절이었습니다. 버스 안내양들이 동전을 숨긴다며 그들을 발가벗겨 검사하던 시절이었습니다. 가난한 사람들이 야간작업을 위해 잠 안 오는 약 '타이밍'을 먹으며 일해야 하는 절대 빈곤으로 내몰린 시절이었습니다.

광주항쟁의 비극적인 소식을 접한 많은 대학생들이 학교를 포기하고 공장으로 들어갔습니다. 양심적인 지식인들도 노동자들을 향해, 더 이상 권력과 자본에 억압받지 말고 세상을 바꾸는 힘을 키우라고 주장했습니다. 더 이상 잃을 것도 없는 노동자들이야말로 평등 세상을 위한 변혁의 주체 세력이 돼야 한다고 소리쳤습니다.

구로공단이 소리 없이 변하기 시작했습니다. 절망에 젖어 살던 노동자들이 희망이라는 말을 입에서 입으로 옮겨 날랐습니다. 그들은 한 사회의 구성원으로서 정당한 대우를 받아야 한다며 어용노조를 밀어내고 민주노조를 만들어냈습니다.

내가 강이산을 처음 만난 건 신흥정밀이라는 공장입니다. 볼펜을 만드는 공장인데, 직원이 450명 정도 됐습니다. 노동자들은 주간, 야간으로 나뉘어 24시간 공장을 가동했습니다. 그 시절의 공장들이 그렇듯 신흥정밀도 근로기준법에 명시한 기본 근로시간 여덟 시간을 아홉 시간으로 규정해놓고 생리수당, 특근수당, 잔업수당을 갈취했습니다.

Y대 학생운동 라인을 타고 공장에 들어갔지만 친한 사람 몇 명을 두었을 뿐 그들조차 조직화해내지 못하고 있었습니다. 학내에서 사람을 조직하는 방법을 선배들에게 교육받았어도 노동운동으로 사람을 끌어들이는 일은 아득했습니다.

더욱이 현장 경험이 처음이라 현장 생활에 익숙해지는 데만도 반년이 걸렸습니다. 여전히 공장은 낯설고 현장 사람들과의 간격은 쉽게 좁혀지지 않았습니다. 청년이 될 때까지 교장 선생님인 아버지 밑에서 어렵지 않게 자랐기 때문이라는 생각도 했습니다. 집안사람 중에 공장을 다니는 사람은 한 명도 없었습니다. 친구들도 살 만한 집 자식들이 대부분이었습니다.

그런 내 삶을 바꿔놓은 첫 인연은 고등학교 1학년 때 만난 국어 선생님입니다. 선생님은 첫 수업 때 교실로 들어오자마자 모두 눈을 감으라고 했습니다. 칠판에 선생님 함자 한 자 적어놓지 않고 느닷없이 눈을 감으라고 하니 너무 이상했습니다. 그 상태로 몇 분이 지나자 아이들 속에서 킥킥거리는 웃음이 터져 나왔습니다.

"웃은 놈은 일어나고, 나머진 그대로 눈 감고 있는다."

간결하고 명료한 목소리가 우리를 압도했습니다. 한 학생이 일어났습니다.

"니가 알고 있는 시, 두 소절만 읊어내면 용서해준다."

침묵이 교실 안을 무겁게 짓누르고 있을 때 학생이 입을 열었습니다.

"철썩 철썩 쏴아, 때린다 부순다 무너버린다."

"누가 쓴 시냐?"

"최남선요."

"최남선이 누구냐?"

"신체시의 효시……."

"앉아! 너희 중에 최남선을 알고 있는 사람 일어나봐라."

아무도 일어서지 않았습니다.

"좋아, 눈 떠도 좋다. 너희도 알다시피 저 학생이 읊은 시는 교과서에 실린 「해에게서 소년에게」다. 그 사람은 일제 때 시인이었고 수필가였다. 하지만 일본 천황 폐하를 위해 학도병으로 나가 영광스럽게 죽으라고 연설하며 다녔다. 그런 사람의 시를 좋아할 수 있겠나 없겠나?"

"없습니다!"

학생들은 신기한 눈으로 선생님을 바라봤습니다. 선생님은 절도 있는 칼칼한 목소리와 엄숙한 표정으로 우리를 사로잡았습니다.

"시는 생명의 노래다. 생명을 노래하는 시인이 생명을 죽이라고, 총을 들라고 한 것부터가 가짜다. 일본의 협박 때문이었다고 해도 그건 변명이다. 진짜 시인은 자신의 생명을 지키기 위해 누군가의 생명을 죽이라고 절대 말하지 못한다. 생명의 노래, 그게 시다!"

그날 이후로 선생님을 존경하고 시를 사랑하게 됐습니다. 교과서에서는 볼 수 없었던 신동엽 시인의 시집과 김수영 시인의 시집도 고교 시절에 볼 수 있는 아찔한 경험을 하면서 시인을 꿈꿨습니다. 대학도 국문학과로 들어갔습니다. 동아리도 문학 동아리를 선택했습니다.

한 사람의 인연으로 시작된 물줄기는 쉽게 돌릴 수 없었습니다. 그 물줄기 속에서 새로운 생명수를 마시며 꽃피운 생각들은 시대의 거대한 흐름 속으로 나를 끌고 갔습니다. 70년대 말 박정희가 죽고, 민주화운동의 물결이 넘실거릴 때 문학 동아리 친구들은 '독재 타도와 민주주의 만세'라는 시화전을 대학 안에서 열었습니다. 그때 쓴 시 한 편으로 자연스럽게 학생운동을 하는 친구들과 어울리며 민주화운동에 나서게 됐습니다.

돌아보면 격동의 시대였습니다. 광주항쟁이 일어나고, 전두환 군사 쿠데타가 벌어지고, 계엄령이 선포되고, 서울 하늘에 축포처럼 쏘아 올렸던 민주주의의 함성은 군홧발에 짓밟혀버렸습니다. 나 역시 강제징집되어 군대로 끌려갔습니다.

암울한 기운이 우리 사회를 뒤덮었습니다. 그 어두운 기운을 걷어내기 위해 양심적인 지식인들은 사회를 분석하고 대안을 찾기 위해 노력했습니다. 그들은 광주항쟁이라는 처절한 저항에도 세상이 바뀌지 않은 건 그걸 완성시킬 수 있는 기본 세력이 없었기 때문이라고 판단했습니다. 그들의 주장은 젊은 내 피를 뜨겁게 달궜습니다. 제대 후 복학 대신 그 길에 동참하기 위해 신흥정밀로 첫걸음을 내디뎠는데, 발걸음이 천근만근 무거웠습니다.

그때 한 줄기 빛처럼 다가온 사람이 강이산입니다. 그는 나보다 넉 달 늦게 신흥정밀에 입사했습니다. 같은 부서였는데, 일주일쯤 지났을 때 술 한잔 하자고 다가왔습니다. 눈동자도 생기 있고 작업 방식을 금세 터득해 유심히 보고 있던 동료였습니다. 그런 그가 술자리를 만들자 수지맞은 기분이었습니다.

그를 조직원으로 만들고 싶었습니다. 그런데 술을 석 잔쯤 들이켰을 때 그가 느닷없이 물었습니다.

"어디 학교 출신입니까?"

내 귀를 의심했습니다. 그가 분명 나한테 학생운동 출신이 아니냐고 물은 겁니다. 당혹스러웠습니다. 아니라고 딱 잡아떼야 하는데 얼굴이 붉어지고 눈동자는 혼돈으로 흐려져버렸습니다.

"무슨 소린지 모르겠네요"라고 말했지만 목소리도 어눌해져 있었습니다. 도대체 이놈이 어떤 놈인가 싶었습니다. 85년 구로동맹파업 이후 구로공단은 살얼음판이었습니다. 거리에는 전투경찰의 불심검문이 횡행하고 사복형사들이 곳곳에 배치돼 있었습니다. 그들은 통반장을 통해 밤늦게까지 불을 켜놓고 있거나 사람들이 무리 지어 있는 방이 있으면 연락하라고 했습니다. 공장에도 형사들이 들락거리며 노동자들의 동태를 살폈습니다. 노동자 중에 정보원을 만들어 수상한 말을 하고 다니는 동료들을 보고하게 만들었습니다. 프락치란 말이 떠오르자 긴장감이 엄습했습니다. 학생 출신이 공장에 들어가면 위장취업자로 구속되는 시절이었습니다.

"나도 활동가입니다."

믿을 수 없었지만 더 이상 감출 수 없었습니다. 서로를 밝히고 술을 마시면서도 긴장감은 사라지지 않았습니다. 인천 주안공단에서 활동하다 구로로 이전했다는 말을 믿을 수 없었고, 고등학교 중퇴라는 말도 믿을 수 없었습니다. 입사한 지 일주일밖에 안 된 그가 현장의 실태를 샅샅이 꿰뚫고 있는 것도 의심스러웠습니다. 미리 모든 것을 준비해놓은 프락치가 아닐까 하는 염려가 머릿속에서 떠나지 않았습니다. 강이산은 불안한 내 모습을 간파했는지, 사흘 후 구로동맹파업으로 해고된 노동자들과 노동운동가들이 모여 만든 서울노동운동연합(서노련) 사무실로 나를 데려갔습니다. 현장에서 함께 활동하고 의지할 수 있는 곳이 필요했던 나는 자연스럽게 서노련 조직원이 됐습니다.

강이산은 사람들과 잘 어울렸습니다. 그가 노래하면 막걸리 잔에 저절로 손이 갔습니다. 손바닥으로 탁자를 치며 장단을 맞추면 어깨가 들썩거렸습니다. 구수하고 애달픈 노래를 부를 때면 마음이 애잔해졌습니다. 그러다가 현장 사람들이 공장에 대한 불만을 이야기하면 그 꼬리를 물고 자연스럽게 노동자들의 처지를 분노로 격화시켜 끄집어냈습니다.

나는 동료들을 어떻게 조직해야 하는지 몰랐습니다. 당시에는 서점에서 버젓이 파는 '노동법' 책만 갖고 있어도 주시받았습니다. 혹시라도 내가 한 얘기가 밖으로 새어 나가 현장을 들락거리는 형사들에게 끌려갈 수 있어 늘 말조심을 했습니다. 이러지도 저러지도 못하면서 현장 동료들의 마음에 다가가지 못했습니다.

강이산은 두 달 만에 세 명을 끌어들여 노동법 공부를 시작했습니다. 그 무렵 박영진이 입사했습니다. 신흥정밀의 부서는 1계에서 7계, 그리고 세라믹 부서로 나뉘어 있었습니다. 나와 강이산은 3계에 있었고, 박영진은 5계에 있었습니다.

"활동가가 분명한데."

강이산이 한 달쯤 지났을 때 박영진을 가리키며 말했습니다. 점심시간에 박영진 주위에 5계 부서 몇몇이 모여 있었습니다. 한 여공이 공장 밖에 있는 노점에서 풀빵을 사 와 함께 나누어 먹었습니다. 무엇이 재밌는지 모두들 깔깔거리며 웃었습니다.

일주일 뒤 강이산은 박영진과 술 약속을 잡았습니다. 두 사람은 서로가 활동가라는 사실을 밝힌 뒤 현장 문제를 함께 풀어내자고 의기투합했습니다. 물론 서로의 신상에 대해선 알 수 없었습니다. 그 시절에는 금기 사항이었습니다. 혹시라도 누군가 잡혀가면 또 다른 누군가의 구속으로 이어지지 않도록 하기 위해서 서로 물어보지 않았습니다.

박영진은 눈빛이 흔들리지 않는 친구였습니다. 말투도 인력시장에 모인 잡부처럼 투박했습니다. 신기하게도 그게 매력적인 사람이었습니다. 늘 야전잠바와 청바지를 즐겨 입었습니다. 현장 노동자들은 그와 잡담하는 걸 좋아했습니다. 그건 사람을 조직하는 커다란 힘이었습니다. 그 힘이 어디에서 나오는지는 모르지만 그가 나타나는 곳이면 사람들이 꼬였습니다.

강이산은 서노련 조직원으로 그를 끌어들이고 싶어 했습니다. 박영진은 서노련의 투쟁 방식이 상황을 고려하지 않은 선도적인 투쟁만 내세운다며 거절했습니다. 당시 서노련은 노동자들의 투쟁이 정치투쟁으로 나아가야 한다고 주장했습니다. 정치적 변화가 없는 한 노동자들의 민주노조도, 노동자들의 정당한 권리도 쟁취할 수 없기에, 노동자들이 정치적으로 무장하지 않는 한 혁명은 절대 일어날 수 없기에, 그래서 선도적인 투쟁을 통해 노동자들을 각성시켜야 한다는 전술을 내걸었습니다.

결국 서노련 안에서 박영진에 대한 조사가 진행됐습니다. 박영진은 84년 7월에 구로에 있는 동일제강에 입사해 이듬해 4월 말 민주노조를 만들었습니다. 해고되어서도 현장 밖에서 동일제강 노조를 위해 활동하다가 9월에 신흥정밀로 들어왔습니다.

구로동의 겨울은 갈수록 매서워졌습니다. 불심검문으로 누가 잡혔다, 모임방이 털려서 다 끌려갔다 하는 소리도 자주 들렸습니다. 활동가들은 경계심을 늦추지 않고 86년 임금 인상에 대한 논의를 시작했습니다.

하루가 온몸의 진을 빼내는 시간이었습니다. 공장에서 나오면 현장 소모임을 하고, 그 모임이 끝나면 자체 조직 모임을 하고 밤 열두 시에 지역 공동투쟁 모임으로 가면 새벽 네 시가 돼서 회의를 끝냈습니다. 결론은 하나로 귀결됐습니다. 단위 사업장 혼자서만은 안 된다, 공동의 문제로 안고 함께 싸워야 한다.

문제는 시기였습니다. 다른 사업장들이 3월 17일로 파업 시기를 잡자 박영진이 반대하고 나섰습니다. 신흥정밀은 파업 준비가 안 됐다는 게 그의 판단이었습니다. 하지만 서노련 소속의 다른 현장 활동가들은 박영진을 경제주의자로 몰아세웠습니다.

파업을 통해 단순히 임금 몇 푼 올리는 데에만 관심을 가졌다며 혁명 의지가 있는지 의심스러워했습니다. 강이산 역시 회의를 마치고 나서 박영진을 거칠게 몰아쳤습니다. 임금 몇 푼 올리고 노동조합 만들면 노동자의 정치적 각성이 생겨나고 세상이 바뀔 수 있는 거냐고, 목소리에 날을 세웠습니다. 결국 활동가들은 공동 파업을 다수결로 결정하면서 박영진의 주장을 꺾었습니다. 박영진은 다수의 결정을 존중해야 한다며 받아들였지만, 그날 이후로 그의 얼굴엔 활기가 사라졌습니다. 말수도 점점 줄어들었습니다.

우리는 일상 투쟁의 닻을 올렸습니다. 매일 세 시간씩 강제 잔업을 하면서 노동자들이 피곤에 절어 있었습니다. 가끔씩 잔업을 피하고 싶어도 회사의 강압에 표현할 수 없었습니다. 우리는 동료들에게 잔업 거부를 통해 잔업 시간을 우리가 결정할 수 있도록 하자는 말을 건네기 시작했습니다. 대부분의 사람들이 함께하겠다는 의지를 보였습니다.

3월 5일, 마침내 잔업 시간에 부서별로 모여 퇴근을 시도했습니다. 반장이 소리를 지르고 사무실에서 과장이 뛰어 나왔지만 모두가 무시하고 현장 밖으로 나갔습니다. 특히 5계 부서에서는 한 명도 예외 없이 강제 잔업은 안 하겠다며 뭉쳐서 나가버렸습니다.

회사가 술렁거리고 관리자들의 협박과 회유가 시작됐습니다. 우리 역시 현장의 분위기를 고조시키기 위해 회사의 불법 행위들을 소식지로 만들었습니다. 다른 회사에 비해 턱없이 낮은 임금과 각종 수당 갈취 사례를 알렸습니다. 모두가 잠든 틈을 타서 새벽 세 시경에 기숙사와 화장실에 덕지덕지 붙여 놓았습니다.

세 차례에 걸쳐 현장 곳곳에 소식지가 나붙자 회사가 발칵 뒤집혔습니다. 관리자들은 주동자를 찾기 위해 혈안이 됐습니다. 그들은 현장에 들어와 모두 모이게 한 뒤 소식지를 흔들며 비통해했습니다.

"누가 이런 글을 썼냐? 사장님은 종업원 생각에 쓰러져가는 옛집을 수리도 못하고 사시는데 어떻게 이런 거짓말로 불순한 행동을 하는 거냐고!"

결국 5계 중간 조직원 두 명이 드러났습니다. 그들은 현장 관리자들에게 창고로 끌려가 협박받다가 형사에게 넘겨져 연행됐습니다. 그 둘은 계속되는 강압에 못 이겨 강제 사직서를 쓰고 말았습니다. 우리는 긴급히 회의를 했습니다. 분명히 모두 드러난 상태라고 판단했습니다.

그날이 3월 15일이었습니다. 우리는 내가 사는 방에서 파업 준비를 서둘렀습니다. 미리 사둔 광목천과 페인트를 꺼내 '임금 1,080원 올려 인간답게 살아보자'라는 플래카드를 만들고 현장에 뿌릴 소식지와 에프킬라 같은 도구도 준비했습니다. 다음 날 출근을 하지 말고 17일 점심시간에 식당을 점거해 파업을 시작하기로 결정했습니다.

싸워서 이기고 싶다는 마음이 간절했습니다. 그 힘으로 노동조합을 만들고 노동자들이 우리 사회의 문제를 노동 해방의 문제로 깨달아갈 수 있기를 소망했습니다. 물론 불안한 긴장감도 팽팽했습니다. 나는 사문서 위조로 현장에 들어온 학생 출신 위장취업자였습니다. 당시엔 학생 출신들이 현장에 많았습니다. 공권력은 노동운동 블랙리스트에 올라 있는 사람들뿐만 아니라 위장취업자를 찾아내는 데에도 혈안이 되어 있었습니다. 어쩌면 이번 싸움에서 이기든 지든 간에 구속될 수 있었습니다.

구속이 두려운 것은 아니었습니다. 내가 하는 모든 행위가 문득 낯설게 느껴질 때가 있었습니다. 나는 그 모습이 싫었습니다. 그건 내가 살아온 부르주아 삶의 흔적이라고 여겼기 때문입니다. 이 싸움을 통해 허물을 벗을 수 있기를 바라며 투쟁 현장으로 향했습니다.

봄 햇살이 좋은 날이었습니다. 현장 근처에 모인 우리에게도 바람 한 점 없이 따뜻한 햇살이 가득 쏟아져 내렸습니다. 경비실에서 식당까지는 30미터 정도 됐습니다. 식당은 단층 슬래브 건물이었습니다. 우리는 점심시간에 맞춰 빠르게 경비실을 지나 식당으로 향했습니다. 경비도 그 누구의 제지도 없이 순식간에 식당 문을 열고 들어섰습니다. 식당에서 밥을 먹는 사람들의 눈이 전부 우리를 향했습니다.

뭔가 잘못됐다는 걸 느꼈습니다. 최소한 백여 명이 웅성거려야 할 식당 안에는 관리자 두 명과 2계 사람들 삼십여 명만이 밥을 먹고 있었습니다. 정말 예기치 못한 일이었습니다. 그날은 민방위 날이어서 부서별로 나눠 식사를 한다는 걸 몰랐던 겁니다.

모두들 당황했습니다. 관리자들이 일어나 "뭐 하는 거야?"라고 소리쳤습니다. 박영진은 싸움을 멈추자고 했습니다. 하지만 이미 관리자들이 우리에게 다가왔고, 나와 강이산은 그들을 식당 밖으로 밀어냈습니다. 강이산은 식당 문을 잠그고 식탁 위로 올라갔습니다. 그는 미리 준비한 '우리의 요구, 우리의 결의'라는 소식지를 꺼내 낭독했습니다.

박영진과 나머지 사람들은 2계 사람들을 한쪽으로 모이게 하고 식탁과 의자로 식당 문을 막았습니다. 우리는 '투쟁'이라고 쓴 머리띠를 두르고 각종 구호를 적은 러닝셔츠를 입었습니다. 2계 동료들이 머뭇거리면서도 박수를 쳤습니다. 작은 열기가 움튼 순간도 잠깐, 관리자들이 각목과 벽돌을 들고 식당 밖에 모여들었습니다. 동시에 현장에 있던 동료들도 밖으로 나와 식당을 바라보았습니다. 몇몇 관리자들이 그들을 다시 현장으로 밀어 넣으려고 분주히 움직였습니다.

나와 다른 동료들이 식당 밖으로 소식지를 뿌렸습니다. 그러자 벽돌 한 장이 창문을 깨부수며 날아들었습니다. 우리는 "임금 1,080원 인상! 부당노동행위 근절!"을 외치며 소식지를 밖에 있는 동료들을 향해 계속 뿌렸습니다. 그때 형사가 창문 한쪽에 얼굴을 대고 소리쳤습니다.

"지금이라도 멈추면 선처해줄 테니까 나와!"

강이산이 달려가 에프킬라를 뿌리며 "꺼져"라고 소리쳤습니다. 그사이 어느 틈에 전투경찰들이 현장으로 몰려들었습니다. 식당은 시퍼런 전투복들로 에워싸였습니다. 그들의 보호

속에서 관리자들은 각목을 휘두르며 식당 문을 밀기 시작했습니다. 먼저 소화기를 뿌렸습니다. 식당 안에 뿌연 분말이 휘날렸습니다. 동시에 벽돌이 날아들었습니다.

비명 소리가 난무했습니다. 한쪽 구석으로 몰린 현장 사람들, 특히 여성들은 살려달라고 아우성쳤습니다. 그들은 사람을 분간할 수 없는 뿌연 분말 속에서 필사적으로 식당을 빠져나가기 위해 달리고 기었습니다. 박영진은 문 앞으로 뛰어가 밖을 향해 절규하듯 외쳤습니다.

"근로기준법을 지켜라! 살인적인 부당노동행위 근절하라!"

"저 새끼가 제일 악질이다!"

관리자들이 벽돌을 던지며 더욱 거세게 문을 밀어댔습니다. 박영진은 뒤로 돌아 뛰더니 난로 옆에 있는 석유통을 들고 온몸에 들이부었습니다. 그의 머리카락이 석유에 젖어 착 달라붙었고 흘러내리는 석유로 얼굴이 번들거렸습니다. 영진은 무너진 바리케이드 앞으로 다시 뛰어가 라이터를 들고 소리쳤습니다.

"다가오지 마! 다가오면 분신하겠다!"

관리자들은 놀라며 멈칫했습니다. 그러자 형사가 관리자들을 뒤로 물러서게 했습니다.

"그러지 말고 대화로 해결하자고. 말로 충분히 협상할 수 있는 일이잖아!"

"말로 할 수 있는 일을 이 지경으로 만듭니까?"

내가 말했습니다.

"형사 새끼하고 말 섞지 마! 전부 옥상으로 올라갑시다!"

박영진의 말을 따라 우리는 옥상으로 올라갔습니다. 관리자들은 뒤로 물러나고 전투경찰들이 뒤쫓아 올라왔습니다. 옥상 위에는 땀과 분말로 뒤범벅된 활동가 다섯 사람이 상기된 얼굴로 서 있었습니다. 남부경찰서에서 강제 사직서를 쓴 희용이와 영배가 옥상 밑에 있는 동료들에게 관리자들을 밀고 올라오라며 화를 냈습니다.

박영진이 옥상 뒤쪽에 서서 소식지 한 장을 달라고 손을 내밀었습니다. 나는 그가 분신이라도 할까 봐 선뜻 종이를 주지 못했습니다. 그는 내 마음을 읽었는지 겁만 줄 거라고 했습니다. 그의 말을 믿고 소식지 한 장을 건네준 뒤 강이산 곁으로 다가갔습니다.

옥상 밑에는 전투경찰과 각목을 든 관리자들 그리고 현장 사람들이 웅성대고 있었습니다. 강이산은 그들을 향해 마지막까지 갖고 있던 소식지를 던지며 소리쳤습니다. 소식지가 봄빛에 흩날리며 사람들 머리 위로 떨어져 내렸습니다.

"노동자의 정당한 요구를 군사정권은 탄압 말라!"

그 외침을 신호처럼 받아 전투경찰들이 다가왔습니다.

"다가오지 마! 다가오면 분신할 거다!"

"할 테면 해. 니들 한 명 죽는 거 눈 하나 깜빡 안 해! 자신 있으면 해보라니까!"

전투경찰을 지휘하는 자가 비웃었습니다.

"근로기준법을 지켜라! 일당 1,080원을 인상하라! 노동삼권 보장하라!"

강이산은 박영진의 구호를 따라 외치며 난간에 매달렸습니다. 나 역시 강이산을 따라 난간에 매달렸습니다. 현장 아래에서 여성 노동자들이 발을 동동 구르며 비명을 지르면서 흐느꼈습니다. 옆 공장 사람들도 나와 지켜보았고 공장과 맞닿은 초등학교 창문 밖으로 아이들이 얼굴을 내밀어 커다란 눈망울을 굴리고 있었습니다.

전투경찰들이 봄 햇살을 밟으며 한 발자국씩 밀고 들어왔습니다. 박영진은 계속 구호를 외치며 경고했습니다.

"열 셀 때까지 물러서지 않으면 분신하겠다!"

박영진의 눈빛이 파랗게 불꽃을 일으켰습니다. 숫자가 하나씩 늘어날 때마다 알 수 없는 공포가 엄습했습니다. 정말로 분신할지도 모른다는 생각이 들자 온몸이 점점 긴장으로 굳었습니다. 박영진의 머리에서는 피가 흘렀습니다. 어깨 쪽의 옷은 찢어져 나풀거렸습니다.

맑은 햇살이 현기증을 일으키며 내 정수리를 파고들 때 순식간에 불꽃이 치솟았습니다. 그 불꽃 속에서 박영진의 목소리가 서늘하게 들려왔습니다.

"노동자가 앞장서서 노동 해방 쟁취하자!"

희용이가 불을 끄기 위해 달려들자 전투경찰이 곤봉으로 후려쳤습니다. 나와 강이산 역시 불을 끄기 위해 난간 위로 올라서려 했지만 전투경찰들이 사지를 잡고 끌고 가버렸습니다. 봄날 개 그을리는 듯한 냄새가 검은 연기를 피워 올리며 진동하고 불길은 쉬 꺼지지 않았습니다.

나는 불을 끄라고 악을 쓰며 소리쳤습니다. 정말 아무도 그 불을 꺼주지 않았습니다. 사지를 붙잡히고 넋이 빠져 버둥거리는 나는 무력하기만 했습니다. 초등학교 창문에 선 아이들의 놀란 눈빛이 내 눈을 파고들었습니다. 온몸에서 힘이 빠져나가 절망 끝에 선 사람처럼 몸과 마음이 아득해졌습니다.

강이산이 피를 토하듯 끊임없이 절규하는 소리가 들렸습니다.

"불을 끄라고! 박영진을 살려내라고!"

쇠를 긁는 소리가 내 몸을 후벼 파며 몸을 오그라들게 했습니다. 점점 오그라든 몸이 먼지처럼 변해 바람결에 실려 날아가는 듯했습니다. 식당을 거쳐 밖으로 나오자 여공들의 애끓는 목소리가 들려왔습니다.

"잡아가지 말아요! 왜 잡아가는 거예요! 사람이 죽어가잖아요!"

관리자들이 그들을 현장 안으로 밀어 넣는 소리도 들렸습니다. 강이산은 독재정권 타도하자고, 박영진을 살려내라고 미친 듯이 소리를 질렀습니다.

닭장차로 끌려가 짐짝처럼 내동댕이쳐졌습니다. 눈을 뜨자 강이산이 벌떡 일어나 박영진을 살려내라고 전투경찰에게 달려들었습니다. 경찰 서너 명이 강이산을 의자에 앉힌 후 입을 틀어막고 주먹질했습니다. 닭장차는 우리 네 명을 싣고 불에 타는 박영진을 버려둔 채 달렸습니다. 강이산은 얻어맞으면서도 입을 열 기회만 있으면 목청을 찢어가며 영진의 이름을 부르다 실신하고 말았습니다.

동료 두 명이 그런 상황을 보다 못해 전투경찰에게 달려들었습니다. 그들은 여지없이 곤봉을 맞고 두 손으로 머리를 가린 채 쓰러졌습니다.

"이 새끼들 진짜 악질이네!"

그들은 입에 담기 어려운 욕을 해대면서도 강이산에게 무슨 일이 생길까 싶어 병원 앞에 차를 세웠습니다. 세 명의 전투경찰이 강이산을 둘러업고 병원으로 들어갔습니다. 나는 그 모든 행위를 지켜보면서 하염없이 눈물을 흘렸습니다. 내 눈엔 여전히 박영진의 몸을 태우던 불꽃만이 박혀 있었습니다. 쓰러진 그의 몸에 붙은 불길이 눈 속에 박혀 떨어지지 않았습니다.

남부경찰서 유치장에 수감됐습니다. 한 시간쯤 지나 강이산이 경찰들에게 양팔을 붙잡혀 들어왔습니다. 그는 들어오면서도 박영진을 살려내라고 쉼 없이 외쳐댔습니다. 그를 붙잡고 있는 경찰들도 지친 모습으로 강이산을 질질 끌고 들어와 유치장에 밀어 넣었습니다. 강이산은 멈추지 않았습니다. 유치장 쇠창틀을 붙잡고 박영진의 이름을 부르며 독재정권 타도를 비롯한 모든 노동자 해방 구호를 쏟아냈습니다.

강이산의 처절한 목소리가 온몸에 경련을 일으키며 숨통을 조였습니다. 나는 구석에 처박혀 두 눈을 감고 있었습니다. 그가 꺼내놓은 구호들이 박영진의 몸에 붙은 불 속으로 날아들어 내 몸까지 태우는 듯한 고통을 일으켰습니다. 강이산의 목소리를 타고 올라온 피가 유치장 안에 가득 찬 것 같은 상상을 일으키며 몸을 치떨게 했습니다. 정신이 나갈 것같이 머릿속이 빙빙 돌고 신음이 흘러나왔습니다. 다행히도 강이산의 목소리가 조금씩 작아지더니 간헐적으로 들려왔습니다. 놀랍게도 그 소리는 자장가처럼 내 눈과 마음을 잠 속으로 빠뜨렸습니다. 세상도 온통 어둠 속으로 사라져버렸습니다.

김명운도 세월을 비껴가지 못했나 봅니다. 이십 년 전 구로동 시절, 서너 번 만난 적이 있습니다. 그땐 날렵한 몸매에 머리숱도 많았습니다. S대 공대 과수석 출신답게 범생이처럼 보인다고 박영진이 놀려댄 적이 있습니다. 안경을 끼고 있었는데, 이미지가 온화하고 따뜻해 보였다는 기억이 전부입니다.

그런 사람이 '박영진 열사 추모사업회'를 만들고 지금까지 노동운동의 길을 걷고 있다는 사실이 놀라웠습니다. 대부분 그 정도 운동의 길을 걸어온 사람들은 운동에서도 어떤 위치에 올라 있거나 다른 모습으로 변해 정치를 하든 사회운동의 어떤 직책을 찾는 게 대다수인데 현장과 함께 연계해 노동운동을 하고 있었습니다.

머리가 많이 벗겨지고 살도 제법 쪄서 처음에는 긴가민가 했습니다. 두꺼운 안경 너머로 따뜻한 눈웃음을 보자 비로소 그에 대한 이미지가 겹쳤습니다.

"의사가 뭐라고 하던가요?"

김명운은 전화 목소리와는 달리 강이산을 보자 심각한 표정을 지었습니다. 그는 감기지 않는 강이산의 눈을 들여다보다가 손으로 눈꺼풀을 쓸어내렸습니다.

"왜 눈이 감기지 않는 거죠?"

"이유는 모르지만 뇌사 상태라고 합니다."

나는 의사에게 들은 대로 어느 순간에 숨이 멈출지 모르는 상황이라고 말했습니다. 김명운은 손으로 턱을 붙잡고 강이산과 불안한 움직임을 보이는 심전도기를 번갈아 바라보았습니다.

나는 강이산의 가족에 대해 물었습니다. 부모님은 다 돌아가시고 누이 한 분이 있지만 연락할 길이 없다고 했습니다. 그래서 그가 가까이 지내던 한 여인과 스님에게만 연락했는데 곧 올 거라고 했습니다.

마음이 답답했습니다. 여전히 병실에 누워 있는 강이산이 낯설었고, 김명운을 보자 또다시 수많은 생각이 떠올랐습니다. 병실은 김명운에게 맡겨놓고 담배를 피우러 밖으로 나갔습니다. 김명운에게 박영진의 죽음을 잘 거둬줘서 고맙다고 한 번도 찾아가지 않아 미안하다고 말하고 싶었지만 입이 안 떨어져 그냥 나왔습니다. 지나간 시절을 이제 와 다시 꺼내는 게 부질없이 느껴졌습니다.

이미 내 안에서 혁명이니 노동 해방이니 정권 타도라는 말이 희미해진 지 오래됐습니다. 물론 가난하고 억울한 사람이 소외되는 세상은 여전히 싫어합니다. 아이들을 가르치면서도 진심으로 그들이 옳고 그름에 대해 판단할 수 있게 하려고 애씁니다. 빈부로 세상을 바라보지 않고 서로 다가설 수 있는 마음의 지혜와 자비에 대해서도 가르칩니다. 그 마음으로 끊임없이 시도 쓰고 있습니다. 비록 문단의 문턱에서 늘 좌절하지만 자연과 사람을 이어주는 따뜻한 마음을 잃지 않으려고 책도 보고 환경운동 회원으로 활동하고 있습니다.

스산한 날씨 탓인지, 구로동에 왔기 때문인지 마음이 어수선했습니다. 벽에 기대 나를 쳐다보던 강이산이 자꾸만 기억

속의 자물쇠를 열었습니다. 허공에 박힌 그의 눈동자가 무엇을 보고 있었는지, 죽음이 문턱에 올 때까지 무슨 생각을 하고 있었는지, 그의 입에서 흘러나온 구정물은 도대체 무엇인지 알 수가 없었습니다.

3월 17일, 영진이 이름을 부르다 쓰러져버린 강이산은 의식이 들면 박영진을 살려내라고 비통해했습니다. 그러다가 영등포구치소로 이송됐습니다. 이송된 그날, 수감된 노동운동가로부터 박영진이 18일 새벽 세 시경에 사망했다는 소식을 들었습니다. 강이산은 그때부터 더 미쳐 날뛰기 시작했습니다.

나 역시 오열이 터져 정신을 차릴 수 없었습니다. 박영진은 불에 탄 채 십 분 동안 방치되었다가 강남성심병원으로 옮겨졌습니다. 그의 분신 소식은 운동권에 일파만파로 번져나갔습니다. 강남성심병원은 수십 대의 닭장차와 전투경찰로 봉쇄됐습니다. 차기 대선을 노리는 김대중 씨와 민통련을 이끌던 백기완 선생, 전태일의 어머니 이소선 여사가 그를 찾아왔습니다. 병원 주변은 곳곳에서 몰려든 노동운동가들이 경찰의 방패에 막혀 있었고, 이소선 어머니와 김명운을 비롯한 몇몇 운동가들이 박영진의 마지막 길에 동행했습니다.

박영진은 이소선 어머니라는 소리를 듣자마자 "전태일 선배가 다 못한 것을 이루려 했는데……"라고 말했습니다. 이미 그의 얼굴에 눈동자는 없고, 두 눈이 있던 자리는 움푹 파여

텅 빈 구멍만 남아 있었습니다. 코도 녹아내려 콧구멍 두 개만 간신히 열려 있었습니다. 부풀어 오른 입술이 붙어 목소리가 실낱같이 새어 나왔습니다. 그는 숨을 쉬기가 너무 힘들다고 했습니다.

물을 달라고 해서 어머니가 손수건에 묻혀 입술을 적셔줬습니다. 그는 힘겹게 숨을 몰아쉬며 "노동자가 주인이 되는 세상을 만들어야 한다!"라고 말했습니다. 그리고 침대에 붙어 있던 상체를 일으켜 세우며 "끝까지 투쟁하라!"라는 말과 함께 팔을 높이 쳐들었습니다. 스물일곱 살 젊은 노동자 박영진이 이 땅의 노동자들에게 마지막으로 남긴 말입니다.

우리는 구치소에 있으면서 재판을 받았습니다. 재판관은 우리에게 많은 죄목을 얹었습니다. 업무방해, 집기 파손, 좌경용공 세력 등 시시콜콜한 것부터 시작해 국가 전복의 위험을 내포한 자들로 규정했습니다. 우리에게 최후진술의 시간을 주면서 재판은 마무리로 들어섰습니다.

강이산은 광주학살의 처절했던 죽음을 꺼내놓았습니다. 총칼로 정권을 탈취한 군사독재 정권하에서 그들을 떠받치고 있는 사람들이 하는 재판은 정당성이 없다고 말했습니다. 박영진을 죽인 것은 바로 공권력이고, 노동자의 정당한 요구와 권리를 짓밟는 실체도 자본가뿐만 아니라 그들을 비호하는 국가권력이라고 했습니다. 그는 판사에게 아무리 짓밟아도 자신은 죽지 않고 다시 살아 노동운동을 할 것이며, 민중의 권력을 찾을 수만 있다면 박영진처럼 죽음도 불사할 것이라고 말했습니다.

나는 아득했습니다. 영진이가 죽는 순간부터 입이 닫혀 그의 몸에 달라붙었던 불길에서 빠져나오지 못했습니다. 그래도 말하고 싶었습니다. 영진이를 살려내라고! 산천이 흔들리도록 외치고 싶었습니다. 판사의 부름을 받고 일어섰지만 몸이 떨리기 시작했습니다. 온몸의 피가 휘돌아 정신을 차릴 수 없었습니다. 나는 사지를 부들부들 떨다가 쓰러져버렸습니다.

정신을 차린 곳은 병원이었습니다. 어머니가 곁에 있었고, 병실에 누워 있는 사람은 나 혼자였습니다. "정신이 드니?"라고 어머니가 흐느끼듯 말하는데 입이 열리지 않았습니다. 법정에서 있었던 일들이 어지럽게 떠올랐습니다. 고요한 병실 안에 슬픔과 절망이 다시 들어찼습니다. 강이산과 동료들이 어떻게 되었는지 궁금하다는 생각도 들지 않았습니다. 마치 어떤 틀 속에 갇힌 것처럼 아무것도 생각할 수 없는 상태였습니다. 눈물만 흘러나와 눈을 감았습니다.

강이산은 11개월 실형을 받았습니다. 동료 두 명과 나는 집행유예 8개월을 받고 풀려났습니다. 나는 병원에서 사흘을 있다가 집으로 왔습니다.

눈물이 납니다. 박영진을 떠올리면 맺혔던 눈물이 이십여 년의 세월을 건너 다시 흐릅니다. 기억 속에 묻어두고 그 삶으로부터 떠났다고 해도, 돌아보면 여전히 그가 있습니다. 혁명으로 열병을 앓던 시절에 보고 느꼈던 그는 아니지만, 여전히 소중한 사람으로 내 안에 살아 있습니다.

병실에 올라가보니 강이산의 숨이 가늘어지고 힘이 없었습니다. 심전도기도 불안한 선을 이어갔습니다. 이십 분쯤 지났을 때 승복을 입은 사람과 여자 한 명이 병실에 들어섰습니다. 김명운이 두 사람과 인사를 나눴습니다. 여자가 강이산의 곁으로 다가가 그의 이마를 쓰다듬었습니다.

"누구시죠?"

김명운에게 물었습니다. 그러자 여자가 인사했습니다. 어깨까지 가지런히 내려와 앉은 단발머리가 찰랑거렸습니다. 고개를 든 그녀의 눈망울이 슬픔으로 가득했습니다.

"강이산 씨 아내 되는 사람입니다."

깜짝 놀랐습니다. 강이산이 결혼했다는 말을 들은 적이 없었기 때문입니다. 김명운도 그 사실은 모르고 있었는지 의아한 표정을 지으며 스님을 바라봤습니다. 스님이 고개를 끄덕였습니다.

"유세진 씨 동생 되는 분입니다."

유세진은 강이산의 고등학교 동창입니다. 그는 나처럼 국문학을 전공한 사람으로 고등학교 때 강이산과 문학반에서 만난 친구입니다. 순수문학을 좋아했던 그는 자연 속에서 생명의 놀라운 비밀들을 찾아내 시로 만들어내는 탁월한 관찰력 때문에 문학반 선생에게 늘 칭찬과 격려를 받았습니다.

"이상해요, 눈동자가 움직인 거 같아요."

강이산의 손바닥을 매만지던 여자가 우리를 쳐다봤습니다. 모두들 강이산의 곁으로 다가섰지만 그의 눈동자는 여전히 허공에 박혀 있었습니다.

"나를 쳐다본 거 같은데……."

우리는 그녀가 간절한 바람 때문에 착시를 일으켰다고 생각했습니다. 그런데 조금 있다가 강이산의 눈동자가 떨리기 시작했습니다. 그의 눈동자가 조금씩 움직여 그녀의 눈동자로 향했습니다. 동시에 심전도기가 불안한 소리를 냈습니다. 나는 간호사를 불렀고, 곧 의사가 달려왔습니다. 강이산의 감기지 않았던 눈이 닫혔습니다.

"운명했습니다."

의사가 청진기를 강이산의 가슴에서 거둬들이며 말했습니다. 강이산의 얼굴은 핏기 없이 죽음이 내려앉았지만 잠자듯 편안해 보였습니다. 나는 가슴 한 곳이 서늘해져 마음 둘 곳을 몰랐습니다. 마치 아내라는 사람을 보기 위해 눈을 감지 못했나 싶자 죽음이 더 이해되지 않았습니다. 그런 사람이 어떻게 자신의 죽음을 지켜보고만 있었던 건지, 도대체 강이산은 어떤 사람인지 알 수 없었습니다. 어떻게 아내가 있으면서도 마지막까지 길 위를 떠돌며 살았는지, 아내라는 사람은 도대체 강이산과 어떤 인연인지, 나는 강이산의 시 말고 무엇을 알고 있는지…… 가슴이 먹먹해졌습니다.

아무도 슬퍼하거나 당혹해하지 않았습니다. 예상했던 일이 일어난 것처럼 그들은 장례에 대한 이야기를 나눴습니다. 다만 아내라는 사람만이 강이산의 가슴에 얼굴을 묻고 그와 이야기를 나누는 듯했습니다. 눈물은 볼 수 없었지만 그녀의 몸에서 흘러나온 짙은 슬픔이 방 안에 가득 떠다녔습니다. 도대체 같이 살기나 했는지 아니면 정신적인 사랑만 나눈 건지, 기이한 느낌이 들었습니다.

알릴 곳도 없었습니다. '민족문학작가회의'에서 지금은 '한국작가회의'로 이름을 바꾼 문학 단체에만 연락하기로 했습니다. 강이산과 가까운 문인 중에 그의 누이 연락처를 아는 사람이 있기를 바랐습니다. 조용히 강이산을 보내주자고 했지만 문단에 알리는 순간 장례식장은 북적거렸습니다.

강이산이 장례식장으로 옮겨지고 얼마 안 있어 작가회의 사람들 여럿이 나타났습니다. 그들은 장례식장에 들어서자마자 강이산의 영정 앞에서 눈시울을 붉혔습니다. 그리고 강이산의 시집 몇 권을 영정 앞에 올려놓고 바쁘게 준비해 온 만장을 영정 옆 벽에 걸었습니다. 만장에는 강이산의 『저 꽃이 불편하다』라는 시집 마지막에 들어 있는 시가 강렬하게 박혀 있었습니다.

물 위로 꽃 한 송이 피어난다

나 오래 물의 자리에 내려앉고 싶었다

더 깊이 가라앉아

꽃의 뿌리에 닿도록

아픈 몸이여, 흘러라

나 있던 본디 자리로

처음 시를 봤을 때 느낀 생각들이 되살아났습니다. 이 시를 보면서 강이산이 닿고자 했던 '본디 자리'는 무엇일까 생각했습니다. 박영진의 죽음 이후 치열하게 노동운동을 전개한 강이산이 본명을 밝히면서 시인으로 세상의 문을 열고 나와 마지막에 남긴 시입니다.

시를 읽으면 맑은 물 위로 하얀 수련이 절정으로 피어오른 모습이 떠오릅니다. 그 아름다움에 감탄이 절로 나옵니다. 험악한 세상 속에서 그런 자리에 사람의 마음이 내려앉고 싶습니다. 오랫동안 그 자리를 그리워한 시인은 그런 꽃을 피울 수 있는 뿌리가 되고 싶은 것입니다.

뿌리에 닿을 때까지 얼마나 많은 시간과 고통이 있을지 모릅니다. 그래서 몸이 아픕니다. 문제는 그가 말한 '본디 자리'입니다. 아픈 몸이 흘러 눈부신 꽃이 피어날 수 있는 뿌리가 되고 싶은데, 그 본디 자리는 어디인가 싶었습니다. 어머니의 자궁 속인지, 불교의 무상무념의 세계인지, 정말 인간에게 그런 자리가 있는 건지, 그의 내면의 세계가 찾고자 했던 그 자리가 어떤 자리인지 궁금해 많은 나날을 생각에 매달린 적이 있습니다.

"저 시에 나오는 본디 자리는 어디라고 생각합니까?"

김명운에게 물었습니다. 장례식장엔 문인들이 점점 들어찼습니다. 이름만 대면 알 만한 시인과 소설가가 끼리끼리 뭉쳐 나타났습니다. 강이산의 아내가 상주 역할을 자청했습니다. 모두들 강이산의 아내라는 말에 어리둥절한 표정을 지었습니다. 그녀는 사람들에게 맞절을 하고 나면 강이산에게 고개를 돌려 묵묵히 바라보기만 했습니다.

"자신이 살고자 했던 자리겠죠."

술상을 앞에 놨지만 김명운은 물만 마셨습니다.

"박영진이 죽은 노동 현장일 수도 있고, 민주화운동을 짓밟은 광주학살 현장일 수도 있고요. 아마 세상을 바꾸고 싶은 어떤 자리 아니겠어요? 근데 결코 가지 못한 자리죠. 아니, 나중에는 아예 가려고 하지도 않았죠. 상처가 너무 커서 그렇다고 하지만, 점점 상처를 핑계 삼아 술만 마셨잖아요."

예상치 못한 김명운의 대답이었습니다. 나는 술 한 잔을 홀짝 비웠습니다. 박영진의 이름이 나오고 상처를 핑계라 말하자 나 역시 그랬던 건 아닌가 싶어 얼굴이 달아올랐습니다. 김명운의 말을 무시하고 싶었습니다. 강이산이 세상 밖으로 다시 시를 내보였을 때 혁명, 노동, 해방이라는 말들은 드러나지 않았습니다. 더불어 공장이라든지, 투쟁 현장이라든지, 밑바닥 인생들의 생존 고통을 처절하게 드러내지도 않았습니다. 물신주의에 젖은 황폐함과 삶의 척박함을 비유로 드러내기는 했지만 시의 대부분은 인간이 자연과 어떻게 맞닿아 있고, 선(禪) 수행을 하는 승려처럼 시인 자체가 습관화된 세상의 눈을 버리고 어떻게 정화된 인간으로 다시 태어날 수 있는가에 매달려 있었습니다.

언제 어떻게 그의 세계관에 변화가 생겼는지는 모르지만, 그가 내놓은 시집 세 권은 인간에 대한 치열한 근원적 탐구를 통해 독자에게 끊임없이 존재에 대해 묻게 만들었습니다.

그러다가 어느 순간 그의 시는 자취를 감춰버렸습니다. 문학잡지는 물론 그 어디에서도 시를 만날 수 없었습니다. 다만 문단의 소식을 통해 술을 달고 산다는 말만 들었습니다. 모든 인간이 그렇듯 그 역시 삶의 변화를 겪고 있구나 싶었습니다. 사람들의 기억 속에서 가물거리며 지워져갈 때쯤 삼 년의 침묵을 깨고 내놓은 시집이 『저 꽃이 불편하다』였습니다. 이 시집 역시 길 위를 떠돌면서 자신의 눈과 직감적 인식을 통해 들어온 시어들을 비유를 통해 비장하면서도 슬프게 펼쳐놓고 있습니다. 기존의 시집과는 다른 절망과 회한 그리고 죽음의 그림자가 눈물로 철퍽철퍽 걷고 있습니다.

모를 일이다 내 눈앞에 환하게 피어나는
저 꽃 덩어리
바로 보지 못하고 고개 돌리는 거
불붙듯 피어나
속속잎까지 벌어지는 저것 앞에서 헐떡이다
몸뚱어리가 시체처럼 굳어지는 거
그거
밤새 술 마시며 너를 부르다
네가 오면 쌍소리에 발길질하는 거
비바람에 한꺼번에 떨어져 뒹구는 꽃떨기
그 빛바랜 입술에 침을 내뱉다

아무도 모르는 곳에서 내가 흐느끼는 거

내 끝내 혼자 살려는 이유
네 곁을 떠나지 못하는 이유

어느 순간, 그의 눈앞에 존재의 눈부신 빛이 쏟아져 내렸던 것 같습니다. 수많은 종류의 꽃인지, 한 종류의 꽃인지 알 수 없으나 사투 속에서 피워 올린 꽃 한 송이가 아니라, 꽃 덩어리가 눈앞에 마주하고 있습니다. 차마 바로 볼 수도 없는 환희의 꽃 덩어리가 비바람에 한꺼번에 떨어지고 나뒹굴며 절망으로 굽이칩니다. 물론 비바람은 시련일 것입니다. 예수처럼 광야의 시련을 이겨내지 못한, 인간 존재의 비애일 듯싶었습니다.

실의에 젖어 진저리를 치며 빛바랜 꽃잎들에게 침을 내뱉으며 흐느낍니다. 해탈처럼 결코 인간이 닿지 못할 초월의 존재를 향한 끊임없는 회의와 분노입니다. 그래서 꽃을 보는 것조차 불편해지고 만 것입니다. 그의 다른 시에 나타난 것처럼 모든 인연과 오욕칠정이 끊기고 마음속에 흰빛만이 남기를 바라지만 결국 흰빛은 어느새 수많은 빛으로 물들어갑니다.

그래도 버릴 수 없습니다. 아무도 시인의 고통을 알 수 없습니다. 그는 자신의 고통 때문에 누군가가 괴로워하기를 바라지도 않습니다. 그래서 홀로 삽니다. 꽃 덩어리를, 생의 환희를 버리지 못하며 그 길을 끊임없이 찾아 떠돕니다.

강이산을 다시 본 건 87년 2월 말쯤이었습니다. 교도소에서 나온 그는 우리 학교 라인을 타고 나를 찾아왔습니다. 나는 당시 정신과 치료를 받으면서 학교로 복귀할 준비를 하고 있었습니다. 아무도 만나지 않았습니다. 여전히 박영진의 불길 속에서 헤어나지 못하고 세상에 대한, 인간에 대한 회의에 사로잡혀 있었습니다. 집에서조차 몇 마디의 말만 하고 살다가 강이산의 전화를 받고 망설였습니다.

"안 보고 피하면 잊혀지냐?"

전화선을 타고 들려온 그의 나직한 목소리가 내 귀를 후벼팠습니다.

"한 번은 그를 보고 잘 가라고, 미안하다고 말이라도 건네야 하지 않냐?"

공허해진 마음속으로 그의 목소리가 들어찼습니다. 다 잊고 모두 버리고 살자고 했지만, 마음이 무너졌습니다.

상봉터미널에서 강이산을 다시 봤을 때 그의 눈빛이 예사롭지 않았습니다. 늘 치열한 생각과 사상적 무장으로 반짝거리던 것과는 달리 살기가 서려 있었습니다. 마석으로 가는 동안 서늘한 그의 눈빛과 목소리를 들으며 박영진이 불길에 타들던 모습에 사로잡혀 입이 타들어갔습니다.

박영진의 묘소를 찾아가니 비석도 없었습니다. 다만 동일제강에서 함께 싸웠던 후배가 축대에 박힌 돌을 빼내 그의 묘소 앞에 박으며 비통해했다는 길쭉한 돌덩이 하나만 쓸쓸하게 서 있었습니다. 우린 준비해 온 소주 한 병과 오징어를 꺼내놓고 담배 한 개비에 불을 붙여놓고 절을 했습니다. 통곡이라도 터질 줄 알았는데 눈물이 나지 않았습니다. 문득 그의 무덤 속에 그가 없을지도 모른다는 생각이 들었습니다.

박영진이 운명하자 공권력은 신속하게 움직였습니다. 그들은 박영진의 죽음이 전태일의 죽음처럼 파장을 일으킬지도 모른다는 판단을 하고 그의 시신을 가족과 친구들로부터 빼앗아 갔습니다. 동시에 박영진의 아버지를 압박했습니다. 그들은 빨갱이들에게 시신을 가져가면 가족 친지들까지 모두 조사받아 일터에서 쫓겨날 거라고 협박했습니다. 아들의 목숨값은 충분히 보상할 거라고 회유도 했습니다. 그 협박과 회유에 박영진의 작은아버지가 합세했습니다. 결국 아버지는 박영진을 벽제 화장터에서 화장시켜 아무도 모르게 화장터 뒷산 꼭대기쯤에 뿌려버렸습니다. 그러다가 아들의 죽음이 헛된 죽음이 아니었다는 것을 알게 되고 김명운과 함께 뼛가루 한 줌을 찾아와 무덤 속에 안치했습니다.

잔인한 시절이었습니다. 강이산의 눈빛은 묘역에 들어서는 순간부터 더욱더 살기로 등등해졌습니다. 금방이라도 누군가를 살해할 것 같은 살의가 몸에서 진동했습니다. 참배를 마치자 그가 입을 열었습니다. 광주학살로부터 시작된 군사정권을 반드시 무너뜨리고 광화문 네거리에 전두환의 목을 내걸어야 한다고! 전태일의 죽음이 노동자 인간 선언이라면, 박영진의 죽음은 노동자가 주인이 되어야 한다는 주체 선언이라고! 수많은 노동자와 양심적인 지식인, 학생이 전태일을 통해 노동운동에 뛰어들었다면 이제는 박영진을 통해 노동자가 세상을 이끌어가는 주체 세력으로 커야 한다고!

나는 한마디도 안 했습니다. 모든 소리가 바람 소리처럼 무심히 내 몸으로 흘러왔다가 흘러 나갈 뿐이었습니다. 강이산이 헤어지면서 딱 한마디 했습니다. 세상의 진실을 외면하지 말라고. 아마도 박영진을 살리는 길은 박영진처럼 사는 것이라고 말하고 싶었겠지만 더 이상 윽박지르지 않았습니다. 내가 여전히 정신적인 충격에서 벗어나지 못한다는 것을 감안한 말이었습니다.

세상은 나와 관계없이 흘러갔습니다. 1987년 벽두, 박종철 고문치사 사건이 일어나면서 전두환 정권 타도의 물결이 일렁이기 시작했습니다. '탁 치니 억 하고 죽었다'라는 말은 국민을 분노로 들끓게 했습니다. 저항이 거세지자 전두환 정권은 호헌을 주장하는 '4·13 호헌조치'를 발표했습니다. 대통령 간선제를 직선제로 바꾸지 않겠다는 그의 의도는 국민의 분노에 부채질을 했습니다. 6월항쟁은 그렇게 터졌습니다. 수많은 시민이 서울로 집결하면서 단숨에 정권을 무너뜨릴 기세였습니다. 결국 노태우가 '6·29 선언'을 통해 대통령 직선제를 받아들였습니다.

정권이 저항을 받으며 무력해지자 생존의 고통을 참고 있던 노동자들이 '어용노조 민주노조화'와 '임금 인상과 처우 개선'을 요구하며 목소리를 높였습니다. 세계 노동운동사에 유례가 없는 노동자 대투쟁이 일어나기 시작했습니다.

강이산은 자본주의 타도라는 목적으로 결합한 사람들과 전국적인 역할 나눔을 통해 울산과 창원 지역을 무대로 노동자들을 조직했습니다. 그는 대기업 노동조합들을 장악하기 위해 현장 활동을 활발하게 하는 사람들을 교육하고 조직했습니다. 그러다가 88년 4월 '남한사회주의노동자동맹(사노맹)' 준비위원회에 가담했습니다. 사노맹은 노태우 군사정권 타도와 민주주의 정권 수립 그리고 사회주의적 제도로의 변화, 진보적인 노동자 정당 건설을 목표로 89년 11월 정식 출범한 단체입니다.

나는 그때까지만 해도 강이산이 무엇을 하는지 몰랐습니다. 아니, 박영진과 강이산을 기억의 한구석으로 밀어 넣고 자물쇠를 채워버렸습니다. 나는 세상과 단절하고 살았습니다. 뉴스도 안 보고 오직 공부에만 전념했습니다. 시인이 아니라면 교사라도 되어서 아이들에게 세상을 헤쳐나가는 지혜와 개개인의 정체성을 찾아가는 마음을 키워주고 싶었습니다. 그런 마음으로 교육학을 이수해 89년 중학교 국어 선생이 됐습니다.

아이들을 가르치는 게 행복했습니다. 매일 아침 조회 시간마다 좋은 시 한 편을 아이들에게 읽어줬습니다. 휴일이면 산을 찾아다니며 세상이 좀 더 순해지고 맑아지기를 바랐습니다. 나무와 숲과 그 사이에 수많은 꽃들과 풀들의 생존 법칙을 보면서 자연과 어울려 사는 모습도 배웠습니다.

그동안 내가 읽은 책들은 먼지가 쌓여갔습니다. 자연의 생태에 관한 배움으로 기뻐지는 책들이나 인간 존재에 대한 깊은 탐구가 있는 책들로 다시 서가를 꾸려갔습니다. 나는 그 안에서 인간이 어떤 존재로 다시 세워질 수 있는지, 도대체 인간이란 어떤 존재이고 어떤 존재여야 하는지 시로 노래하고 싶었습니다.

아이들과 생활하면서 정신이 점점 맑아졌습니다. 뉴스를 조금씩 보게 되었고, 시대의 흐름도 들여다봤습니다. 1991년 12월 25일 크리스마스에 소련이 붕괴되는 소식을 접하고 한동안 놀랐습니다.

박영진의 죽음 이후 인간에 대한 환멸이 나를 지배했습니다. 사람이 죽어가는 것을 방치한 인간들이 용서되지 않았습니다. 구로동맹파업 때 파업 현장에 단전 단수를 했습니다. 공권력은 서슴없이 말했습니다. "분쇄기에 갈아버려도 시원치 않은 것들!" 노동자들이 탈진해 밖으로 기어 나오면 낚아채더니, 마침내 담벼락을 허물어 기력이 다한 노동자들을 개 끌듯 끌고 갔습니다. 그때도 인간이 인간을 어찌 그렇게 대할 수 있는지 개탄했습니다. 하지만 눈앞에서 소중하게 생각했던 사람이 불에 타 나뒹구는 모습을 본 순간 인간 자체에 대한 경멸이 머릿속을 뒤집어놨습니다.

정신과 치료를 받으면서 자아를 찾는 연습을 많이 했습니다. 국가는 국민을 위해 존재하는 것이 아니라는 생각을 머릿속에 박았습니다. 어떤 사회도 사회구조가 달라진다고 해서 인간이 달라지지 않는다고 수없이 나에게 속삭였습니다. 인간이 세상에 존재하면서부터 힘이 센 존재가 약한 존재를 지배했듯이 구조가 달라져도 그 관계는 새롭게 형성될 수밖에 없는 게 인간 사회의 숙명이라고 단정 지었습니다.

내 스스로 나라는 존재를 찾아 구해주지 않으면 안 된다고 세뇌시켰습니다. 이 비정한 사회에서 나만의 존재의 틀을 만들어가고 싶었습니다. 그 안에서 새롭게 내 삶을 시작해보고 싶었습니다. 사회주의의 수장 국가인 소련이 몰락하자 세상이 사회구조를 바꾼다고 해서 달라지지는 않는다는 확신을 다시 한 번 했습니다.

그러다가 1993년 어느 날 사노맹 재건을 위한 비밀좌경용

공 세력 삼십여 명이 검거됐다는 소식을 접했습니다. 사노맹은 박노해와 백태웅이 검거되면서 조직이 와해됐습니다. 숨어 있던 조직원들이 새롭게 조직을 일으켜 세우려다가 체포된 것입니다. 그 기사를 무심코 보다가 조직원들의 도표가 그려져 있는 것을 봤습니다. 그 속에 낯익은 얼굴이 증명사진처럼 박혀 내 눈을 잡아끌었습니다. 사진 밑에는 이강산이라는 이름이 적혀 있었는데, 괄호 속에는 필명 강이산이라고 했습니다. 혹시나 하는 마음으로 기사를 읽어 내려가자 놀랍게도 「취업 공고판 앞에서」라는 시를 쓴 사람이 바로 그라고 밝혀져 있었습니다.

믿기지 않았습니다. 84년에 그 시를 보고 가난한 사람들의 눈물과 애환에 가슴을 쳤습니다. 소작농으로 평생 땅만 일궈 나뭇등걸처럼 변해버린 어머니의 손등과 자식을 향한 사랑과 눈물, 누이로 대변되는 장시간 노동으로 지친 여공들의 붉은 코피, 달동네 지저분한 골목길처럼 삶의 희망이 기름때에 절어 낙서로 죽어 있고, 눈발 내려치는 취업 공고판 앞에서도 갈 길이 보이지 않는다는 서러운 시였습니다.

나도 그 같은 시를 써보고 싶었습니다. 노동 현장에서 보고 겪은 것들을 시로 노래하고 싶어 많이 끼적이기도 했습니다. 하지만 시에는 내 분노만 있었습니다. 절박한 삶의 끝자락에서 모두가 공감하는 분노로 튀어나오지 못했습니다. 그래서 강이산의 시를 좋아했습니다. 그는 「노동자」라는 시에서처럼 노동자들의 삶과 의식을 묶어놓은 족쇄를 거침없이 흔들어버렸습니다.

내 나이 열다섯부터 공장엘 나갔지
나는 언제나 부끄러움에 젖어
노동자라는 내 이름
숨겼다네

언제부터였나
스무 살 방직공장 시절이었지
다정한 언니들을 따라 지친 마음 녹여줄
사랑을 찾아다녔네
아아 억압도 눈물도 없는 곳

친구야, 가난한 노동자들의 집에서 나는 배웠다네
노동자가 가장 소중한 사람이라는 것을

이제는 노동자라는 내 이름
감출 이유가 없어졌다네

싸움이 어려우면 어려울수록
모진 비바람 몰려올수록
노동자라는 내 이름
세상에서 가장 당당하게 빛난다네

한때 그렇게도 만나보고 싶었던 사람이 내 옆에 있었다는 사실에 어처구니없어 헛웃음이 몇 날 며칠을 두고 나왔습니다. 개인사에 대해서는 절대 말하지 않는다는 조직의 원칙이 있다고 해도 어떻게 그리 한마디도 없었는지…….

그때도 나는 강이산에 대해 아는 게 별로 없었다는 허탈함에 젖었습니다. 도대체 그와 나는 어떤 인연이기에 굽이굽이 만남이 이어져온 건지. 신문지상에서 만난 그의 이름을 끝으로 다시는 만날 일이 없을 거라고 믿었지만, 2001년 그가 본명을 밝히고 세상 밖으로 다시 시를 내밀면서 인연은 이어졌습니다.

날이 어두워지면서 문인들은 더 몰려들었습니다. 오는 사람들마다 강이산의 죽음을 애도하다가 아내가 있었다는 사실에 놀라곤 했습니다. 김명운은 사무실에 갔다 온다고 나갔고, 나 역시 집으로 가서 검은 양복을 입고 다시 돌아왔습니다. 장례를 다 치를 때까지 학교에 나가지 못할 것 같아서 교감에게 전화를 걸었습니다.

아내라는 사람은 여전히 영정 옆에 앉아 있었습니다. 그녀가 어떻게 강이산을 만나 아내가 되었는지 궁금했습니다. 갸름한 얼굴에 쌍꺼풀 없는 눈, 작은 입술을 꽉 닫은 표정이 청초해 보였지만 서늘해 보이기도 했습니다. 밤이 깊어가고 김명운도 와서 우리는 스님과 함께 구석에 자리를 틀고 앉았습니다. 마음이 무겁게 가라앉아 술 몇 잔을 들이켜다가 두 사람의 관계를 물었습니다.

"한 번도 이산이에게 들은 적이 없어서 그런데 저 두 사람은 어떤 관계인지요? 명운 씨도 부부인 건 몰랐던 것 같은데……."

"아무에게도 알리지 말아달라고 했으니 본인들이 말을 안 했다면 모르겠지요."

스님은 잠시 눈을 감았다 뜨며 입술을 열었습니다. 스님의 말이 길어지고 김명운의 말이 서로 이어지면서 상상조차 할 수 없었던 강이산의 삶이 드러나 소스라쳤습니다.

강이산의 고향은 부안입니다. 그가 다섯 살 때 아버지가 병으로 돌아갔습니다. 어머니가 농사일을 다니면서 자식 셋을 키운 겁니다. 강이산과 윤세진은 고등학교 문학반에서 만난 친구입니다. 강이산은 광주에 있는 삼촌네 집에서 고등학교를 다녔습니다. 생활이 어려웠던 강이산은 윤세진에게 많은 도움을 받았습니다. 두 사람은 윤세진의 집에서 문학 서적을 같이 보며 시인으로서 소양을 쌓아갔습니다. 그때 강이산은 윤세진의 여동생을 보고 한눈에 반해버렸습니다. 음대를 꿈꾸던 동생이 첼로를 연주할 때면 강이산은 넋을 잃고 바라봤습니다. 그녀 역시 강이산의 시 낭송을 좋아해 자신이 좋아하는 시인의 시를 낭송시키며 연주하곤 했습니다.

광주항쟁이 일어나면서 두 사람은 다른 길을 걸어갔습니다. 강이산은 노동 현장으로 들어갔고, 윤세진은 서울에 있는 대학으로 진학했습니다. 두 사람은 가끔 연락을 주고받으며 만났지만 각자 다른 삶을 향해 나아갔습니다.

사노맹의 수장들이 검거되자 피신해 있던 조직원들이 새롭게 사노맹을 일으켜 세우려고 회합을 가졌습니다. 점조직을 통해 만남을 갖던 중 한 사람이 체포되면서 남은 사람들은 다시 피신처를 찾아 흩어졌습니다. 그때 강이산이 찾아간 곳이 윤세진의 집이었습니다. 윤세진은 국문학과를 나와 교편을 잡고 있었습니다. 광주에서 올라와 동생과 함께 살았는데, 동생은 학원에서 첼로를 가르치며 음악 공부를 했습니다.

강이산은 신분을 감췄습니다. 노동운동을 한다는 걸 윤세진도 알고 있었지만 사노맹 조직원이라는 사실은 몰랐습니다. 그는 수척해진 강이산을 보고 쉴 곳을 찾아온 거라고 믿었습니다. 강이산은 한 달 넘게 그 집에 기거하면서 지친 몸을 추스르고 책도 보며 지냈습니다. 고교 시절처럼 동생이 첼로를 켜면 시 낭송도 했습니다.

윤세진은 강이산의 문학 세계를 존중했습니다. 그 역시 광주 사람으로서 광주항쟁이라는 아픔을 겪었고, 국가의 계속되는 민중에 대한 폭력을 걱정스럽게 바라보았습니다. 강이산이 노동자, 민중의 시인으로서 어린 나이에 얼굴도 알리지 않고 「취업 공고판 앞에서」라는 시를 통해 문단에 나온 걸 자랑스럽게 여기기도 했습니다.

여동생 역시 강이산에게 많은 것을 물으며 호기심을 보였습니다. 어떻게 노동운동을 하게 됐는지, 노동운동의 목적이 무엇인지, 왜 시가 거칠고 직접적인지 꼼꼼하게 따지듯 물었습니다. 강이산은 공장의 팍팍한 현실과 노동자들이 꿈도 없이 살아갈 수밖에 없는 이유를 이야기로 펼쳐놓기도 하고, 다수의 민중이 소수의 자본가들에게 착취당하는 세상은 옳지 않다고 강렬하게 주장했습니다.

그러던 어느 날 세 사람의 평온하고 낭만적이었던 시간은 산산조각 났습니다. 공권력의 집요한 추적으로 고교 시절 윤세진과 강이산의 관계가 밝혀졌고, 강이산의 도피 생활은 한 달하고 사흘로 끝났습니다. 형사 네 명이 새벽에 윤세진의 집을 덮쳐 두 사람을 끌고 갔습니다.

강이산은 남영동에 있는 대공분실로 끌려갔습니다. 그들은 강이산에게 아무것도 묻지 않았습니다. 냉기가 감도는 불빛

침침한 방에 들어서자 음산한 목소리로 "팬티까지 싹 벗어"라고 누군가 말했습니다. 고문이구나 생각하고 저항하는 몸짓을 보였지만 소용없었습니다.

사흘 동안 고문받았습니다. 매타작으로 시작된 고문은 물고문으로 이어졌습니다. 그들은 이틀 동안 말없이 고문만 가했습니다. 질문도 없었고, 고문에 못 이겨 강이산이 소리친 말들도 들은 척하지 않았습니다. 라디오를 틀어놓고 고문을 가하다 심심하면 수건을 얼굴에 대고 가격하며 웃었습니다.

결국 강이산은 가명으로 알고 있는 모든 이들의 이름을 내놓았고, 자신은 그들의 연락을 책임진 조직 담당으로 변해버렸습니다. 그리고 '사노맹 재건위' 조직책이라는 명칭을 달고 신문 사회면에 대문짝만 하게 나왔습니다.

실형 3년을 언도받았습니다. 감옥에서 더 이상 활동할 수 없다는 답답함보다 그를 괴롭힌 것은 고문에 무너진 자아를 보는 것이었습니다. 죽을 것 같은 고문이면 죽으면 됐을 거라는 자기혐오가 그의 영혼과 몸을 괴롭혔습니다.

그런 고문에는 누구라도 어쩔 수 없었을 거라고 마음을 다스렸습니다. 규칙적으로 운동하고 책을 읽으며 치열하게 스스로를 일으켜 세웠습니다. 같이 끌려간 윤세진이 걱정됐지만 그의 죄가 없다는 것을 공권력도 알 것 같았기에 걱정을 내려놨습니다. 마음을 어지럽히는 생각이 몰려들면 수없이 많은 운동가를 불렀습니다. 아침에 눈을 뜨면서부터 부르기 시작하는 노래는 〈산 자여 따르라〉라는 노래였습니다.

살아 있는 자신이 걸어야 할 길이 담긴 노래를 눈을 뜨면 가부좌를 틀고 명상하듯 불렀습니다. 세상의 모든 희망의 빛을 몸으로 불러 모아 노래를 부르면서 나약했던 껍데기를 벗으려고 안간힘을 썼습니다. 그러던 어느 날 누군가가 면회를 왔다고 했습니다. 면회라는 소리를 듣는 순간 윤세진이다 싶었습니다. 더불어 늘 그리움으로 그림자처럼 달라붙어 있는 그의 여동생을 떠올렸습니다.

하지만 면회실 문을 여는 순간 삶의 고통을 주름살로 그어 놓은 어머니의 얼굴이 천길만길 나락으로 그를 떨어뜨렸습니다. 면회실이라는 좁은 공간이 고문실보다 더한 무게로 가슴을 눌렀습니다. 박영진이 죽고 감옥에 있을 때에도 어머니는 찾아오지 않았습니다. 어머니는 광주항쟁이 빗발치는 총성으로 끝나면서 상무대에서 지옥 같은 고난을 겪고 나왔을 때도 전혀 슬퍼하거나 어떤 위로의 말도 하지 않았습니다. 고등학교를 때려치우고 광주를 떠날 때 딱 한마디 했습니다.

"옳다고 생각하는 대로 살아라."

손과 발이 크고 입술에는 수만 개의 욕설을 매단 분이었습니다. 어렵고 힘든 일도 어머니가 품은 기운을 이겨낼 수는 없었습니다. 눈물보다는 현실을 긁어내고 파헤치고 밀어버리며 살아온 한평생이 거대한 산같이 당당한 분이었습니다.

"밥은 잘 묵냐?"

어머니의 한마디가 강이산을 묶어놓은 수만 가닥 고뇌의 줄을 풀어버렸습니다.

"아프신 덴 없지라?"

"할 일이 월매나 많은디 아프겄냐? 잠은 잘 자냐?"

"편하지라. 건디는 놈도 없고, 밥도 삼시 세끼 꼬박꼬박 주고."

"그럼 되았다. 얼굴도 좋아 뵈고. 돈 몇 푼 놓고 갈 테니 몸 잘 챙겼다 나오니라."

어머니는 그날 이후 다시 면회를 오지 않았습니다. 김명운만이 몇 번 찾아와 사식을 넣어주고 갔습니다. 삼 년 동안 책을 읽고 시를 쓰고 운동하면서 감옥살이를 했습니다. 다시는 무너지지 말자며 동료들을 거론한 죗값보다 더 치열하게 노동운동을 하자고 마음을 다잡았습니다.

감옥에서 나오는 날 김명운이 기다리고 있었습니다. 그는 강이산을 데리고 술집으로 갔습니다. 두부를 파는 집에서 소주 한 잔을 따라주면서 세상 밖의 상황을 늘어놓았습니다. 그리고 그 말끝에 윤세진의 이름을 입에 올렸습니다.

윤세진은 강이산과 함께 끌려가 고문을 당했습니다. 강이산이 한 번이라도 입에 올렸던 이름들을 다 대라고 고문을 당했습니다. 강이산이 사노맹 조직원이었던 것을 알면서도 그를 숨겨줬다고 고문을 당했습니다. 영문도 모르고 고문당하던 윤세진은 세 번의 혼절 끝에 어린아이로 변해버렸습니다. 고문의 고통을 이겨낼 수 없었던 그는 상상할 수 없는 공포를 머릿속에서 지우기 위해 사리분별을 할 수 없는 어린아이로 돌아갔습니다.

그는 끌려간 지 일주일 되는 날 새벽 집 앞에 버려졌습니다. 동생이 출근하려고 문을 열자 대문 앞에 오빠가 쭈그리고 앉아 있었습니다. 실종 신고까지 내고 어머니는 광주에서 올라와 국정원까지 찾아가며 아들을 찾던 중이었습니다. 무사히 돌아온 것은 기뻤지만 아들이 이상했습니다. 그는 동생도 알아보지 못하고 오직 어머니에게만 매달렸습니다.

병원을 찾아가 온갖 검사를 했습니다. 병원에서는 윤세진의 기억상실이 외상 후 스트레스 장애일 수도 있고, 심리적 압박으로 인해 발병했을 수도 있다고만 했습니다. 어머니는 망연자실했습니다. 멀쩡하던 아들이 안기부에 끌려갔다가 일주일 만에 나타나 어린아이로 변해버렸다는 사실을 믿을 수가 없었습니다.

어머니는 탄원서를 써서 수많은 곳에 보냈습니다. 대통령부터 시작해 모든 언론과 시민 단체에 보내 진상을 파악해달라고 호소했습니다. 아무도 답변이 없었습니다. 몇몇 시민 단체가 관심을 보여 안기부를 찾아갔지만 허사였습니다. 그들은 강이산 체포를 위해 윤세진을 임의동행했지만 당일 풀어줬다고 잡아뗐습니다.

어머니가 몇 걸음만 떨어져 있어도 안절부절못하면서 '엄마'를 찾는 자식을 끌고 다니며 반년을 눈물로 하소연했지만 소용없었습니다. 그 과정에 박영진 열사 추모사업회를 하는 김명운이 청와대 앞에서 일인시위도 하고 기자들을 찾아가 공론화를 부탁해보기도 했으나 모두들 증거가 없다는 이유로 돌아섰습니다.

어머니는 광주에 있는 집을 정리하고 서울로 올라와 자식을 돌보며 살았습니다. 가슴속 분노를 응어리로 묻어두고 혹시라도 기억이 돌아올 수도 있다는 희망을 품고 윤세진에게 온 정성을 다했습니다. 하지만 윤세진은 시간이 지날수록 머리가 아프다고 하더니, 집으로 돌아온 지 이 년 반 만에 다발성 뇌출혈로 사망했습니다.

어머니는 아들을 화장시키고 그가 좋아했던 무등산 꼭대기에 뿌렸습니다. 무서운 이 땅에 다시는 태어나지 말라며 뿌렸습니다. 아들을 잃은 상처가 한이 되어 풀 수 없었던 어머니는 고통의 나날을 견디다 못해 석 달 후 목을 매고 아들 곁으로 떠나갔습니다.

나는 두 사람의 말을 들으며 머릿속 자물쇠가 철거덕 열리는 소리를 들었습니다. 더 이상 나와 상관없다고 외면해온 현실이 날카로운 칼처럼 가슴을 그어댔습니다. 강이산이 노래한 시의 낱말 하나하나가 꿈틀거리며 나를 흔들었습니다.

「물의 자리」를 올려다봤습니다. 영정 속의 강이산 얼굴이 물의 자리에서 너울거렸습니다. 내가 본 활자들이 물속에 녹아 흐느적거렸습니다. 슬픔이 그 속에서 피어오르고 그의 신음 소리가 피처럼 번져 내 눈을 찔렀습니다.

문인들은 강이산이 좋아했다며 〈목포의 눈물〉을 부르며 슬퍼하고, 누군가는 강이산의 시를 읊기도 하고, 이산이 이름을 부르며 우는 사람도 있었습니다. 장례식장 직원들이 담배를 피우지 말라고 했지만 들은 척도 안 했습니다. 나 역시 슬픔을 감출 수가 없어 담배를 피우고 술을 마셨습니다. 강이산이 술에 취해 무작정 나를 불러내던 목소리가 들려왔습니다.

"야, 나 오늘 너 꼭 봐야 한다. 너에게 반드시 해야 할 말이 있어. 여기 화성 고정리 방조제야. 지금 좀 와라. 안 오면 나 죽을지도 모른다."

월급날만 되면 찾아오던 그때 느닷없이 전화를 걸어 당혹스럽게 만들기도 했습니다. 꼭 토요일 날만 전화를 걸어 학교 핑계도 댈 수 없었습니다. 사실 핑계를 대고 모른 척하기도 싫었습니다. 그의 술주정을 지켜보는 것도 쏠쏠한 재미였습니다. 그는 술에 취하면 노래하듯 말을 했습니다. 그러다 홍이 나면 정말 노래를 하고, 가슴에서 나오는 대로 시를 읊어댔습니다. 술에 젖은 그가 문학의 향기로 변해 그 공간을 환하게 밝혀놓기도 했습니다.

처음 전화를 받았을 때는 큰일이 생긴 줄 알고 부랴부랴 차를 몰고 낯선 고정리를 찾아갔습니다. 그는 파도가 너울거리는 방조제에서 소주 한 병에 새우깡 한 봉지를 찢어놓고 앉아 있었습니다. 나를 보자 비틀거리며 일어서더니 눈물을 흘리며 덥석 껴안았습니다. 무슨 일이 있나 걱정됐습니다. 그는 포옹을 풀면서 하얗게 바람이 쓸고 가는 갈대숲을 가리켰습니다.

"아까, 저 갈대숲 앞 갯벌 위에서 게 한 마리를 봤어. 자기 몸뚱어리만 한 돌을 이고 가는 게를 봤지. 슬퍼서 죽을 것만 같아 전화를 했네."

기가 막혔습니다. 돌을 이고 가는 게 한 마리 때문에 먼 길을 부랴부랴 달려왔다는 사실에 웃음이 났습니다. 그는 내 감정은 아랑곳하지 않고 슬픔 가득한 눈으로 술을 따르면서 사람을 살린다고 만들어놓은 방파제 때문에 죽은 조개들이 옛 물길을 찾아온다며 안타까워했습니다.

그날 강이산은 어둠 속으로 파도의 괴성만 남을 때까지 술을 마시며 바다와 방파제와 갈대숲과 폐선을 노래했습니다. 나는 운전 때문에 소주를 두 잔만 마시면서도 싫지 않았습니다. 그의 영혼이 실린 노래를 듣는 것이 즐거웠기 때문입니다.

돌아오는 길에 소주 두 병과 새우깡 한 봉지를 사서 화성을 넘어와 경인고속도로로 들어섰습니다. 겨울비가 부슬부슬 내리는 스산한 날이었는데, 강이산이 느닷없이 차를 갓길에 세워달라고 했습니다. 화장실이 급한가 싶어 비상등을 켜고 갓길에 차를 세우자 그가 술 봉지를 들고 밖으로 나갔습니다.

딱 삼십 분만 갓길에 앉아 술을 마시고 싶다는 것이었습니다. 오래전부터 해보고 싶었던 거라며 간곡히 부탁했습니다. 차들이 칼바람을 일으키는 게 위험해 보여 안 된다고 화를 냈지만 소용없었습니다. 그는 미안하다면서 봉지에서 술병과 과자를 꺼냈습니다. 그리고 빈 봉지를 깔고 앉아 술병을 땄습니다.

어쩔 수 없어서 그를 지켜보다가 결국 차 안으로 들어갔습니다. 그는 미동도 없이 달리는 자동차의 불빛을 안주 삼아 술을 마셨습니다. 도대체 왜 그가 갓길에 앉아 술을 마시고 싶었는지 이해가 되지 않았습니다. 죽음을 무릅쓴 위험한 행위가 자학처럼 보였습니다.

훗날 그는 그 시간을 「겨울비」라는 시로 만들었습니다. 모두 네 단락으로 연결된 시의 마지막에서 고속도로 갓길을 끄집어냅니다. 절망의 나락으로 추락하는 그의 시 마지막은 처절했습니다.

나 때로 한밤중 고속도로 갓길 같은 곳에 차를 세워놓고, 술

을 마시고 홀로 잠들기도 하였다

돌이킬 수 없이 달려온, 또 살기 위해 달려갈

길 위에서, 길을 잃으며

저를 찾고 있는
망가진 사내 하나를 보았다

온몸 환하게 얼어가는 겨울비 속에서

그의 자화상이었습니다. 겨울비로 온몸이 얼어가면서도 환하게 얼어가고 있다고 말했습니다. 망가져서 더 이상 삶의 의미를 갖지 못한 자가 죽음을 구원처럼 바라보는 듯했습니다.

그리고 고정리에서 본 파도와 갈대숲과 폐선과 게 한 마리는 「게 한 마리 가고 있다」라는 시로 토해냈습니다.

방조제를 넘어온 바람은
간척지 갈대숲 속에 박혀 있는 몇 척의 폐선을 흔들며

인기척을 묻고

나는 물때가 사라진 옛길을 더듬는다

(……)

더는 어디로 돌아갈 수조차 없는 기억이 끝내 치우지 못한
게 한 마리
작은 바위 하나 짊어진 채 가고 있다
온 숨을 몰아 나를 피해서

이 시를 처음 봤을 때 환경에 대한 인간의 횡포를 쓴 시라고 여겼습니다. 옛 물길을 더듬는다, 라는 말도 그랬고, 게 한 마리가 나를 피해서 간다, 라는 말도 나라는 '인간'을 피해 가는 시로 본 것입니다.

하지만 이 시는 주안공단에서 산업재해로 죽은 동료 한 사람을 떠올리며 쓴 시였습니다. 방조제가 만들어지고 어패류 채취로 살 방도가 없어진 사람이 그가 일하던 공장에 들어왔다가 목숨을 잃었습니다. 3층 난간에 묶어놓은 대형 쇠파이프가 그를 덮친 겁니다. 회사는 죽은 사람의 목숨을 개값 처리하듯 나 몰라라 했습니다. 강이산은 그들의 횡포를 볼 수가 없어서 동료들과 함께 들고일어났습니다. 한 달 동안 이어진 싸움은 결국 돈으로 합의를 보고 끝났습니다. 강이산은 동료들

과 함께 그의 시신을 화장해 고정리 앞바다에 뿌렸습니다. 그 뒤 강이산은 해고되고 인천 노동 현장의 블랙리스트에 올랐습니다.

강이산이 노동운동을 하기 위해 처음 들어간 공장이었습니다. 오랜 세월이 지나고 다시 그곳을 찾아간 까닭은 알 수 없습니다. 다만 어디로 돌아갈 수조차 없는 기억을 끝내 치우지 못해 찾아갔을 것입니다.

생존을 위해 작은 바위 하나를 짊어지고 가는 게 한 마리가, 살아가는 것조차 두려워 떨고 있는 망가진 사내를 본능적으로 피해서 간다는 표현은 얼마나 끔찍한 것인지. 손톱만 한 게가 절망으로 뒤덮인 자신을 온 숨을 몰아 피해 간다고 묘사할 수밖에 없는 시인의 마음은 얼마나 참담한 것인지.

김명운의 말처럼 그는 개인의 상처를 극복하지 못하고 술로 스스로를 망가뜨렸는지도 모릅니다. 하지만 그것이 전부는 아닐 것 같았습니다.

감옥에서 나온 강이산은 김명운의 말을 다 듣고 넋이 나간 사람처럼 술집을 나섰습니다. 길 위에서 길을 잃은 사람처럼 떠돌았습니다. 술에 몸을 담갔다가 아무 데나 뉘었습니다. 쓰레기통을 뒤지고 구걸도 해가며 떠돌았습니다. 입을 닫아걸고 발길이 닿는 대로 떠다녔습니다. 그런 생활을 반년 정도 하던 어느 날 박영진 열사 추모사업회에 그가 나타났습니다. 머리카락은 자라 엉켜 있고 신발은 다 떨어져 너덜거렸습니다. 얼굴을 씻지 않아 때가 덕지덕지 붙어 있었습니다.

"술 좀 사줘."

강이산은 김명운을 보자 딱 한마디 말만 던졌습니다. 김명운 역시 아무 말 없이 술을 사다 줬습니다. 강이산은 소주 세 병을 다 비우지 못하고 사무실 바닥에 쓰러져 누웠습니다. 김명운은 사무실 동료에게 그가 다른 곳으로 가지 못하게 지키게 하고 윤세진의 여동생 윤세인을 찾아갔습니다.

강이산을 살릴 수 있는 사람은 그녀뿐이라고 판단했습니다. 그녀의 용서가 강이산을 구원할 수 있을지도 모른다고 여겼습니다. 강이산으로 얽힌 관계 때문에 집안이 풍비박산이 나고 하루아침에 고아가 된 그녀가 용서라는 말을 받아들일 수 있을까 생각했지만 윤세진과 그의 어머니 시신까지 함께 수습한 인연으로 부탁하고 싶었습니다. 어려운 마음으로 윤세인을 만나 강이산의 이야기를 꺼냈습니다. 그녀는 김명운의 말을 듣고 눈물을 훔치며 입을 열었습니다.

"엄마도 다 용서하고 가신걸요. 처음엔 이산이 오빠를 원망했지만 국가와 우리 사회의 행태를 보면서 분노가 뒤바뀐 거죠. 그러셨어요, 오빠 팔자라고. 무서운 우리 사회에 태어난 죄라고도 하셨죠. 오빠가 고문받아서 그렇게 됐다면 이산이 오빠는 더욱 심한 고초를 겪었을 거라고 눈물까지 흘리셨으니까요. 가세요, 우리 집으로 데려와야겠어요."

윤세인이 추모사업회 사무실에 도착할 때까지 강이산은 바닥에 쓰러져 잠들어 있었습니다. 그녀는 눈시울을 붉혔습니다. 강이산의 몰골은 그야말로 거리의 노숙자였습니다.

"오빠, 눈 떠봐. 이제 그만 우리 집으로 가자, 응?"

강이산은 시체처럼 미동도 하지 않았습니다. 김명운이 그의 상반신을 일으켜 세워 앉혔습니다.

"강이산, 정신 차려 이 사람아!"

김명운이 따귀를 사정없이 갈기자 아프다는 말을 신음처럼 내뱉었습니다. 그가 눈을 가늘게 떴다가 다시 감았습니다. 그러더니 천천히 눈을 크게 떴습니다. 윤세인의 모습을 보며 눈 앞을 가린 머리카락을 손으로 걷어냈습니다. 그는 힘겹게 일어나 도망가듯 문을 향해 비틀거리며 걸어갔습니다.

"오빠, 그냥 가면 나 죽어."

윤세인의 목소리가 슬픔으로 떨렸습니다.

"난 이제 혼자야. 오빠마저 이러면 더 이상 살 수 없을 것 같아."

강이산이 허공을 올려다봤습니다. 잠시 후 고개를 숙이더니 몸을 돌려 술병이 있는 자리를 찾아 다시 앉았습니다. 덜덜 떨리는 손으로 소주병을 들어 한 모금 들이켜더니 고개를 떨어뜨렸습니다.

"엄마가 돌아가시기 전에 오빠를 원망하지 말라고 글을 남기셨어."

강이산이 다시 술을 마시며 어깨를 들썩였습니다.

"오빠 나랑 같이 살자. 세진 오빠도 엄마도 그걸 원할 거야, 응?"

강이산의 입에서 신음이 터져 나왔습니다. 그는 더욱 어깨를 거세게 흔들다가 갑자기 비명을 질러댔습니다. 모두들 깜짝 놀랐지만 윤세인은 그의 곁으로 다가가 무릎을 꿇고 고통스러워 떠는 어깨를 감싸 안았습니다. 강이산의 괴물 같은 비명 소리는 절규였습니다. 비명을 타고 술이 입 밖으로 토하듯 나와도 절규는 멈추지 않았습니다. 마침내 그가 정신을 놓으며 고개를 꺾었습니다.

김명운과 사무실 사람들이 강이산을 택시에 태워 윤세인의 집으로 향했습니다. 김명운이 강이산의 몸을 다 씻겼습니다. 그의 몸에 윤세진의 옷을 입혔습니다. 강이산은 윤세인을 마주 보지 못했습니다. 그는 다시 술을 찾았습니다.

"오빠가 여길 떠나면 나도 떠날 거야. 내가 떠나면 오빠가 이 집 정리해줘."

술을 사다 주면서 윤세인이 또박또박 말을 끊어가며 당부했습니다. 강이산은 여전히 한마디도 하지 않고 술만 마셨습니다. 그렇게 두 사람의 동거는 시작됐습니다. 강이산은 집 밖으로 나가지 않고 오직 술만 마셨습니다. 물론 윤세인이 차려준 밥은 무조건 먹었습니다. 한 달쯤 되는 날 그녀가 강이산을 데리고 밖으로 나섰습니다.

두 사람이 간 곳은 윤세진과 어머니의 영혼을 등불로 모셔놓은 절이었습니다. 생전에 어머니가 다니던 산속의 암자 정도의 작은 절이었습니다. 그곳 스님은 세상 밖으로 나가는 것을 자제하고 선 수행에만 매진해온 수도승이었습니다. 강이산은 그날 백팔배를 하고 스님에게 간청했습니다. 절에서 허드렛일하며 지낼 수 있게 해달라고.

강이산은 절에 남았습니다. 윤세인은 그가 절에서 떠나고 싶을 때는 집으로 돌아온다는 약속을 받아냈습니다. 여전히 그는 그녀를 마주 보지 않았고 입도 열지 않았습니다. 윤세인의 말에 고개만 끄덕거리고 절에서의 새로운 삶을 시작했습니다. 아침저녁 공양 때 백팔배를 하며 절 생활에 접어들었습니다. 불을 때서 밥을 짓고, 시간이 나면 절 뒤로 펼쳐진 산을 떠돌아다녔습니다.

윤세인은 토요일만 되면 절로 들어와 하룻밤을 지내고 갔습니다. 강이산은 묵언수행을 하듯 입을 열지 않았지만 윤세인은 하루 종일 그의 곁에서 일주일 동안 있었던 사소한 이야기들을 풀어놓고 웃기도 했습니다. 세월이 흘러가면서 강이산의 일상은 틀을 잡아갔습니다. 그는 매일 백팔배를 하고, 맨발로 산을 다니다가 저녁 공양을 마치면 불교 서적을 붙잡았습니다. 밤 열한 시까지 화엄경과 금강경 등을 공부하고 나면 벽장에 넣어놓은 소주 한 병과 맥주 한 병을 꺼내 섞어서 마셨습니다.

스님은 어떤 간섭도 하지 않았습니다. 강이산은 시간이 지나면서 산나물과 산야초를 공부해 그것들을 채취했습니다. 뒷산의 나무들을 베어내고 곡괭이로 뿌리를 걷어내 작은 텃밭도 만들었습니다. 그곳에 계절에 맞춰 상추와 고추, 배추 같은 것을 심어서 음식을 만들었습니다. 물론 하루도 빠짐없이 그의 술추렴도 계속됐습니다.

바람 소리와 빗소리, 나뭇잎과 마른 나뭇가지의 저마다 희로애락 소리와 더불어 세월을 살아냈습니다. 때론 산이 무너지도록 산 정상에서 통곡과 비명을 질렀고, 추운 겨울 계곡물에 몸을 쑤셔 넣기도 했습니다. 오 년이라는 시간이 지난 어느 토요일 윤세인이 왔을 때 강이산이 입을 열었습니다.

"시집을 내도 될까?"

강이산은 원고지 뭉치를 내밀었습니다. 윤세인은 원고 뭉치에 시선을 둔 강이산의 얼굴을 들여다봤습니다. 그의 입이 열렸다는 사실이 믿기지 않았습니다. 긴 머리카락을 빗어 넘겨 꽁지머리를 한 강이산의 얼굴은 계곡물처럼 맑았습니다.

그녀는 자신을 휘감은 어두운 기억의 끈들이 풀어지며 그

자리에 기쁨이 가득 들어차는 걸 느꼈습니다. 오랜 목마름으로 기다려온 그의 목소리가 그녀의 몸속으로 봄볕처럼 따뜻하게 내려앉았습니다.

강이산의 원고는 시대정신을 앞세운 이름난 출판사에서 받아들였습니다. 그의 시집이 나오자 평론가들은 일제히 노동자 시인 강이산의 시가 노동을 넘어 인간 존재의 심오한 본질과 자연의 생명력을 눈부신 비유로 드러내고 있다며 찬사를 던졌습니다. 강이산은 시집이 나오고 일주일이 지났을 때 세상 밖으로 나서면서 머리카락을 짧게 깎았습니다.

윤세인은 강이산의 시집 발간과 세상의 길로 다시 돌아온 날을 기념하기 위해 작은 술상을 집에서 차렸습니다. 처음으로 강이산과 함께한 술자리였지만 강이산은 여전히 그녀의 얼굴을 마주 보지 못했습니다. 시집을 술상에 놓고 윤세인이 조용히 손뼉을 치며 축하했습니다.

그녀는 술 석 잔을 강이산에게 내리 권했습니다. 한 잔은 살아줘서 고맙다고, 또 한 잔은 목소리를 듣게 해줘서 기쁘다고, 마지막 잔은 시를 다시 써서 행복하다고 권했습니다. 그러고 나서 반으로 접은 종이를 강이산 술잔 옆에 놓으며 펼쳐보라고 했습니다. 강이산이 종이를 펼친 뒤 고개를 떨어뜨렸습니다.

오빠의 아내가 되고 싶어. 오빠가 싫지 않다면 아내로 맞이해줄 수 없을까? 내 마음을 받아줄 수 있으면 나를 쳐다봐.

"그럴 수는 없는 거잖아……."

강이산이 말을 흐렸습니다.

"오빠, 그거 알아? 오빠의 죄책감이 내 숨통을 수없이 조이고 조인다는 거. 이제 내려놓을 때도 됐지 않아?"

"그건 마음의 문제가 아니야. 내가 그 일을 어떻게 마음에서 내려놓을 수 있겠니? 미안하다."

"날 사랑하기는 해?"

강이산은 대답 대신 술잔을 기울였습니다.

"아내로 맞아달라는 말은 안 할 테니 대답해주면 안 될까?"

강이산은 술잔을 연신 비워내면서 한숨을 몰아쉬었습니다. 그의 눈이 윤세인의 눈과 마주 닿았습니다.

"널 처음 본 순간부터 사랑했는데, 어떻게 사랑하지 않을 수 있겠어. 그냥 우리 이렇게 살자. 난 결혼 같은 거 꿈도 꾸지 않아. 그냥 흘러나오는 소리를 시로 담으면서 술이나 마시고 너를 지켜보고 싶어. 어떤 표식도 달지 말고 그냥 지금처럼 살자. 세상 밖으로 나가기로 했으니 떠돌아다녀보고 싶어. 많이 힘들면 이곳으로 돌아와 쉬면서 글도 쓰고. 그렇게 살면 안 될까?"

"왜 안 돼? 나 혼자 오빠의 아내라고 생각하고 살면 되지. 오빠를 구속하거나 오빠의 행적을 붙잡고 싶지 않아. 다만 오빠의 상처가 시로 치유되길 바랄 뿐이야. 오빠가 사랑한다고 하니까, 너무 행복하다. 고마워. 나를 쳐다봐줘서 고맙고, 나를 사랑해줘서 고맙고, 내 곁에 있어줘서 너무 고마워. 우리 서로 위로하면서 살자, 응?"

강이산이 고개를 끄덕였지만 그의 길은 어디로 펼쳐질지 알 수 없었습니다. 출판사에서 마련한 술자리에 나가서 이름 있는 시인들과 신문기자들을 만났지만 시 이야기만 했습니다. 술에 취해도 개인사를 절대 드러내지 않았고 기자들의 인터뷰도 공개적으로 거절했습니다.

내가 강이산을 다시 만난 게 그 무렵이었습니다. 그의 생이 무엇 때문에 변했는지, 왜 이강산이 강이산이라는 사실을 말 안 했는지 허심탄회하게 물어보며 웃고 싶었습니다. 더불어 예전과는 다른 삶을 사는 내 모습을 보여주고 시 세계도 논하고 싶어 출판사에 이름과 전화번호를 남겨놨습니다.

사흘이 지나고서 강이산에게 연락이 왔습니다. 그는 술집에 있다고 했습니다. 나는 보고 싶은 마음에 쏜살같이 달려갔습니다. 술집 구석 자리에 앉아 손가락에 담배를 끼운 채 술잔을 바라보는 모습이 예전 그대로였습니다. 그는 나를 보자 의자에서 일어나 두 팔을 벌렸습니다. 우리는 뜨겁게 포옹하고 술추렴을 시작했습니다.

어디에서 어떻게 지냈는지 묻지 않았습니다. 신문 기사에서도 그가 개인사를 드러내지 않는다고 했습니다. 나는 들고 나간 그의 시집을 펼쳐 시를 읽으면서 시 세계를 물었습니다. 그럴 때마다 그가 비웃었습니다. 말장난일 뿐이라면서 인간을, 세상사를 조롱했습니다.

버러지만도 못한 인간이 어찌 세상을 구원할 수 있느냐고 했습니다. 스스로를 다스리지 못하는 인간이 이미 화석화돼 버린 인간의 마음을 어찌 바꿀 수 있느냐고도 했습니다. 인간의 길이란 희로애락의 연속이고 오욕칠정의 늪이라고도 했습니다. 시가 좋은 것은 비유를 통해 언어의 유희를 끝없이 펼칠 수 있기 때문이라고 했습니다.

밤늦도록 술집을 전전하다가 언제 헤어졌는지도 모르고 집에서 눈을 떴습니다. 그날 이후 강이산은 다시 만날 수 없었습니다. 그의 시는 여러 잡지에서 자주 만났습니다. 몇 년에 걸쳐 시집 세 권이 발표됐고, 그의 시를 좋아하는 사람들도 많이 늘어났습니다. 그런 그가 어느 순간 절필하듯 시를 발표하지 않았습니다. 무슨 일이 있구나 싶었지만 알 수 없었습니다.

삼 년 동안 그의 시를 만날 수 없었습니다. 출판사에 전화를 걸어 안위를 물어보았지만 모른다고 했습니다. 흐르는 세월 속에서 그에 대한 걱정과 안타까움도 희미해질 무렵 느닷없이 그는 다시 나타났습니다. 학교 교무실로 찾아와 술 냄새를 푹푹 풍기며 내 이름을 불러댔습니다.

장례식장의 밤이 깊어갈수록 술자리에서 쓰러져 잠드는 문인들이 하나둘 늘어갔습니다. 스님의 말을 들으며 아내라는 여자를 자꾸 돌아봤습니다. 윤세인의 마음이 얼마나 공허하고 우울할까 싶었습니다. 그녀는 지친 듯 벽에 기대어 강이산의 영정을 바라보고 있었습니다.

어느 순간 스님이 말을 끊고 긴 한숨을 내쉬었습니다. 그는 물 한 잔을 마시고 나서 이마에 굵은 주름살을 잡으며 말을 이었습니다. 놀랍게도 광주항쟁의 마지막 격전지였던 도청에 강이산이 있었다고 했습니다.

"믿기 어려운 얘기네요."

계속 드러나는 강이산의 삶이 나를 충격에 빠뜨렸습니다. 술잔에 손이 저절로 갔습니다.

"사람들은 자신이 겪지 않으면 잘 믿지 않죠. 절에 온 첫날 저녁 간결하게 자신의 얘기를 하더군요. 역사의 가시밭길이 그 시주의 몸을 갈기갈기 찢어놨구나 싶어 하루도 빠짐없이 기도했어요. 쉽게 그 길에서 빠져나오지 못할 거라고 예상했지만요."

80년 광주항쟁이 일어났을 때 강이산은 전남대 기숙사에서 생활하던 형의 소식을 찾아 거리로 나왔다가 사흘 후 도청 앞에 늘어놓은 시신 속에서 총알이 복부를 관통한 형의 죽음을 보았다고 합니다. 그 순간 그는 험난한 역사의 소용돌이 속으로 빠져들고 말았습니다. 견딜 수 없는 슬픔과 분노로 총을 쏘는 법도 배웠습니다. 5월 27일 탱크를 앞세운 계엄군이 금남로를 포위할 때도 도청에 남아 총을 들었습니다. 새벽 네 시, 군인들이 소나기처럼 총탄을 퍼붓자 도청은 순식간에 피바다가 됐습니다. 강이산은 모래주머니로 겹겹이 쌓아놓은 엄호 안에서 단 한 발의 총을 쏘고 웅크리고 있다가 체포됐습니다.

상무대로 끌려가서 짐승처럼 학대받다가 고등학생이라는 이유로 석 달 후 풀려났습니다. 강이산이 집으로 돌아왔을 때 어머니는 아무런 말도 없이 아들을 껴안고 먼 산을 쳐다만 봤습니다. 그는 며칠 동안 집 안에 박혀 있다가 광주로 나섰습니다. 시위 현장에서 접한 '들불야학' 사람들의 말과 그들의 소식지를 본 기억 때문입니다. 그는 꿈처럼 펼쳐진 잔혹한 현실의 내막을 알고 싶어 그들을 찾아 나섰습니다. 그들로부터 노동운동이라는 낯선 말을 접하면서 일 년 후 인천 주안공단으로 들어섰습니다.

자식 둘을 모두 잃어버린 줄 알았던 어머니는 아들의 길을 막지 않았습니다. 어머니는 광주항쟁 때 살아남은 그의 생을 덤이라고 여겼습니다. 강이산은 어머니의 곁을 떠나 명절 때만 몇 번 내려가고 감옥에서 얼굴을 마주했습니다.

기나긴 고통의 세월을 겪고 시집을 내고 나서 한 번 찾아갔습니다. 어머니는 일자무식이라 글을 읽을 수 없었지만 자랑스러워했습니다. 세 번째 시집이 나오고 반년이 더 지날 때까지 추석 때만 어머니를 찾아뵙고 떠돌이 생활을 하던 그에게 형벌이 가해졌습니다. 시골집에 혼자 살던 어머니가 어느 날 싸늘한 시신으로 발견됐습니다. 옆집 할머니가 바람 쐬러 찾아왔다가 시신을 본 것입니다. 어머니는 부엌에 쓰러져 머리가 깨져 피를 쏟고 운명했습니다. 주변에는 밥상이 나동그라져 있고 그릇과 반찬들이 어지럽게 쏟아져 있어서, 마을 사람들은 부엌 문턱에 발이 걸려 쓰러진 것으로 추정했습니다. 강이산은 누이가 어머니를 화장해 앞바다에 뿌리고 일주일이 더 지나서야 소식을 접했습니다. 이후 그가 더 이상 시를 발표하지 않은 것은 어머니의 임종을 지켜보지 못하고 장례도 치르지 못한 죄책감에 다른 생각을 할 수 없었기 때문일 것이라고 스님이 말을 맺었습니다.

나는 술만 들이켰습니다. 박영진의 죽음 이후 삶을 뒤바꾸기 위해 몸부림친 내가 가련했습니다. 짧은 생애를 비극의 점철로 살아온 강이산의 삶이 나를 후려쳤습니다. 개인사를 입에 올리지 않고 술로 고통을 짓눌렀던 생전의 그의 모습이 온몸을 아프게 파고들었습니다. 느닷없이 전화를 걸어 오지 않으면 죽을 수도 있다고 내뱉던 협박성의 말들이 고통으로부터 벗어날 수 있게 살려달라는 신호였다고 생각되자 가슴이 먹먹해졌습니다.

돌아보면 그는 상처의 근원으로부터 벗어나지 못해 주변을 맴돌았습니다. 무등산 자락에 있는 술집에서도 나를 불렀고, 그의 집이 있는 부안 채석강에서도 불렀습니다. 그러면서도 망월동 이야기도 어머니의 이야기도 하지 않고 무등산 타잔 이야기와 채석강의 시루떡 같은 바위 모양만 꺼내놓고 술에 취해 비명을 질렀습니다.

도대체 나는 그의 무엇을 본 건지, 진정으로 그의 마음을 헤아려보려고 노력이나 했는지 의문스러웠습니다. 미안한 마음이 물밀듯이 밀려들어 술잔을 비워내는 속도가 빨라지면서 장례식장 구석에 처박혀 눈을 감았습니다.

다시 눈을 떴을 때는 새벽이었습니다. 스님과 김명운은 벽에 기대어 잠들어 있었습니다. 몇 무리의 문인들이 여전히 술을 마시며 떠들어댔습니다. 윤세인은 벽에 기대 고개를 숙이고 있었고, 곁에서 강이산의 영정이 나를 쳐다보고 있었습니다.

나쁜 친구라는 말이 입안에 맴돌았습니다. 조금만이라도 고통을 나눠 갖지 못한 내가 싫었습니다. 장례식장 밖으로 나와 담배를 태웠습니다. 새벽바람이 차갑게 파고들었습니다. 눈을 비비다가 문득 벌통집을 떠올렸습니다. 그의 짐을 찾아와야 할 것 같아서 차를 몰고 벌통집을 다시 찾았습니다.

격자 쇠에 걸린 전등이 벌통집 입구를 밝혀놓았습니다. 그가 죽어가던 방에 들어서 불을 밝혔습니다. 그가 기대고 있던

벽 위 쪽창에 형광등이 반사돼 눈이 부셨습니다. 방 안에는 작은 등산 가방 하나와 이불 한 채 그리고 옷 몇 벌이 구석에 쌓여 있었습니다. 나는 비품들을 가방에 쓸어 담았습니다. 그리고 그가 기대앉아 있던 자리에 덩그마니 버려진 볼펜을 집으려고 허리를 숙였습니다. 그 순간 벽에 글이 적혀 있는 게 눈에 띄었습니다. 볼펜 글씨가 아주 선명하게 또박또박 짓눌러 써져 있었습니다.

> 자본과 권력을 그렇게 증오했으면서도 한 줄의 시도 던지지 못했다.
> 내 영혼은 길 위에서 길을 잃어버렸다.

혼이 나간 나는 방바닥에 철퍽 주저앉았습니다. 눈을 뗄 수 없어서 글을 읽고 또 읽었습니다. 수많은 생각이 파도처럼 끊임없이 밀려왔습니다. 왜? 라는 의문도 끊임없이 가슴을 쳤습니다. 쓰면 되지 않았냐고 소리를 치다가도 그의 상처가 죄책감과 부끄러움이라는 철책이 되어 말문을 막아버렸구나 싶어 가슴이 무너져 내렸습니다.

벽지를 조심스럽게 뜯어냈습니다. 시간이 지나면 역사 속으로 사라질 벌통집도 다시 한 번 둘러보았습니다. 희망에 목말라 책을 읽으며 변혁을 꿈꾸던 우리가 머무른 자리입니다. 새우깡을 안주 삼아 소주와 막걸리를 마시며 나직이 새벽을 열어젖히며 달려가던 우리. 혁명으로 세상이 밝아지기를 간절히 소망했던 그 시절, 벌통집 제일 끝 방에서 어떤 여자아이가 〈이 세상 어딘가에〉를 부를 때 그녀의 떨리던 마음을 침묵으로 가슴에 담던 그 순간.

생의 발자취를 기억에서 지울 수는 없었습니다. 짧은 시간이지만 무덤처럼 가둬둔 구로동에 대한 기억들이 눈물로 번져들었습니다. 박영진의 죽음도 바로 어제 일어난 것처럼 생생하게 떠올랐습니다. 불길이 살을 태우던 냄새도 코끝에 진하게 묻어나며 눈물방울로 피어났습니다.

강이산의 상처가 내 몸에 달라붙어 흐느꼈습니다. 삶을 완전히 바꿔냈다는 믿음도 신기루가 되어 사라지고 있었습니다. 기억에서 지워진 줄만 알았던 얼굴들이 주마등처럼 스쳐지나갔습니다. 왜 회사의 부당성은 지적하지 않고 우리의 죄만 묻는지 모르겠다던 희용이의 최후진술이 뇌리를 스쳤습니다. 현장에서 같이 일한 동료들의 얼굴과 두려움에 떨던 여공들의 모습도 기억의 문을 열고 다가왔습니다.

현장 동료들은 그때의 기억을 통해 나를 비웃을지도 모를 일입니다. 노동자도 인간이기 때문에 인간의 존엄과 권리를 되찾아야 한다고 주장하던 내가 결국은 기득권을 향해 돌아섰습니다. 정신병원을 다니면서 많이 괴로워했습니다.

진짜 시인은 자신의 생명을 위해 누군가의 생명을 죽이라고 하지 못한다, 라던 선생님의 말씀도 이명처럼 달라붙어 괴롭혔습니다.

그 모든 것을 털어내려고 수많은 지식을 끌고 와 나를 합리화했습니다. 인간 존재에 대한 탐구, 심리학으로 본 인간의 내면, 자연으로부터 배우는 인간의 지혜 등 수많은 지식들로 나를 무장시켜 이전의 인식 체계를 탈피하고자 혼신의 힘을 다했습니다.

모를 일입니다. 강이산은 도대체 나와 무슨 인연인지, 그가 남긴 두 줄의 문장이 머릿속에 각인돼 나를 괴롭혔습니다. 생각을 끊고 싶어 담배를 태우며 배낭을 짊어지고 나왔습니다. 그가 남긴 벽지의 글은 안주머니에 넣었습니다. 벌통집을 걸어 나오는데 눈에 보이는 모든 것이 들어올 때와는 다른 모습이었습니다. 빨간 스프레이 글씨도 철거촌을 지나칠 때마다 예사롭게 보던 것과는 달리 벌통집 안에서 살고 있을 사람들의 고통을 담고 맹렬하게 두 눈으로 파고들었습니다.

숨 막히게 몰아치는 생각의 꼬리를 잘라내지 못하고 장례식장으로 돌아왔습니다. 아직 새벽은 움트지 않아 어두웠습니다. 강이산의 짐을 차에 두고 안으로 들어섰습니다. 끈질기게 술잔을 부여잡고 있는 문인들 너머로 윤세인이 향불을 향로에 꽂는 모습이 보였습니다.

가슴에 품은 쪽지는 간직하고 싶어 내놓지 않았습니다. 그와 나의 인연이 어디로 연결될지 모를 일이지만 강이산의 마지막 통한의 육필을 떠나보내고 싶지 않았습니다. 자리에 앉아 맥주 한 캔을 따서 마셨습니다. 바람도 느껴지지 않는데 그의 시 「물의 자리」가 박힌 만장이 진동했습니다. 스스로를 행려병자로 낙인찍고 생존에 대한 욕구조차 탕진해버린 자가 물 위로 꽃 한 송이 피워 올리고 싶어 했지만 이제는 본디 자리로 흘러들 수도 없습니다.

나는 영정 앞에 놓인 시집 『저 꽃이 불편하다』를 펼쳤습니다. 그의 시가 그가 걸어온 삶과 대비되면서 예전에 본 활자들이 새롭게 조합돼 읽혔습니다. 시의 내용이 통째로 눈에 들어왔습니다. 그는 자신을 감출 수 없어 비유를 통해 비극 속으로 걸어 들어갔습니다.

모든 시들이 절망과 회한의 고통을 담고 있었습니다. 자신의 존재를 찾아 나선 절망과 회한이 아니라, 자신이 끌고 온 삶이 스스로를 노래하는 통한의 춤이었습니다. 개인 의지가 제어할 수 있는 춤이 아니라, 상처가 시퍼런 작두 위에서 철철 피를 흘리며 희망을 버리지 못하고 홀로 날아다니는 비극의 춤이었습니다.

「저 꽃이 불편하다」에서의 꽃은 초월적 존재의 환희가 아니라 인간과 인간이 더불어 사는 세계에 대한 희망이었던 것입니다. 슬프게도 「늙은 산」 역시 희망이 사라져버린 산이었습니다. 그 산은 우리 사회의 일그러진 모습일 수도 있고, 황폐한 자본주의가 잃어버린 인간의 이름과 삶의 향기일 수도 있습니다. 그런 희망이 죽어가는 산길 외진 곳에서 얼어붙은 깃털이라는 자신의 죽음을 본 것입니다.

아, 새였던가? 그의 상처가 내 안의 상처로 피어나 슬픔을 피워 올렸습니다. 술로 도피했다고 해도, 시대정신을 외치던 그가 개인의 상처를 역사적 상처로 받아들이지 못했다고 해도 그는 시인이었습니다.

술병을 들고 지하 주차장에 있는 차로 들어가 마셨습니다. 술잔에 강이산의 얼굴이 떠다녔습니다. 스님 말대로 그의 입에서 나온 구정물은 몸속의 독이 흘러나온 거라고 믿고 싶었습니다. 고승 중에서도 간혹 그런 일이 있다고 했습니다. 임종 전에 어디서 그런 물이 나왔을까 싶을 정도로 흙탕물을 내뱉는 이들이 있다고 말입니다. 세상에서 쌓은 모든 업을 내려놓고 편안히 갔다고 믿고 싶었습니다.

강이산의 유해는 채석강 바다와 그의 고향 집 마당에 뿌려졌습니다. 살아서 그와의 인연은 여기까지겠지만 그의 영혼은 내 안에 들어왔습니다. 그의 비극이 내 안에서 새로운 눈을 만들었습니다. 세상의 이치가 그 눈을 통해 환하게 보입니다. 마치 돈오돈수의 한순간처럼 깨달음이 닫혀 있던 마음의 문을 엽니다. 열린 문을 통해 내 길을 걸어가기 시작했습니다.

바람이 차갑습니다. 공장을 끼고 밀려온 바다 물결이 불빛들을 흔들며 출렁거립니다. 바다를 매립해 건설한 주안공단으로 들어온 강이산이 동료들과 자주 술을 마시던 화수포구 부둣가입니다. 북쪽이 고향인 아주머니들이 많이 모인 이곳은 이제 몇 곳의 횟집만 남아 있습니다. 포구 앞 몇 척의 어선 위에서 깃발이 불빛에 휘날립니다.

강이산이 세 번이나 나를 불러낸 곳입니다. 이곳을 자신의 또 다른 고향이라고 했습니다. 사람들이 공장 폐수 때문에 냄새가 난다며 똥바다라고 했지만 그 바다가 노동자의 삶과 닮아 있다고 슬픈 웃음을 흘려놓곤 했습니다.

강이산의 10주기를 맞아서 묘소를 다녀오다가 그에 대한 기억을 어쩌지 못해 여기까지 왔습니다. 생전에 그가 했던 것처럼 소주 한 병과 새우깡을 놓고 술잔을 기울였습니다. 서늘한 가을바람에도 공장의 불빛 속으로 여전히 악취가 떠다닙니다. 그가 보고 싶어 빛바랜 수첩에 소중히 간직해온 찢어진 낡은 벽지를 꺼내 펼쳐봅니다.

> 자본과 권력을 그렇게 증오했으면서도 한 줄의 시도 던지지 못했다.

내 영혼은 길 위에서 길을 잃어버렸다.

강이산이 떠난 지 십 년이 지났지만 세상은 여전히 어둡습니다. 권력은 오만하게 국민을 지배하고, 사람들은 자본주의의 꽃인 돈을 좇아 전력투구합니다. 조금이라도 자신에게 이득이 된다면 그 길이 어떤 길인지 돌아보지 않고 돌진합니다. 도대체 인간은 어떤 얼굴로 살아야 하는지 알 수 없습니다.

벽에 기대어 죽어가던 강이산의 얼굴이 아른거립니다. 비록 그의 삶은 비극으로 끝났지만 '몸속의 지도'를 남겼습니다. 그는 「봄비」라는 시에서 희망의 끝자락을 놓지 못해 그리움으로 몸속의 지도를 그리며 냉동의 시간을 외롭게 끌고 왔다고 했습니다.

벽에 기대어 모든 신경이 꺼져가는 순간까지 지켜본 것도 그가 만들어온 몸속의 지도 같았습니다. 그가 그리워 그의 이름을 불러봅니다. 광주항쟁의 죽음을 넘어 어두운 공단의 하늘을 가로질러 화수포구로 나를 불러낸 강이산이를 불러봅니다.

먼 바다에서 불어온 바람이 화수포구로 밀려듭니다. 술이 취하면 흘리던 강이산의 눈물을 싣고 불어옵니다. 그 눈물이 서글퍼 소주 한 잔을 들이켭니다. 한 번이라도 눈물을 닦아주지 못한 미안한 마음에 소주 한 잔을 바다에 뿌립니다. 물결 위 공장의 불빛에게도 뿌립니다. 침묵으로 뒤덮인 어두운 세상의 바다에 뿌리고 또 뿌립니다.

* 이 글은 박영근의 『저 꽃이 불편하다』라는 시집을 읽으면서 쓰게 됐습니다. 시 속에서 박영근 시인이 겪어온 80년대와 90년대의 시대적 상처를 보았기 때문입니다. 이 글 속의 모든 시는 박영근 시인이 발표한 시지만 강이산의 삶은 박영근 시인이 살아온 삶이 아닙니다. 또 여기 나온 모든 시에 대한 해석은 필자의 주관적인 것이고, 강이산은 격동의 시대를 치열하게 살고자 했던 사람들의 삶을 모아 창조해낸 인물임을 밝혀놓습니다. 박영진의 삶과 죽음에 대한 소설적 기록은 모두 사실임을 밝힙니다. 먼저 간 친구들에게 이 소설이 누가 되지 않기를…….

그 여자의 세상

10월 중순이 지나면서 안개가 새벽 강 위로 구름처럼 피어올랐다. 가벼운 바람이 푸른 여명을 타고 강을 따라 모인 마을로 안개를 밀어 올렸다. 연기처럼 안개가 사방으로 흩어지며 잠든 집들의 벽을 타고 올랐다. 강과 산 사이에 구불구불 이어진 도로 위로 손을 뻗치며 안개는 산 중턱으로 순식간에 날아올랐다. 구급차 한 대가 요란스러운 불빛으로 안개를 헤치며 부유면 쪽에서 달려왔다.

"점박이 여자 죽었대."

아침 햇살이 산을 넘어 올라왔지만 안개는 하얀 이슬비처럼 날렸다. 뿌연 거리에서 하루를 준비하는 사람들은 한 여자의 죽음을 아침 인사처럼 건네고 다녔다. 오전 내내 질기게 남아 있던 안개가 걷히고 날이 밝자 그녀에 대한 이야기는 더 이상 흥밋거리도 되지 않았다.

이십여 년 전 삼십여 가구가 모여 있는 정산 마을로 여자가 들어왔을 때 사람들은 별 관심을 기울이지 않았다. 절뚝거리는 나이 든 남자와 다섯 살짜리 여자아이와 함께 그녀가 나타났을 때는 곱지 않은 시선을 던지는 사람도 있었다.

"재수 없게 웬 병신들이여!"

붉은 점이 여자의 왼쪽 눈을 뒤덮고 귀까지 번져 있었다. 그네들은 일일이 마을 사람들을 찾아가 떡 접시를 돌리며 인사했지만 환한 웃음을 건네받지는 못했다. 그저 나이 든 할머니들이 딱한 눈빛으로 떡을 받아줬을 뿐이다.

마을로 들어온 지 일주일 후부터 여자는 공장에 다녔다. 남자는 아이를 태우고 트럭을 몰아 고물을 주우러 다니며 텃밭을 일궜다. 시간이 날 때마다 손이 필요한 마을 사람들의 일도 거들었다. 다투는 소리 한 점 없는 그네들은 있는 듯 없는 듯 사람들 사이로 스며들어 강물처럼 흘러갔다.

여자의 장례는 병원에서 치러졌다. 마을 사람들 몇이 이장과 함께 문상객이 거의 없는 썰렁한 장례식을 찾았다. 사내는 아내를 보내고 나서 사흘 동안 집에 나타나지 않았다. 마을 사람들은 무슨 일인가 싶었지만 사내가 나타나자 측은한 눈빛으로 술을 권하며 위로했다.

열흘쯤 지나자 정산 마을에서도 더 이상 여자의 죽음에 대한 이야기는 이어지지 않았다. 사내가 집 밖을 나오지 않아 걱정하던 동네 사람들의 수군거림도 잦아들었다. 마을을 내려다보는 앞산에서 갈색으로 시들어가던 나뭇잎들이 차가운 바람에 우수수 떨어져 내렸다. 남한강도 한층 짙어진 물빛으로 무심하게 흘렀다. 모든 것이 일상으로 돌아가던 11월 초 어느 날 낯선 사람이 나타나자 대문으로 스며드는 안개처럼 수많은 소문들이 부유면을 발칵 뒤집어놓기 시작했다.

"수억이나 된대."

"수억은 무슨, 생명보험만 일곱 군데 들었는데 십억이 넘는대요."

손해사정인인 낯선 남자가 지나가는 길목마다 사람들이 모여서 수군거렸다. 남자는 점박이 여자의 집을 찾아가 남편을 만나고, 마을 사람들을 만나 그네들에 대해 이것저것 물었다. 모여 있는 술집과 다방, 음식점을 다니며 사소한 것들까지 캐고 다녔다. 사람들의 입은 요란스러워졌고 귀들은 바짝 섰다. 시간이 흐르면서 그들의 말은 흉흉해졌다.

"남편이 죽인 거 아냐?"

"냄새가 나니까 보험회사에서 수사관을 내보낸 것 아니겠어!"

"하기야, 돈 때문에 자식이 부모까지 죽이는 세상이니까! 마누라 죽고 사흘 동안 나타나지 않은 것도 이상하구말여."

"아녀, 여자가 남편 불쌍하다고 자진했다는 말도 있어. 여자가 공장 다니면서 먹여 살렸다잖아?"

사람들은 점박이 여자 이름이 여홍녀라는 사실을 비로소 알게 되었다. 자고 나면 그녀에 대한 수많은 이야기들이 우후죽순 돋아났다. 그녀가 처음 이 마을에 들어온 이야기는 물론 태어나서 죽을 때까지 겪어온 세월이 부유면 하늘 위를 맴돌았다. 사람들은 그녀의 삶을 꿰맞추다가 도리질을 하며 "지독한 년!"이라고 이구동성으로 외쳤다.

바람이 부는 대로 물결이 치는 대로 살아온 시절이었다. 여홍녀의 나이 서른다섯. 매일 똑같은 공간을 오가며 똑같은 하늘만 보고 살았다. 공장 지대 외곽의 술집, 그리고 방 여섯 칸이 있는 여인숙. 스물두 살부터 그 공간을 벗어난 적은 별로 없었다. 처음 술집을 찾아갔을 때 꿈과 희망은 마음속에 묻어버렸다. 슬픔은 그리 오래가지 않았다. 이미 그 이전의 삶이 슬픔과 고통이었기에 새삼 자신의 처지를 비관할 필요도 없어져버렸다.

오후 네 시가 되면 술집 문이 열렸다. '맥주 양주' 글귀가 문짝에 박힌 술집 쪽방에서 여자 셋이 부름을 기다렸다. 손님들은 대개 노동자들이었다. 손이 큰 손님들이라고 해봐야 중소

기업 과장 정도였다. 여자를 찾으면 두 여자가 먼저 나갔다. 여홍녀는 술에 취한 사람들이나 단골이 된 손님들 자리만 나갔다.

그녀에게 긴 밤을 요구하는 손님은 왕처럼 대접받았다. 발을 씻겨주기도 하고 따뜻한 수건으로 목이나 팔을 마사지해주기도 했다. 토하면 정성껏 닦아주고 거친 욕설을 내뱉거나 변태적인 요구를 해와도 다 받아냈다. 찾아준 것만으로도 고마웠다.

아버지는 그녀의 출생을 기뻐하지 않았다. 아들도 아닌 계집애여서 실망했는데, 한쪽 눈언저리에 벌건 점을 박고 나오자 망연자실했다. 붉을 홍(紅) 자에 계집 여(女) 자를 써서 던져주고 아버지는 등을 돌렸다. 영문도 모른 채 아비의 사랑을 받지 못하고 아이는 시흥 칼바위산 아래 산동네 골목길을 오르내리며 자랐다.

어른들은 혀를 차며 걱정스러운 눈빛으로 쳐다봤다. 아이들은 초등학교를 졸업할 때까지 조롱하며 괴롭혔다. 거리에서 마주치는 사람들은 구경거리라도 만난 듯 들여다봤다. 그들의 시선을 피하듯 붉은 점을 가리기 위해 머리카락을 왼쪽으로 빗어 넘긴 단발머리를 했다. 걸을 때도 왼쪽으로 고개를 숙이고 다녔다. 보폭도 짧게 하고 빠른 걸음으로 걸었다. 자신도 모르게 몸이 왼쪽으로 기울어졌다.

공사판을 전전하던 아버지는 여홍녀가 초등학교 5학년 때 행방불명됐다. 어머니가 파출소에 신고하고 기다렸지만 아버지는 끝내 돌아오지 않았다. 어머니는 가족을 부양하기 싫어 남편이 도망간 거라고 확신하면서 술과 담배를 가까이하기 시작했다. 어머니가 술을 많이 마신 날에는 여홍녀가 밥도 짓고 동생들을 돌보며 초등학교를 졸업했다. 하지만 두 살 아래 여동생과 다섯 살 터울인 남동생도 눈치를 볼 줄 아는 나이가 되면서 그녀를 창피스러운 존재로 여겼다. 가족으로부터도 수치스러운 존재가 된 그녀는 열다섯 살 되는 해에 봉제 공장을 다니는 어머니를 따라 시다라는 이름표를 달고 세상 속으로 들어갔다.

"점박이네."

고참 언니가 말했다. 여홍녀는 왼쪽 어깨를 수그리고 먼지가 슬픔처럼 떠다니는 봉제 공장 안에서 잔심부름을 했다. 하루 열두 시간씩 일하면서 삼천 원을 받았다. 월급은 어머니의 주머니 속으로 모두 들어갔지만 가족을 위해 돈을 번다는 것만으로도 뿌듯했다. 세월이 흐르면서 공장 사람들의 측은한 눈빛도 가라앉았다. 집과 공장을 오가는 사이에 몸도 부쩍 성장했다. 명절을 앞두고 연례행사처럼 목욕탕에 가는 횟수가 늘어날수록 꽃처럼 피어나는 자신의 몸을 보았다. 뽀얀 수증기가 낀 거울을 닦아내면 잡티 하나 없이 고운 살결이 눈부시게 나타났다. 가슴도 버선코처럼 쭉쭉 자라났고, 거웃도 찰랑거리는 숱 많은 머리카락처럼 검고 풍성하게 반질거렸다. 얼굴은 여드름 하나 없이 매끈해서 붉은 점이 더욱 선명했다. 낙인처럼 찍힌 붉은 점을 칼로 긁어내고 싶은 심정으로 돌아서면 자신의 몸을 바라보는 사람들의 눈동자를 보았다. 그 눈빛은 거리에서 본 눈빛들과 달랐다. 예쁘게 빛나는 자신의 몸을 부러워하는 선망의 눈빛이었다.

"전자 공장 안 갈래?"

열일곱 살이 됐을 때 고참 언니가 속삭였다. 전자 공장의 월급이 봉제 공장보다 두 배는 된다고 했다. 더욱 솔깃한 말은 돈만 있으면 병원에서 붉은 점을 없앨 수 있다고 했다. 부푼 마음으로 이력서를 쓰고 면접을 봤지만 고참 언니만 붙었다. 그녀는 중학교도 안 나왔다는 사실과 붉은 점 때문에 떨어진 거라고 믿었다.

그녀는 공장도 급이 있다는 사실을 그때 알았다. 전자 공장에 다니는 여공들은 다른 공장 사람들보다 멋지게 하고 다녔다. 고참 언니도 전자 공장으로 옮겨 가더니 화장과 패션이 달라졌다. 실의에 젖어 지내다가 여섯 달 만에 다시 이력서를 집어넣었지만 또 떨어졌다. 일 년쯤 지났을 때 고참 언니가 찾아왔다. 공장장에게 부탁하면 취직할 수 있는데 석 달치 월급을 찔러줘야 한다고 했다.

공장은 그녀의 붉은 점을 상관하지 않았다. 생산량을 늘려서 반장 눈에 들고 공장장 눈에 차면 됐다. 텔레비전에 연결되는 선들을 납땜하는 일이었다. 손을 빨리 놀려 텔레비전 수량을 많이 감당해내기만 하면 그들은 좋아했다. 가끔씩 키가 크고 비쩍 마른 공장장이 어깨를 주무르고 엉덩이를 툭툭 쳐도 상관하지 않았다. 여홍녀는 일을 잘한다고 칭찬을 해주는 행위로 받아들였다. 납땜 냄새가 머릿속을 어지럽혀도 먼지로 가득 찬 지하실 봉제 공장보다 모든 것이 좋았다.

어머니와 동생들도 월급이 많아진 것을 기뻐했다. 세상 밖으로 얼굴을 내밀면서 그녀에게 처음으로 꿈도 생겨났다. 남동생을 대학까지 보내야 한다는 어머니의 간절함을 이루어주고 싶었다. 그 뒤 돈을 더 모아 붉은 점을 떼어내고 당당하게 살고 싶었다. 그녀는 고참 언니를 친언니처럼 따라다녔다.

"인원 감축한대!"

일 년이 지난 어느 날 공장이 술렁거렸다. 여홍녀는 심장이 뚝 떨어지는 소리를 들었다. 감축이란 말이 하루 종일 머릿속을 떠돌면서 불안을 몰고 왔다. 금방이라도 호출당해 출근하지 말라는 통보를 받을까 봐 시도 때도 없이 가슴이 두근거렸다. 하루하루가 버거워 언니에게 배운 소주 몇 잔을 마시면서 점점 잔 수를 늘려갔다. 술을 마시면서 잘리면 안 되는 어려운 형편을 수없이 언니에게 하소연하며 울기도 했다. 그녀로부터 희망이 생겨났으니 그녀에게서 해결의 열쇠를 찾고 싶었다.

"너 남자와 자봤어?"

언니의 한마디가 여홍녀의 삶을 흔들었다. 그녀는 언니로부터 아무것도 가진 게 없는 초라한 존재로 내몰렸고, 사람들에게 조롱까지 받는 하찮은 존재라는 걸 확인받았다. 언니는 공장장과 한 번 자주면 해결될 수 있다고 말했다. 그녀 역시 그에게 몸을 팔았다고 했다. 여홍녀를 입사시켜주는 조건으로 몸을 팔았고, 그 대가로 여홍녀의 석 달치 월급을 가로챈 거라고 말했다.

여홍녀는 얼굴색 하나 변함없이 떳떳하게 말하는 언니의 말이 어이가 없고 놀라웠다. 그녀는 고개를 저으며 수없이 하늘을 올려다봤다. 맑은 하늘도 희망을 보여주지 않았다. 며칠이 지나자 언니의 기막힌 말들이 발끝에서 생의 또 다른 길처럼 이어졌다.

"야, 너 몸 죽인다!"

열아홉 눈부신 꽃잎이 상처로 떨어져 휘날렸다. 붉은 점 때문에 잠자리를 내켜하지 않았던 공장장은 그녀의 발가벗은 몸을 보고 넋이 나갔다. 한 번의 잠자리가 공장장의 협박과 회유를 통해 일 년이 넘게 이어졌다. 그사이에 여홍녀는 두 번의 낙태를 했다.

낙태가 어떤 건지 제대로 알지 못하고 공장장의 손에 이끌려 공장 외곽에 있는 내과 의원으로 갔다. 병원은 간판만 내과 의원이지 공장에서 일어나는 서글픈 연애의 탯줄을 끊어주는 불법 낙태 전문 병원이었다. 처음 낙태했을 때 공장장은 평생을 돌봐줄 것처럼 달랬고, 두 번째 낙태했을 땐 비용만 던져주고 돌아섰다. 병원 간호사가 그녀를 한심하다는 눈빛으로 쳐다봤다. 아무도 없는 초라한 몸이 마취가 풀리자 자궁이 떨어져나갈 것 같은 통증으로 괴로웠다. 집으로 돌아가 사흘을 신음했다.

여홍녀는 인원 감축으로 해고됐다. 어머니는 방바닥이 꺼질 것처럼 한숨을 토해내더니 취직 자리를 알아보라고 닦달했다. 동생들도 그녀가 사흘을 벽만 보고 누워 있자 신경질적인 눈초리로 말했다. 여홍녀의 가슴엔 메마른 바람만 불었다. 황량한 벌판에 서서 어디로 가야 할지 몰랐다. 그녀는 온몸을 부숴버릴 것 같은 바람을 견딜 수 없을 때마다 몸 안으로 비명을 질렀다. 이틀을 더 집 안에서 지내자 어머니는 그녀의 등짝을 후려치며 내쫓았다.

구불구불 좁은 산동네 길을 내려와 발길이 끄는 대로 걸었다. 공황 상태에 빠져든 듯 몸도 영혼도 그녀의 것이 아니었다. 시흥을 지나 구로공단에 들어선 뒤 자신이 다닌 전자 회사 앞 버스정류장에 멈춰 서서 공장 안을 넋이 나간 채 들여다봤다. 공장에서 일하던 자신의 모습이 주변의 소음 속에서 휘청거렸다. 정신이 어지러워진 그녀는 어느 순간 버스를 탔다. 어스름해지며 저녁은 다가오고 버스는 달렸다.

창밖의 세상을 하염없이 쳐다보았다. 죽어버릴까? 다시는 세상과 마주 볼 수 없을 것 같은 몽환 상태에서 고개를 돌렸을 때 운명처럼 버스안내양 모집 공고가 그녀의 눈을 사로잡았다. 그 어디에서도 자신을 받아주지 않을 거라 낙담했던 마음을 비집고 버스 회사의 문을 두드리라는 실낱같은 욕구가 연기처럼 피어올랐다. 안내양에게 물었다, 취직할 수 있느냐고. 종점 차고지에 내려 안내양을 따라 사무실로 들어갔다.

다음 날 여홍녀는 주민등록등본과 이력서 한 장을 사무실에 제출하고 기숙사 방을 배정받았다. 일고여덟 명이 함께 지내는 방 안은 군대처럼 개인마다 사물함 하나와 침상이 배정돼 있었다. 기숙사 사감이 정해준 방에 들어섰을 때 두 명은 자고 있었고 세 명은 수다를 떨고 있었다.

"점박이네."

누군가가 속삭이는 소리를 들으며 버스안내양 생활로 들어섰다. 새벽 첫차가 움직이는 세 시 반부터 밤 열두 시까지 이틀 일하고 하루 쉬었다. 개중에 돈독이 오른 안내양은 사흘을 내리 일하기도 했고, 힘에 겨운 사람은 자기 배정 시간을 다른 사람에게 넘기기도 했다. 일반 공장보다는 월급이 많아 십오만 원을 받았다. 시간을 다 채우지 못하면 일당은 줄어들었다.

기숙사 생활은 군대처럼 규정적이었다. 외출 외박은 반드시 사감을 통해 허가증을 받아야 했다. 사감은 그들을 통제하며 배차 시간에 맞춰 안내양들을 깨웠다. 정신없이 바쁜 출퇴근 시간에 배정받으면 다음 배차는 힘이 덜 드는 시간으로 조정해주기도 했다. 군것질을 할 매점과 몇 개의 샤워기가 달린 공동 세면실 그리고 세탁실도 있었다. 150명 정도 되는 안내양들과 남자 기숙사에서 생활하는 운전기사들이 그곳을 하루종일 들락거렸다.

안내양들은 기사들의 눈치를 보면서 친하게 지내려고 애썼다. 어떤 안내양은 매일 기사에게 음료수를 제공하고 윙크를 던지기도 했다. 그 대가로 기사들은 요금을 삥땅치는 걸 눈감아줬다. 그런 관계가 깊어지다 보면 일 없는 날 외출증을 끊어 같이 술도 마셨다. 이십 대 초중반인 안내양들은 거칠고 힘든 일 속에서 쌓인 외로움과 사랑에 대한 갈증을 기사들과의 불륜으로 풀면서 울고불고하기도 했다.

여홍녀는 시간이 주어지는 대로 일만 했다. 일하고 먹고 자는 생활이 전부였다. 그녀는 자신이 버는 돈으로 동생들의 학비를 대고 생활에 보탬이 되는 것만으로도 다행으로 여겼다. 집에도 가지 않았고 가족들에게 어떤 직업을 구했는지도 말하지 않았다. 돈만 꼬박꼬박 어머니의 통장으로 보내며 여덟 달쯤 지낼 때 중년의 기사 한 사람이 그녀에게 수작을 걸어왔다.

전두환 군사정권이 들어선 그 시절 출퇴근 시간과 등하교 시간은 전쟁이었다. 기사들은 정류장마다 줄지은 승객을 한 사람이라도 더 태우기 위해 위험을 무릅썼다. 사람들로 꽉 찬 버스를 다음 정류장에 댈 때 곡예를 부리듯 왼쪽으로 커다랗게 흔들었다가 멈춰 세웠다. 안내양들은 버스 안에 탄 사람들이 한쪽으로 우르르 쏠리는 순간, 버스를 타기 위해 기다리는 승객들의 손에 들린 요금을 낚아채면서 짐짝처럼 차 안으로 밀어 올렸다.

그런데 이 기사는 여홍녀가 배정되면 나 몰라라 했다. 심지어는 사람들만 태우고 백여 미터를 달린 뒤 차를 세워 그녀를 뛰게 만들기도 했다.

사람을 많이 태우지 못해 요금 액수가 줄었다. 요금을 수령하는 늙수그레한 징수원은 화를 내고 여홍녀를 수상쩍게 보았다. 기사는 그녀가 일을 못한다고 투덜거리며 삥땅을 치는지도 모른다는 말을 흘려 의심을 증폭시켰다. 석 달에 걸쳐 그런 일이 되풀이되자 징수원이 여홍녀를 사무실 한쪽에 불러 세워 옷을 벗으라고 했다. 브래지어와 팬티만 남기고 다 벗자 징수원은 브래지어 한가운데 끈을 잡아당겼다 놓았다를 반복하더니 앞뒤로 팬티 위를 미끄럼 타듯 문질러댔다.

치욕보다는 공포가 밀려오고 머릿속에서는 기사의 사나운

눈빛이 번뜩였다. 이내 그 눈빛은 공장장이 등을 돌리기 전에 쳐다보던 눈빛을 서늘하게 몰고 왔다. 공장에서 쫓겨날지도 모른다는 첫 생각에 심장이 뚝 떨어지던 소리가 다시 들려왔다. 그날부터 고된 몸을 뉘어도 잠이 오지 않고 가슴이 두근거리며 불안에 휩싸였다.

"개새끼, 너 따먹으려고 하는 수작이야."

방을 같이 쓰는 동료들이 노골적으로 말을 던졌다. 그들은 안내양을 그만두고 술집으로 떠난 여럿 이름을 거론하며 그 중의 누구도 당했다는 말을 했다. 기사를 '미친 거머리'라고 부르며 한번 찍으면 반드시 찍고 가는 악질이라고 했다.

그들의 말은 일주일 후 기사의 차에 배정받으면서 현실로 드러났다. 기사는 밤늦게 차고지로 들어와 사람들을 다 내려놓고는 그녀를 중간 좌석으로 불렀다. 그리고 앞좌석 등받이에 청색 테이프가 붙은 것을 떼어냈다. 찢어진 좌석 등받이에서 천 원짜리 지폐 세 장이 나왔다.

"니가 한 짓이지?"

여홍녀는 펄쩍 뛰며 아니라고 항변했다.

"그럼 누구 짓인데?"

모른다고, 자신은 아니라고 하는데 심장이 터질 것같이 부풀어 오르며 쿵쾅거렸다. 기사가 아니면 말고, 하면서 공돈이 생겼다고 주머니에 집어넣고 음흉한 웃음을 문 채 차에서 내렸다. 그녀는 의자에 털썩 주저앉아 어둠 속으로 사라져가는 기사의 등짝에서 시선을 떼지 못했다. 건들거리는 기사의 등짝이 언제든지 자신에게 올가미를 씌울 수 있다는 경고처럼 여겨졌다. 그녀는 온몸에 돋은 소름을 털어내려고 기를 썼지만 다리에서 힘이 빠져나가며 몸을 주저앉혔다.

이미 내던진 몸 한 번 더 버리는 게 뭔 대수인가 싶었다. 예전에 언니가 그랬다. 돈만 많이 주면 자신은 언제든지 몸을 줄 수 있다고. 돈 때문에 지긋지긋한 가난 속에서 살았는데 부자가 될 수 있다면 뭔 일이든 못하겠느냐고.

장맛비가 계속되는 여름철이었다. 그녀는 하루 종일 비가 오는 날을 택해 사감에게 기사 차로 배정해달라고 부탁했다. 밤 열두 시 막차를 타고 차고지로 돌아왔을 때, 여홍녀는 기사에게 웃음까지 흘려가면서 입금하고 올 테니 차 안의 불을 다 끄고 기다려달라고 했다.

"딱 한 번만이에요."

입금을 시키고 돌아와 제일 뒷좌석에 앉아 윗도리 단추를 모두 열어젖혔다. 바지를 벗고 긴 숨을 몰아쉰 뒤 자리에 누웠다. 창문을 두들기는 빗소리가 요란스러운데 기사가 라이터를 튕겼다. 그는 여홍녀의 머리부터 발끝까지 불을 흔들어대고 나서 허리띠를 풀었다.

"내가 잘해줄 테니까, 눈치 주면 외출증 끊어."

거친 숨소리를 숨넘어가듯 다 내뱉고 난 기사의 한마디가 여홍녀를 공황 상태로 몰아넣었다. 텅 빈 머릿속으로 낙태를 할 때 꽂았던 무서운 주삿바늘이 전율을 일으키며 들어왔다. 딱 한 번 공장장과 자면 된다고 했던 것이 상상조차 하지 못했던 나락으로 그녀를 떨어뜨린 기억이 눈앞에서 생생하게 되살아났다. 그건 어둠만이 가득한 늪이었다. 한번 빠지면 혼자서는 절대 나올 수 없는 죽처럼 끓는 아스팔트 같은 늪이었다. 그 늪이 너무도 뜨겁게 온몸의 피를 빨아대며 영혼을 비틀어댔다.

"더 이상은 절대 안 돼! 제발 나를 놔줘요!"

"처녀도 아닌 게 왜 징징대? 몇 번 더 준다고 거기가 닳냐? 까불지 말고 말 들어."

기사는 여홍녀의 간절한 목소리를 걷어차고는 운전석에서 우산을 꺼내 들고 차 문을 열었다. 기숙사 몇 곳에서 전등불이 쏟아져 나왔고 사무실 건물 앞 전등이 빗물 속에서 흔들거렸다. 그녀의 머릿속은 어둠에 갇혀버렸고 분별은 달아났다. 그녀는 후텁지근한 버스 안이 견딜 수 없다는 듯 웃옷을 벗어던졌다. 동공이 풀린 눈으로 팬티만 입고 흐느적거리며 차 밖으로 나섰다. 비가 그녀의 몸에 가시처럼 박혀들었다.

두 손을 늘어뜨리고 맨발로 선 그녀의 얼굴이 구겨진 지폐처럼 일그러졌다. 하늘을 향해 입이 벌어졌다. 거세게 전선줄을 흔들어대는 미친 바람소리가 비명으로 나와 차고지를 후려쳤다. 어둠을 가르며 빗속을 뚫고 날아간 소리가 기사를 돌려세웠다.

"이게 뭐 하는 짓이야? 미쳤어!"

기사가 우산을 떨어뜨리고 달려왔지만 그녀의 비명을 막지는 못했다. 기숙사의 불이 여기저기서 더 켜지고 사무실에서 징수원이 달려 나왔다.

"살려주세요! 강간당했어요!"

그녀는 징수원의 품에 안겨 벌벌 떨면서 쉼 없이 강간당했다고 흐느꼈다. 다음 날 아침, 두 사람은 해고당했다. 회사는 개인적인 일이니 나가서 해결하라고 임금을 정산해준 뒤 둘을 내쫓았다.

여홍녀는 짐 가방을 팔에 걸고 거리를 걸었다. 간밤에 있었던 모든 일이 신기루 같았다. 왜 자신이 그런 행동을 했는지 알 수가 없었다. 소리를 지르다 정신을 잃었고 깨어났을 땐 자신의 침상이었다. 공허로 가득 찬 몸을 이끌고 몇 시간을 걸었다. 몸이 지쳐 한 번씩 거리에 쭈그리고 앉으면 도로를 달리는 차들과 건물들과 이상한 눈으로 자신을 쳐다보며 지나치는 사람들이 보였다.

길은 사방으로 뚫려 있었지만 갈 길이 보이지 않았다. 더 이상 통장으로 돈이 들어오지 않게 되었을 때, 어머니가 상심하다 못해 노여워할 얼굴이 마음을 아득하게 만들었다. 어딘가에 취직을 해서 돈은 벌어야 한다는 생각이 그녀를 초조하게 만들었고 절박하게 떠밀었다. 뜨거운 태양이 정수리를 파고들어 혀를 말리고 가슴을 말렸다. 그녀는 걸음이 닿는 대로 걸었다. 지나온 세월의 순간들이 낡은 필름처럼 끊어졌다 이어지면서 온몸을 슬픔으로 가득 채웠다.

손톱으로 붉은 점을 다 긁어내고 싶은 분노가 치밀었다. 가난으로 쓰레기처럼 나뒹구는 삶도 지긋지긋했다. 생각은 가슴을 끓이다가 오히려 싸늘하게 굳히는 냉기를 끌고 왔다. 분노를 걷어낼 힘이 없었다. 누군가에게 어떻게 살아야 하는지 묻고 싶었으나 아무도 없었다. 친구도 하나 없는 인생. 세상은 살 만한 곳이 아니라 감옥이었다. 아무도 없는 독방 같은.

이렇게 살아서 뭐 할까.

죽음이 새처럼 머리 위로 내려와 앉았다. 새가 머릿속을 쪼며 영혼을 파먹었다. 그녀는 죽음이 파고드는 두려움을 떨쳐내기 위해 빠르게 걸으며 사람들을 쳐다봤다. 혐오와 조소와 냉소를 담은 눈빛들이 달려들었다. 니가 할 수 있는 일은 아무것도 없다고, 눈빛들이 소리를 질렀다. 숨을 턱 틀어막는 사람들이 무서워 좁고 막다른 골목길로 뛰어 들어갔다. 벽으로 막힌 길 끝에서 주저앉아 신음을 흘리다 머리채를 쥐어뜯으며 외마디 비명을 질렀다.

어떻게 해서라도 살아야겠다는 삶의 욕구가 고개를 들었다. 어머니의 한숨이, 동생들에 대한 걱정이 눈에 아른거렸다. 폐차장 같은 산동네에서 매일매일 돈 때문에 안달하는 가족들이 서글펐다. 그 불쌍한 눈길 사이로 목욕탕에서 자신을 바라보던 부러움의 시선들이 걸어 들어왔다. 공장장이 섹스할 때마다 황홀해하던 모습도 떠올랐다. 거울 속에 비친 눈부신 알몸이 고개를 내밀고 입을 벌렸다.

창녀면 어때.

그 소리가 귀에 들리자 자신의 현재적 삶이 창녀보다도 못한 것처럼 느껴졌다. 오히려 사람들을 피해 그들 속으로 들어가면 훨씬 편할 것 같았다. 똑같은 삶이니 더 이상 서로를 다른 눈빛으로 보지 않을 것 같았다. 창녀? 그녀의 입에서 처연한 웃음이 흘러나왔다.

생각이 거기까지 미치자 그녀가 붙잡고 싶었던 소망은 사라져갔다. 붉은 점을 없애고 연애도 하고 당당하게 무언가를 하며 살고 싶었던 것이 마음속에서 떠나기 시작했다. 그녀는 모든 기대감이 무너지는 것을 보면서 자포자기했다. 허물어진 몸을 질질 끌고 골목길을 걸어 나와 버스를 탔다.

영등포에서 내린 여홍녀는 사창가로 들어갔다. 해가 중천에 떠올랐는데도 커튼을 젖혀놓고 알몸을 드러낸 집들이 있었다. 그녀는 창 안으로 짙은 화장을 하고 의자에 앉아 있거나

서성거리는 여자들을 보며 지나쳤다. 가슴과 허벅지를 벌건 불빛 속에 내비친 모습들이 인형 같았다. 그녀는 망설임을 떨쳐버리고 문이 열린 가게 안으로 들어가 일하고 싶다고 말했다. 몸을 파는 곳만큼은 조건 없이 받아줄 거라 생각했는데 붉은 점이 철벽처럼 가로막았다. 서너 집을 들어갔다 나오면서 그녀는 어둠의 나락으로 떨어졌다.

"태어난 것부터 잘못이었어."

그녀는 활처럼 길게 휘어진 허름한 사창가 골목 한가운데에서 중얼거렸다. 골목을 나오는데 또다시 죽음이 햇살을 타고 심장을 파고들었다. 온몸이 우울한 슬픔으로 무겁게 젖어들었다. 그녀는 무너져 내리는 몸과 마음을 힘겹게 일으켜 세우며 구로공단 언니 집으로 향했다. 그녀에게서 꺼져가는 희망의 빛을 찾고 싶어 다시 버스를 탔다.

공단 입구에서 내려 닭장집들이 시작되는 골목 입구에 다다랐을 때, 침까지 바싹 말라버린 입안에 소주를 들이붓고 싶었다. 그러자 신기루처럼 눈앞에 술집 간판이 펼쳐졌다. 예전부터 봐온 풍경이지만 새삼스럽게 시선을 잡아끌었다. 길 양쪽으로 '맥주 양주'라고 써 붙인 간판 십여 개가 영혼이 빠져나가는 눈빛 속으로 들어와 그녀를 불렀다. 그녀는 누군가에게 등을 떠밀린 사람처럼 무작정 첫 집 문을 밀고 들어갔다.

술집 주인들의 눈은 사창가 주인들 눈빛과 다르지 않았다.

네 번째 집까지 문을 여닫으며 싸늘한 한대를 받았지만 중단할 수 없었다. 열 집 문을 다 열어서라도 안 되면 죽자고 다짐했다. 절박한 심정으로 다섯 번째 문을 밀고 들어섰을 때 선글라스를 쓴 오십 대 초반의 남자가 카운터 앞에 앉아서 담배를 피우다가 그녀를 쳐다보았다.

"여기서 일할 수 있나요?"

남자는 대답 없이 쳐다만 봤다. 푸른 안경알 때문에 표정을 알 수가 없었다. 심수봉이 부른 〈남자는 배 여자는 항구〉라는 노래가 끝나갈 무렵 남자는 담배를 끼운 오른손을 들어 까닥거렸다. 여홍녀는 붉고 침침한 불빛이 떠다니는 테이블을 지나 밝게 켜진 카운터 불빛 아래로 다가가 사내 앞에 섰다.

"가방 내려놓고 다 벗어봐."

여홍녀는 주저 없이 옷을 벗었다. 사내는 담배가 다 탈 때까지 연기를 내뿜으며 지켜보다가 재떨이에 꽁초를 비벼 끄고 일어났다. 마치 물건을 고르듯 그녀의 가슴을 주물러보고 엉덩이와 생식기를 덮은 거웃도 쓰다듬어본 뒤 다시 옷을 입으라고 했다.

수치심 따위는 더 이상 일지 않았다. 일만 시켜준다면 무슨 일이든지 다 할 수 있을 것 같았다. 사내의 움직임을 지켜보며 여홍녀는 간절한 마음으로 구직을 기원했다. 사내가 맥주 한 병과 컵 두 개를 들고 와 테이블에 앉으며 그녀를 불렀다. 술잔에 술을 채운 뒤 선글라스를 벗었다. 왼쪽 눈에 검은 눈동자 대신 하얀 구슬 같은 것이 박혀 섬뜩하게 쳐다보고 있었다.

"어릴 때 나뭇가지에 찔려 한쪽 눈알이 없다. 그것 때문에 죽기 살기로 살 깡이 생겼지. 니 붉은 점보다 훨씬 흉하지? 일단 한 잔 마셔라. 니 꼬락서니가 금방 숨넘어가게 생겼어."

사내가 선글라스를 다시 끼고 술잔을 벌컥벌컥 비웠다.

"술장사 이십 년을 하면서 너처럼 몸이 예쁜 애는 처음이다. 하늘이 붉은 점을 준 대신에 잡티 하나 없는 고운 살결을 줬나 보다. 버선코처럼 하늘을 올려다보는 젖꼭지도 아주 일품이야. 그런 여자가 우물도 깊은 법인데, 니가 딱 그 스타일이야. 이거 아주 물건일세. 앞으로 나를 삼촌이라고 불러라."

밥 먹여주고 잠 재워주고 돈 벌게 해주는 대신 여홍녀가 벌어들이는 돈의 칠할은 자기 거라고 했다. 오늘부터 그녀의 몸은 그녀의 것이 아니라고 했다. 손님은 하늘이라고 했고, 할 수 있는 짓은 다 해서 받들어 모셔야 한다고 말했다.

그날 밤 사장은 첫 손님이 되어 여홍녀의 몸을 취했다. 그는 밤늦도록 그녀의 몸을 탐하면서 남자를 다스리는 방법을 가르쳤고, 술집 여자가 가져야 할 덕목을 늘어놓았다. 다음 날 아침 여홍녀가 여인숙에서 눈을 떴을 때 머리맡에 천 원짜리 아홉 장이 놓여 있었다. 여홍녀의 나이 스물두 살 때였다.

세상은 그녀와 상관없이 흘러갔다. 그녀에게 세상 역시 풍경일 뿐이었다. 거대한 시위로 대통령이 물러나고 선거가 전쟁처럼 벌어져도 관심이 없었다. 시간이 되면 술집으로 나가고, 손님이 있으면 몸을 팔고, 남은 시간은 먹고 자고 텔레비전을 보는 것이 전부였다.

집에도 명절날만 갔다. 갈 때마다 어머니에게 봉투 하나를 건네고 돌아왔다. 처음엔 어머니와 동생들이 뭐 하냐고 물으면 빵 공장에 다닌다고 했다. 그 이후로 더 이상 자신이 무슨 일을 하는지 어떻게 사는지 궁금해하지 않았다. 두어 번쯤 어머니가 시집 안 갈 거냐고 물었을 때 그녀는 딱 잘라 말했다. 나 같은 년을 누가 좋아하겠냐고. 평생 혼자 살다가 죽을 거라고. 어머니는 죄인처럼 고개를 돌리고 다시는 결혼 이야기를 꺼내지 않았다.

십삼 년을 애꾸눈(사람들은 그를 개눈박이 사장이라고 불렀다) 사장 밑에서 조카딸처럼 후처처럼 살았다. 삼 년 전부터 사장은 술집 관리를 그녀에게 맡기고 하루에 한 번쯤 둘러보다가 욕정이 차오르면 가끔씩 그녀를 취하고 갔다. 시도 때도 없이 바뀌는 종업원들은 두 사람을 묶어서 '쌍둥이 사장'이라고 이죽거렸다.

여홍녀는 나이가 들면서 사장을 더욱더 하늘처럼 받들었다. 그의 그늘 아래서 술집이나 운영하다가 때가 돼서 죽으면 그만이다 싶었다. 하지만 몇 개월 전부터 입맛이 없고 몸이 이상하게 늘어지기만 했다. 그녀는 혹시나 싶어 임신 테스트를 하고 망연자실했다. 그 길로 병원을 찾아갔더니 의사가 임신 삼 개월이라고 축하한다고 했다.

누구의 아이인가?

사장은 아니었다. 그는 절대 질 안에 사정하지 않았다. 누구인가?

아홉 달 전부터 일주일에 두세 번 찾아오는 한 사내가 떠오르자 가슴이 덜컥 내려앉았다.

비 오는 어느 날 그가 술집에 고개를 들이밀었다. 종업원들이 들어오라고 끌어당겼다. 머리카락에서 떨어지는 빗물을 훔쳐내며 사내는 절뚝거리는 걸음으로 홀 안으로 들어왔다. 칸막이 테이블에 앉아 사내가 술을 시켰다. 돈이 없으니 술만 마시면 안 되느냐고 혀 꼬부라진 소리를 냈다. 종업원들이 재수 없다고 자리에서 나와버렸다.

165 정도 되는 작은 키에 마른 몸매를 가진 사내였다. 사십 대 중반쯤으로 보이는 사내의 몸에서 서러움이 배어났다. 돈도 없고 몸도 성치 않은 사내의 표정이 그녀의 가슴 깊은 곳에 박힌 슬픔을 건드렸다. 맥주 세 병에 땅콩과 오징어채가 들어 있는 기본 안주를 갖고 테이블로 들어갔다.

"미.안.합.니.다."

술을 한 잔 따라주자 고개를 숙이고 술잔을 쥐고 있던 사내가 더듬거리며 말했다.

"술을 많이 하셨네요?"

"네, 비가 와서……."

사내는 술을 금방금방 비워냈다. 그리고 혼자 중얼거리다 담배를 피우면서 긴 한숨을 내던졌다. 맥주를 두 병쯤 비웠을 때 사내가 고개를 숙이고 손을 뻗어 여홍녀의 가슴 위로 올려놓았다.

"미.안.해.요."

마치 아이가 어미를 찾듯 사내의 손이 가슴을 더듬거리며 살결 속으로 들어오고 싶어 했다. 여홍녀는 단추를 풀어 윗도리를 열어젖히고 브래지어 끈을 내린 뒤 사내의 손을 잡아 가슴 위에 올려주었다. 사내는 그녀의 가슴을 쓰다듬으면서 마지막 한 병을 비워냈다.

"술 더 드릴까요?"

사내가 손을 거두며 일어섰다. 그는 주머니를 뒤적거리며 돈을 찾아 테이블 위에 올려놓았다. 꾸깃꾸깃한 지폐와 동전들이 사내의 후줄근한 옷차림과 닮아 있었다. 맥주 세 병 값을 제하자 천 원짜리 지폐 한 장과 백 원짜리 동전 세 개 그리고 십 원짜리 동전 다섯 개가 남았다.

여홍녀는 남은 돈을 그의 주머니에 다시 넣어준 뒤 손을 잡고 문으로 데려갔다. 절뚝거리는 사내의 걸음이 위태로워 그의 한쪽 허리까지 잡았다. 사내가 술 취한 얼굴을 들어 여홍녀를 향해 웃었다.

"참, 좋은…… 사람이네요."

"집에 갈 수 있어요?"

사내의 웃음이 여홍녀의 입에 미소를 피워 올렸다. 사내는 걱정 말라는 듯 손을 흔들며 빗속으로 들어갔다.

그 뒤 사내는 일주일에 두세 번씩 여홍녀를 찾아왔다. 올 때마다 똑같이 술에 취해 와서 그녀의 가슴을 더듬었다. 그렇게 반년쯤 지난 어느 날부터 한동안 안 보이던 사내는 어느 날 멀쩡한 정신이 되어 검은 양복을 입고서 술집 문을 열었다.

"처음 얼굴을 보는 것 같네요. 붉은 점이 묘하게 아름답게 보이네요."

사내는 처음으로 과일 안주를 시키고 술을 마시며 여홍녀의 얼굴을 뚫어지게 쳐다보았다.

"거짓말. 다들 흉측한 눈으로 나를 쳐다보는데 그런 거짓말을 왜 하세요?"

"사업을 못해서 그렇지 거짓말은 안 합니다."

"거짓말 안 하는 사람 한 번도 못 봤는데 또 거짓말하시네."

사내가 웃는 모습을 보면서 여홍녀는 가슴을 만지기 전에 늘 그가 던지던 '미안하다'라는 말을 떠올렸다. 말쑥한 차림이었지만 술 몇 잔이 들어가자 사내의 몸에서 외로움이 물씬 풍겨 나왔다. 술병이 늘어나고 말들이 길어졌다.

"사는 게 뭘까요?"

고향에 혼자 남은 어머니가 돌아가셨다고 했다. 대학을 졸업하고 직장에 다니다가 사업에 손을 댔고, 세 번의 사업 실패로 고향에도 못 돌아가고 공사판을 전전하다가 사고로 다리를 다쳤다고 했다. 그러다가 친구로부터 어머니가 돌아가셨다는 말을 듣고 장례를 치른 뒤 집을 정리하고 왔지만 다시 고향에 갈 면목이 없다고 했다.

그날 여홍녀는 술에 취해 그의 품에 안겼다. 처음으로 누군가를 손님으로 대하지 않고 마음이 가는 대로 사랑을 나눴는데, 그게 석 달 전이었다. 하지만 그쯤에 잠자리를 같이한 사람이 그만은 아니었다. 사장도 있었고, 손님들도 있었다.

다시는 임신할 수 없을 거라고 믿었는데 이런 일이 일어나다니…….

두 번째 낙태할 때 의사가 더 이상 임신을 못할 수도 있다고 말했다. 피임약을 쓴다곤 해도 술에 취해 아무런 조치도 못하고 사내들과 몸을 섞은 적도 있었다. 한숨이 꼬리를 물고 터져 나왔다. 사장과 종업원들이 눈치채기 전에 낙태를 해야만 했다.

하루 종일 마음이 어수선해 정신을 차릴 수가 없었다. 배 속에 아이가 있다는 사실이 걱정을 가져왔지만 묘한 설렘도 일으켰다. 가족도 멀어지고 오직 혼자일 뿐이라고 여겼던 외로움이 자꾸 배 속의 아이를 쓰다듬게 만들었다. 그날 몸이 안 좋다고 술도 한 잔 안 마셨다. 가게를 접고 집으로 돌아와서 샤워를 할 때도 배 속에 누구의 아기도 아닌 자신의 아기가 있다는 사실이 경이로웠다.

낳아서 기르고 싶은 마음이 시시각각 부풀어 올랐다. 아이에게 자신이 못 받은 사랑을 목숨을 바쳐서라도 다 해주고 싶었다. 그 아이가 세상의 한가운데에서 자유롭게 비상하며 행복해하는 걸 보고 싶었다. 여홍녀는 이제까지 한 번도 꿈꾸지 못한 사랑, 자유, 행복이라는 말 속을 헤집고 다니면서 눈물을 흘렸다. 바다조차 눈으로 보지 못하고 살아온 자신의 인생이 너무도 불쌍하고 애달팠다.

"나랑 같이 우리 고향에서 살아보지 않을래요? 집도 있고 밭도 조금 있고 논도 있으니 굶기진 않을 수 있는데……."

사내는 가끔 잠자리를 할 때마다 농담처럼 같이 살자고 했다. 여홍녀는 새삼 그 말을 붙잡고 매달렸다. 아이를 낳으려면 돈을 벌어야 했다. 그녀는 돈을 벌 방법을 찾아 밤새도록 뒤척였다. 사흘 뒤 사내가 술집에 나타났을 때 그를 데리고 인근 다방으로 갔다.

"나랑 같이 살래요?"

찻잔을 앞에 놓고 여홍녀는 사내를 응시했다.

"진심이에요?"

"그래요, 나랑 같이 살고 싶나요?"

"나, 홍녀 씨 아주 많이 좋아합니다. 정말 나랑 같이 살아줄래요?"

여홍녀는 잠시 눈을 감았다. 그가 자신을 좋아하는 건 알 수 있었지만 그건 그에게 베푼 동정심 때문일 거라고만 생각했다. 그래서 사내가 거절한다면 예기치 않게 찾아온 희망을 꺾을 수밖에 없다고 판단했다. 그녀는 눈을 뜨고 사내의 눈을 들여다봤다. 수많은 사람들의 눈에서 본 탐욕의 눈빛이 그에게는 없었다. 그의 목소리, 표정 모두가 거짓으로 느껴지지도 않았다. 그녀는 자신이 살아온 이야기를 펼쳐놓고 간절한 심정을 토로했다.

"물에 술 탄 듯, 술에 물 탄 듯 그렇게 살아왔는데 아이가 생겼어요. 누구의 아이인진 몰라요. 석 달쯤 됐다니 당신 아이일 수도 있고 다른 누구의 아이일 수도 있어요. 이 아이를 우리가 기르면서 같이 살면 안 될까요?"

"돼요."

사내는 주저하지 않고 간결하게 대답했다.

"그러려면 돈이 있어야 돼요."

"우리 고향으로 갑시다."

"안 돼요, 그건. 난 아이를 가난하게 키우고 싶지 않아요. 가난한 집에서 태어난 아이는 절대 행복할 수 없어요. 개천에서 용 나던 시절은 지났다고 하잖아요?"

"돈이 많으면 좋지만 난 많은 돈이 없는데 어떡하죠?"

"벌어야죠. 난 벌 수 있어요. 나와 같이 일하던 친구가 시골 작은 면에서 술장사를 하는데 꽤 많은 돈을 모았대요. 승주 씨 고향 집과 땅을 팔아서 술장사를 해보고 싶어요. 사기 치는 거 아니에요. 날 믿어봐요. 대신 당신만을 오직 내 남자로 받들고 살게요."

최승주는 담배를 연신 태우며 그녀가 살아온 세월을 들여다봤다. 꿈도 미래에 대한 희망도 없이 살 수밖에 없게 된 그녀의 삶이 안쓰러웠다. 그건 자신의 삶도 마찬가지였다. 더 이상 어떤 기대도 없이 칠 년을 떠돌며 살아왔다.

공사판을 전전하면서 그가 배운 건 돈이 행복의 척도가 아니라는 거였다. 사업이 망한 것보다 더 상실감이 컸던 것은 사람들이 보여준 배신이었다. 돈이 있으면 모여들었다가 돈이 없어지면 냉혹하게 떠나가는 사람들. 삶이 외로웠다. 그래서 술 한 잔 값과 밥 한 그릇 값으로도 만족할 수 있는 삶을 받아들이면서 살고자 했다. 나이가 들어 더 이상 떠돌아다니기 싫어질 때까지 그렇게 살다가 고향으로 내려갈 생각이었다.

술집에서 만났지만 여홍녀를 사랑했다. 그녀만 좋다면 고향으로 내려가 아껴주면서 살고 싶다는 생각도 많이 했다. 그는 자신이 지나온 길들을 돌아봤다. 늘 인생은 마음먹은 대로 풀리는 법이 없었다. 칠 년 동안 물 흐르듯 살아가자고 걸어온 세월이었다. 여홍녀를 만난 것도 흐르는 물길 위에서 만난 피할 수 없는 인연 같았다. 그녀의 배 속에 있는 아이가 누구의 아이이든, 나이 들어 처음 사랑을 느낀 여자의 아이라면 자신의 아이로 받아주고 싶었다.

최승주는 눈가에 주름을 잡으며 여홍녀를 쳐다봤다. 그녀의 표정에서 절박함이 읽혔다. 그녀를 보살피고 사랑하면서 살고 싶은 마음이 아련한 서글픔으로 밀려들었다. 그는 한 달 만에 고향 집을 정리하고 충청도 작은 면에 살 집까지 마련했다.

면을 관통하는 도로 끝에 있는 허름한 단층 슬래브 집이었다. 최승주는 아기를 낳은 후에 가게를 할 수 있도록 고쳐가며 틈틈이 공사판을 다녔다. 여홍녀는 남편이 고마웠다. 혼인신고도 없이 자신이 갖고 온 돈과 그가 마련한 돈을 한 통장에 모아 자신이 관리하는데도 손 한 번 내밀지 않고 생계를 꾸렸다.

아기는 엄마 배 속에서 발길질을 해대며 세상 밖으로 나올 준비를 했다. 여홍녀는 행복에 겨워 배를 쓰다듬으면서도 걱정을 떨치지 못했다. 아기의 얼굴에도 형벌 같은 붉은 점이 박혀 있을까 봐 늘 노심초사했다. 다행히도 아이는 정상적인 여아로 태어났다.

백일이 지나자 아이가 옹알거리며 웃었다. 여홍녀는 아기의 꼬물거리는 손가락과 발가락을 만지작거리며 젖을 물릴 때마다 돈에 집착했다. 돈만이 아이의 행복을 지켜주고 키워줄 수 있다고 철석같이 믿었다. 그녀는 '시골 호프 꼬꼬 닭집'이라는 간판을 내걸고 술집 안에 칸막이 네 개를 만들었다. 가족이 사는 방 하나는 술집과 벽을 쌓아 단절시키고, 조명은 자신이 일하던 술집처럼 붉은 빛이 침침하게 퍼져 녹아나게 했다.

여홍녀의 키는 163 정도였지만 다리가 길고 목이 길어 다른 사람보다 커 보였다. 그녀는 붉은 점 따위는 안중에도 두지 않았다. 사내들로부터 수없이 들어온 육감적인 몸매와 고운 살결로 얼마든지 남자들을 끌어들일 수 있다고 확신했다. 그녀는 머리카락을 어깨까지 늘어뜨리고 몸매가 도드라지는 옷을 입었다. 일주일 동안 점심시간이 되면 면사무소와 소방서, 경찰서를 돌며 닭튀김을 서비스로 날랐다. 파란 물방울무늬가 있는 하얀 원피스를 입고 까만 하이힐을 또각거리면 남자들의 시선이 그녀에게 꽂혔다. 면에 하나 있는 호프집 튀김닭이 찌든 기름 냄새가 많이 나는 것을 알고 가게 문 앞에 '깨끗한 기름으로 매일 튀기는 닭'이라고 써서 붙였다.

면에 있는 가게의 모든 시선이 '꼬꼬 닭집'으로 몰렸다. 가장 매서운 눈초리로 흘겨본 것은 경쟁 업체인 호프집이었지만 작은 면에 일곱 개나 몰려 있는 티켓 다방들도 긴장했다. 마담들은 여홍녀가 구를 만큼 굴러본 여자라는 걸 본능적으로 느끼고 경계했다.

여홍녀는 두어 달 지나고부터 면을 뒤흔들었다. 윗도리는 푹 패어 고개를 숙일 때마다 가슴이 반쯤 드러나 출렁거리는 걸로 입었다. 탄력 있는 매끈한 허벅지가 잘 보이는 짧은 치마나 몸의 곡선이 살아 움직이는 착 달라붙는 반바지를 입고 엉덩이를 흔들었다. 그녀와 상관없는 가게 주인들도 미친년이라고 험담했다.

욕설은 대부분 여자들의 입에서 쏟아져 나왔다. 그럴수록 여홍녀의 술집을 들락거리는 사람들은 많아졌다. 노인들은 그녀의 가슴을 보는 것만으로도 즐거워했고, 몇몇 사내들은 그녀를 품고 싶어 매일 술집을 찾아왔다. 어느 날 그중 한 남자가 앞마당에서 벌에 쏘여 병원에 실려 갔는데 도착하기도 전에 죽었다. 여홍녀는 그 소식에 충격을 받았다. 술집에 올 때마다 힘자랑을 하며 치근대던 오십 대 중반의 사내였다.

아이를 데리고 실개천에 자주 나가는 남편에게 물 조심에 벌 조심, 차 조심까지 당부했지만 불안은 수그러들지 않았다. 사람이 죽고 사는 일은 한 치 앞을 내다볼 수 없는 것이었다. 만일 자신이 죽는다면 남편이 아이를 키워줄 거라고 믿었지만 가난 속에서 아이가 행복해질 수 없을 거라는 걱정이 두려움까지 일으켰다. 그녀는 여러 날 고민 끝에 농협을 찾았고, 상담 끝에 꽤 큰 액수의 생명보험을 들고 나서야 불안을 떨쳐냈다.

최승주는 아내가 하는 일에 관심을 두지 않았다. 아내가 그러기를 원했고 본인 또한 그녀의 삶을 원하는 대로 살도록 놔주고 지켜보는 걸로 만족하고 싶었다. 그는 뒷마당에 꽃밭과 작은 텃밭을 만들고 강아지 한 마리와 닭 세 마리를 키웠다. 매일 저녁 무렵에는 아이를 데리고 논과 밭 사이를 흐르는 좁은 하천을 거닐거나 돗자리를 깔고 아이를 눕혀놓고 하늘의 구름과 석양을 보며 막걸리 잔을 기울이기도 했다.

시간의 물결이 큰 돌 작은 돌을 굴리며 흘러갔다. 여홍녀가 가게를 차린 지 일 년이 지나고 있었다. 그래도 가게 앞에는 늘 쓰레기 봉지가 넘쳐 나뒹굴었다. 그녀는 자신을 시샘하는 인간들이 가게 앞을 더럽히려고 하는 짓인지 알고 있었지만 상관하지 않았다. 대거리하는 대신 청소부들에게 닭튀김 한 봉지를 안겨주면서 무마해버렸다.

세상일이 여홍녀의 생각대로 풀리지는 않았다. 남편들은 부인의 눈치를 보며 출입을 자제했고 흉흉한 소리는 그녀의 가게로 다 달려들었다. 눈덩이처럼 불어날 것 같던 매상이 그녀의 생각대로 늘지 않자 툭툭 농을 치며 쳐냈던 남자들의 손길을 조금씩 받아주었다. 그러자 애가 닳은 몇몇 사내들이 돈을 내놓으며 노골적으로 잠자리를 요구하기도 했다.

면에 사는 사람들의 면모를 환하게 꿰차고 있던 그녀는 지역 유지로 돈이 많고 씀씀이가 좋은 몇 사람을 잡았다. 그녀는 그들과의 관계를 읍내에 있는 모텔에서 은밀하게 맺었다. 한 번 잠자리를 한 남자들은 그녀에게 빠져들었다. 그럴수록 그녀는 남자의 애를 태워가며 돈을 쏙쏙 빼냈다.

다방을 빈번하게 왕래하던 지역 유지들이 발길을 뚝 끊어버리자 마담들은 여홍녀를 의심했다. 그중 삼십 대 중반의 정 마담을 애첩처럼 여기던 한 유지가 여홍녀하고 같은 모텔에서 나오는 것을 봤다는 소문이 돌았다. 여자가 먼저 나오고 남자가 삼십 분쯤 뒤에 나왔다는 소문이었다.

그날 정 마담은 화를 억누르지 못하고 술을 마셨다. 다방 마담들은 여홍녀를 성토하며 가만둬서는 안 된다고 화를 돋웠다. 결국 분에 못 이긴 정 마담이 여섯 명의 다방 마담들을 등에 업고 '꼬꼬 닭집'으로 쳐들어갔다. 험담으로 시작된 그들의 말싸움은 비가 축적추적 내리는 면 한가운데서 몸싸움으로 이어졌다.

두 사람은 서로의 머리카락을 움켜잡고 뺨을 후려치고 길바닥에 나뒹굴었다. 상인들이 모두들 나와서 지켜보았고, 뒤에서 지켜보던 마담들은 두 사람을 말리는 척하면서 여홍녀를 밀치며 욕설을 해댔다. 여홍녀는 지지 않았다. 그녀는 싸움에서 지면 면에서 살아남을 수 없을 거라는 절박감에 양껏 용을 썼다. 윗도리가 목에서부터 가슴을 드러내며 아래쪽으로 쭉 찢어지자 그녀는 옷을 벗어 내던지며 바닥에 주저앉아 서럽게 울었다.

브래지어만 걸친 그녀의 알몸이 비에 젖으며 사람들의 시선을 끌었다. 환하게 핀 복사꽃같이 눈부신 그녀의 살결과 브래지어 위로 봉싯 올라와 있는 젖가슴은 사내들의 눈빛을 탐욕으로 물들였다. 결국 파출소 경찰들이 와서 싸움이 끝났지만 덕을 본 것은 여홍녀였다.

사내들은 다방 것들이 떼거지로 여홍녀에게 덤빈 것을 모진 짓이라고 나무랐다. 그들은 끼리끼리 모여 여홍녀의 뽀얀 살결을 안주 삼듯 떠들어댔다. 시간이 갈수록 소문은 두텁게 덧입혀져 다른 면에서까지 사내들이 술 마시러 오기도 했다. 여홍녀는 다시 사내들의 손길을 콧소리로 쳐내며 본능적으로 몸을 사렸다. 면에서 더 이상 소란을 일으키면 장사하는 데 결코 도움이 안 될 거라고 판단했다. 그녀는 다방과 술집을 뺀 동네 상인들에겐 인사도 열심히 하고 튀김닭을 서비스하면서 우호적인 관계를 만들려고 애를 썼다.

아이는 점점 자라 촐랑거리는 새 꽁지처럼 뒤뚱거리며 뛰어다녔다. 최승주는 낡은 트럭을 구해 아이를 태우고 다니며 폐지와 고물을 모아 고물상에 팔았다. 겨울을 대비해 산에서 나무를 주워 와 땔감을 만들어 벽에 쌓아놓고, 봄이면 산을 떠돌며 나물을 캤다. 면 사람들이 기둥서방이라고 손가락질하는 것을 알고 있었지만 상관하지 않았다. 그는 여홍녀가 살아가는 방식이 다방 여자들은 물론 다른 상인들과도 다를 바 없다고 생각했다. 다만 파는 물건이 다를 뿐인데, 세상 그 누구도 여홍녀를 욕할 자격이 없다고 생각했다. 세상에서 버림받은 여자가 몸을 파는 일을 할 수 있어서 고맙다고 했으니, 그 누구도 그 여자에게 몸 파는 더러운 여자라고 손가락질할 수 있겠냐고 자문했다.

힘들어도 한 치의 내색도 없이 아침마다 따뜻한 밥에 정성이 가득한 밥상을 내오는 것으로도 충분했다. 셋째 월요일이면 무조건 휴무를 내걸고 자기와 아이를 위해 온 정성을 다하는 것만으로도 만족했다. 그녀와의 삶 속에서 오래전 잃어버렸던 사유의 세계를 돌아다보는 것도 기뻤고, 책을 다시 손에 쥐게 된 것도 고마웠다.

어릴 적부터 그림 그리기를 좋아하고 몽상을 좋아했지만 부모의 권유로 경제학을 공부하고 사업을 했다. 부모의 소망을 이루어주고 싶어 펼쳤던 사업의 세 번의 실패 끝에 부와 명예를 좇는 삶은 자신이 걸어갈 길이 아니라는 것을 깨달았다. 하지만 생은 여전히 오리무중이었고, 외로움에 지쳐 있을 때 만난 사람이 여홍녀였다. 그녀와의 새로운 삶이 어린 시절 좋아했던 것들을 하나하나 되살리며 생의 의미를 찾아주고 있었다.

시간이 날 때마다 눈에 잡힌 풍경을 스케치북에 연필로 그렸다. 노자와 주역을 보고, 시집을 주머니에 넣고 다녔다. 트럭을 타고 다니면서 만나는 새와 나무와 꽃을 보면서 아이와 얘기했다. 아이는 조금씩 말이 늘면서 나무와 새와 꽃의 이름을 노래했다. 트럭을 타고 가다 보면 아이는 한 번 가르쳐준 이름들을 끊임없이 조잘거리다 새로운 것이 눈에 띄면 이름을 물었다. 아이가 커갈수록 자신을 닮았다고 느꼈다.

아이는 왼손잡이였다. 그림 그리기를 아주 좋아했는데, 자신처럼 그림을 종이 오른쪽에서부터 그리기 시작했다. 눈과 입술은 아내를 닮았지만 코와 눈썹은 아빠와 흡사했다. 손가락과 발가락이 유난히 길쭉한 것도 그랬다. 어릴 적 찍은 사진 속의 모습과 느낌도 많이 비슷했다. 막연히 짐이 될 수도 있을 거라고 생각했던 아이가 생의 기쁨으로 나날이 커갔다.

여홍녀는 남편이 큰 산의 그늘처럼 여겨졌다. 그가 아이와 함께 지내는 걸 보는 것만으로도 행복했다. 그녀는 아이의 눈에 비치는 창을 통해 이제까지 경험하지 못한 세상을 보았다. 아이가 꽃 이름을 말하고 꽃이 예쁘다고 쓰다듬으면 꽃이 눈부셨다. 아이가 닭과 병아리들을 데리고 나들이를 하면 웃음꽃이 환하게 피었다. 여름철 모기장을 치고 마당에 앉으면 아이가 별과 달에게 손짓했다. 스쳐 가는 바람까지 잡으려는 아이의 손이 벅찬 감동으로 밀려왔다.

그녀의 기억 속에는 부모의 웃는 얼굴이 없었다. 가족의 따뜻한 손길도 없고 늘 산동네 어두운 골목길에서 길 잃은 바람이 울부짖으며 날아다니는 소리만 있었다. 한밤중에 그 소리를 들으면 숨이 턱 막혔다. 그녀에게 가난은 심장을 파먹는 벌레였다. 웃음도 기쁨도 사라지게 하는 그 벌레는 가난이 있는 곳에 늘 쓰레기더미처럼 쌓여 꿈틀거렸다.

쓰레기처럼 살아서라도 아이에게 꽃의 향기를 주고 싶었다. 하지만 여홍녀의 바람은 아이가 여섯 살이 되기도 전에 스러져버렸다. 말이 또랑또랑해진 아이가 늦가을 어느 날, 그녀를 빤히 쳐다보며 천진난만하게 물었다.

"엄마, 화냥년이 뭐야?"

아이의 입에서 흘러나온 그 말을 듣는 순간 여홍녀는 아득해졌다. 누가 한 말인지는 중요하지 않았다. 그 말이 꼬리를 물고 여홍녀의 머릿속에서 엄청난 파장을 일으켰다. 아이가 학교에 들어가면, 하고 생각하자 그녀의 심장은 오그라들었다. 아이를 데리고 남편에게로 갔다. 아무 일도 아닌 듯 아이의 손을 남편에게 건네줬지만 그녀는 반쯤 넋이 나가 있었다. 그날 장사를 하면서도 웃지 못했고, 밤새 뒤척이다 날이 밝기도 전에 밖으로 나가 서성거렸다.

"마음이 원하는 대로 가요. 가다가 마음이 바뀌면 다시 가고."

최승주는 아내의 어깨를 쓰다듬으며 담배를 꺼냈다. 아이가 학교 들어갈 때쯤 다가올 혼란이 생각보다 훨씬 빨리 왔다 싶었다. 새벽이 오기도 전에 몇몇 새들이 먼저 나와 지저귀며 어둠을 쫓아내고 있었다.

"여기서 멀리 떠나고 싶어요."

여홍녀는 아이의 기억 속에서 엄마가 술집 여자였다는 사실을 지우고 싶었다. 그건 가난이나 신체적인 결함 때문에 불행해져버린 사람들을 업신여기는 눈빛보다도 더 사나운 눈빛이 될 수 있었다. 아이가 그 눈빛들에 둘러싸여 고통스러워할 것이 상상되자 정신이 다 달아나 어찌할 바를 몰랐다.

최승주는 보름 동안 집을 비웠다가 돌아와서 열흘 동안 모든 것을 정리했다. 면 사람들이 눈뜨기 전 어스름 새벽을 열고 트럭을 몰았다. 아이는 엄마의 품에 안겨 잠들어 있고, 짐칸에는 간밤에 정리해둔 필요한 물건 박스와 멍멍이와 닭장이 실려 있었다. 세 시간을 몰아 아침을 먹고 네 시간이 지나서야 부유면에 다다랐다.

"엄마 강이다, 강!"

충청도 경계선을 넘자마자 푸른빛으로 유유히 흘러가는 강물을 만났다. 아이는 텔레비전에서 본 강이 신기해 창문을 내리고 다리 저 멀리 바라봤다. 강은 산을 끼고 구불구불 끝없이 먼 길을 달리고 있었다. 아침 해의 눈부신 반짝임으로 일렁이는 물결을 향해 아이가 반가운 손짓을 했다. 새로운 삶터로 가는 것이 마음을 무겁게 했지만 태어나서 처음 보는 강이 있는 마을이 여홍녀도 싫지 않았다. 죽을 각오로 산다면 못할 것이 없다고 그녀는 스스로에게 다짐했다.

부유면은 정갈했다. 오랜 옛날 시장터였던 곳이 마을이 형성되면서 면의 중심이 되었다. 면소재지 가운데로 큰길이 나 있는데 길 양쪽으로 은행나무 가로수가 심어져 있었다. 버스 정류장 옆에는 수백 년 넘은 느티나무가 보호수로 지정돼 사람들에게 그늘을 만들어주었다. 최승주는 트럭을 몰고 강변으로 이어지는 도로 위를 달렸다. 강변을 따라 오 분 정도 가는 동안 두 마을을 지나쳐 도로 아래쪽에 있는 정산 마을에 다다랐다. 열두 채의 집을 지나자 강이 내려다보이는 야산 기슭에 뚝 떨어져 슬레이트 지붕을 얹은 허름한 집이 나타났다.

집은 낡았지만 집보다 훨씬 큰 마당이 있었다. 돌을 쌓아 만든 오래된 담벼락이 군데군데 파헤쳐져 집을 둘러싸고 있었다. 최승주는 부유면에 자리를 잡고 집수리 가게를 내서 사는 고향 친구를 통해 삼백만 원짜리 지상권만 있는 집을 샀다. 친구와 함께 일주일 동안 집수리를 했다. 방 세 개 중에 강이 보이는 방 벽에 커다란 창을 내고 한지로 도배를 했다. 아이의 방에는 푸른 하늘이 그려진 도배지로 산뜻하게 바르고 앉은뱅이책상을 창가에 놓았다. 가장 작은 방은 화장실로 개조하고 부엌은 가스레인지를 사용할 수 있게 만들었다.

트럭이 마당에 들어서자마자 멍멍이와 닭들을 풀어놓았다. 울창했던 풀을 깎자 마당이 시원하게 드넓었다. 수돗가 옆에 앵두나무와 보리수가 심어져 있고 집 뒤쪽 장독대가 있던 흔적 옆에 은행나무 한 그루가 하늘 높이 치솟아 있었다. 집을 둘러볼 때마다 아이는 "아빠, 예뻐요!"라고 소리치다가 멍멍이와 함께 마당을 뛰어다녔다. 툇마루에 앉아 아이가 즐거워하는 모습을 보며 여홍녀는 막막했던 마음을 강물에 던져버렸다.

최승주는 며칠 동안 집 안 구석구석을 손보더니 아이를 태우고 고물을 주우러 이 마을 저 마을로 떠돌아다녔다. 돈이 필요한 탓도 있었지만 여홍녀에게 혼자서 생각할 기회를 주고 싶었다. 장사를 다시 하든 그 무엇을 하든 그녀가 일을 찾을 동안 편안하게 해주고 싶었다.

여홍녀는 마을 사람들의 반갑지 않은 시선을 뒤로하고 일주일 만에 취직했다. 다시는 무서웠던 공장을 가지 않으리라 생각했지만 선택의 여지가 없었다. 장사라면 술장사뿐이 모르는 그로서는 농사 아니면 공장을 가야 적은 돈이라도 만질 수 있었다. 남편이 돈은 자신이 벌 테니 아이를 키우라고 하는 것도 거절했다. 대학을 나온 남편은 책과 가깝게 지냈다. 술집에서는 몰랐지만 그가 얼마나 마음이 깊은 사람인지 한 솥밥을 먹으면서 보고 느꼈다. 그의 품에서 티 없이 자라는 아이를 보면서 고맙고 행복하게 여겼다. 그건 자신이 해줄 수 없는 거였다.

그녀는 마을버스 시간표를 들고 집에서 가장 가까운 공장에 찾아다녔다. 다섯 군데쯤 돌아다녔을 때 다행히도 철강 회사에 일자리가 있었다. 아파트나 고층 건물을 지을 때 쓰는 철골을 만드는 회사였다. 다섯 개의 소사장제로 운영되는 공장 한 곳에서 청소를 하고 용접똥을 제거하는 일이었다.

매일 망치와 끌을 들고 용접사들이 납땜을 한 자리에 남겨진 용접이 녹은 찌꺼기를 망치로 두들기고 끌로 긁어냈다. 그것도 안 되면 그라인더를 돌려 용접똥을 떼어냈다. 힘든 일은 아니지만 쇳가루가 먼지처럼 날아다니는 노천 현장이었다. 사내들만 잔뜩 있고, 여자는 한 공장에 두 명 정도가 전부였다. 그래도 다닐 만하다고 결정을 내린 건 다른 공장들보다 일당이 만 원 정도 더 셌고 잔업도 많았기 때문이다.

최승주는 늘 그랬듯이 여홍녀의 길을 터줬다. 아이가 학교 갈 나이가 되자 두 사람은 혼인신고를 하고 최승주의 성을 호적에 올렸다. 그는 폐지와 고물을 모으면서 시간이 날 때마다 아이와 그림 그리기를 하고 글을 가르쳤다. 아이는 초등학교에 들어가자 뚜렷이 부각됐다. 그림 실력이 뛰어나 전국 사생대회에 나가자마자 입상했다. 여홍녀는 아이가 자라는 모습을 지켜보면서 신바람 난 여자처럼 일에 몰두했다.

겨울이면 방한복을 껴입고 일했고, 여름이면 모자와 수건으로 머리와 얼굴을 싸매고 일했다. 용접 불똥이 그녀의 팔뚝과 손등에 흠집을 내고 뜨거운 햇볕이 얼굴을 까맣게 그을려놓았다. 신이 준 선물처럼 여전히 속살은 깨끗하고 가슴 또한 젖꼭지가 하늘을 향해 탱글거렸지만 눈가에 조금씩 주름이 잡히는 삶의 흔적을 막을 수는 없었다.

세월은 출근할 때마다 만나는 남한강 물처럼 흘러갔다. 때론 깊게 때론 물속의 돌들을 드러내며 힘겹게 흐르기도 했다. 여홍녀는 남편이 고물을 팔아 갖다준 돈으로 모든 생활비를 충당했다. 마당은 아이와 함께 만들어가는 꽃밭과 갖은 채소를 심은 텃밭으로 풍성했다. 겨울이면 남편이 제철에 난 산나물을 뜯어다 말려놓은 묵나물을 밥상에 올렸다. 쌀만 사고 가끔씩 고기와 생선을 밥상에 올려놓으니 돈 쓸 일이 없었다.

아이는 남편이 산에서 캐다 심은 사랑나무와 벚꽃나무처럼 쑥쑥 커가며 눈부시게 자라났다. 늘 스케치북을 가슴에 껴안고 산과 들과 강을 휘젓고 다니며 그림을 그렸다. 풍경화도 그리고 강 위로 떨어지는 수많은 별들이 춤추고 노래하는 추상화도 그렸다. 5학년이 되자 초등학교 전국미술실기대회에서 대상을 타서 '신이 내린 화가 최하늘 전국미술대회에서 최고상 수상하다'라는 플래카드가 한 달 내내 학교 앞에 나붙었다.

여홍녀는 벅찬 마음을 어쩌지 못해 하루 종일 눈물을 흘려가며 일했다. 그날 자신이 살아 있다는 것에 감사하며 여동생에게 전화했다. 아이가 있다는 것도 말한 적이 없고 청양에서 부유면으로 이사하면서 어머니에게 보내던 돈도 끊었다. 오직 아이를 위해 살 생각으로 몸부림치며 살았지만 기쁜 일이 생기자 가족이 먼저 떠올랐다. 그녀는 칠 년의 세월을 건너 그간의 일을 알리고 딸을 자랑하고 싶었다. 그런데 어머니는 삼 년 전에 폐암으로 돌아가셨다고 했다.

남편에게 어머니의 임종 소식을 알리고 동생과 함께 묘소에 다녀왔다. 무덤 앞에서는 눈물도 나지 않더니 집으로 돌아오는 고속버스 안에서 주체할 수 없이 눈물이 흘렀다. 무엇이 슬픈지 알 수 없었으나 가슴이 찢어질 듯 아프고 서러웠던 시절이 눈물바람으로 온몸을 휘감았다.

그녀는 어머니의 죽음 역시 가난이라는 죄 때문이라고 여겼다. 아버지가 도망간 것도 어머니가 자신의 등짝을 후려친 것도 가난 때문이었고, 폐암 역시 평생 공장을 전전하면서 하루 종일 먼지를 마셔야만 했던 가난 때문이라고 생각했다.

그녀는 몸속에 똬리를 튼 가난과 죽음이 떠오를 때마다 무언가를 준비해둬야 한다는 불안에 사로잡혀 결사적으로 일했다. 아침에 학교 갈 때 보고 저녁때 직장에서 돌아와 잠깐 아이를 껴안으면서 결근 한 번 없이 잔업까지 꼬박꼬박 해가며 돈을 모았다. 공장 생활 삼 년 후부터는 곁눈질로 배워 간단한 것들은 손수 용접했다. 오랫동안 함께 일해온 동료들은 물론 사장까지 혀를 내둘렀다.

어느 날 사장이 지나가는 말로 말했다. 세월이 좋아져 여자 용접공들도 몇 명 생겼다고 하면서 용접 기술 자격증을 따보지 않겠느냐고 했다. 만일 자격증만 딴다면 현재 일당에서 이만 원은 즉시 올려줄 수 있고, 점점 남자들 수준으로 보수가 좋아질 거라고 했다. 여홍녀는 그날부로 남편에게 용접 기능사 책자를 사 오게 해서 공부를 시작했다.

초등학교만 졸업한 여홍녀가 자격증 시험을 통과하는 것은 바늘구멍 같았다. 실기는 현장에서 배우면 그만이지만 문제는 필기시험이었다. 백 점 만점에 육십 점을 맞아야 하는데 그녀는 책 내용조차 이해하지 못했다. 그래도 그녀는 일이 끝나면 남편의 도움을 받아 공부했고 점심시간마다 사장과 기술자들을 쫓아다니며 내용을 깨쳤다. 그녀는 삼 년의 시간을 거쳐 다섯 번의 실패 끝에 합격했다. 그날 사장은 일을 끝내고 식당을 잡아 전체 회식을 하며 여홍녀에게 박수를 보냈다. 대한민국에서 열세 번째 여자 용접공이 태어난 날이었고 그녀의 나이 마흔다섯 살이었다.

최하늘은 중학교까지 부유면에서 다니고 고등학교는 원주에서 다녔다. 학교 문제와 진로 문제는 아버지와 상의해가면서 서울에 있는 미대 응용미술학과를 특기생으로 들어갔다. 기숙사 생활을 하면서 졸업 한 학기를 남겨두곤 파리에 있는 미술대를 교환 학생으로 갔다.

최승주는 타고 다니던 고물차를 버리고 다른 중고 트럭으로 갈아탔다. 여전히 아침에는 텃밭을 돌보면서 가축들 먹이를 주고 낮 시간엔 고물을 주우러 다녔다. 어두워지면 그림을 그리거나 책을 읽었고, 가끔 막걸리를 마시다가 하늘의 별이 쏟아질 것 같으면 어두운 강가를 거닐기도 했다.

더 이상 생의 번잡함이 없기를 바랐다. 하늘이는 선택한 길을 그대로 쫓아가면 될 것 같았고 아내 역시 딸의 앞날을 위해 일하는 것을 행복으로 살면 될 듯싶었다. 일자무식이라 할 수 있는 사람이 사법고시에 붙은 것처럼 대단한 일도 해냈고 그녀의 머릿속을 지배하는 돈 역시 충분히 벌고 있다고 생각했다. 그 돈이 어떻게 쓰이는지 알 수는 없었으나 분명 하늘이를 위해 전부 쓰이고 있을 것이니 그녀가 더 이상 불안하거나 안달하지 않을 거라고 믿었다.

여홍녀 역시 일주일에 한두 번은 잔업을 포기하고 남편과 술잔을 나눴다. 그녀에게 남편은 세상에서 가장 위대하고 고마운 남자였다. 말없이 가만히 있어도 빛이 나는 남자였고 가야 할 길을 열어주는 사람이었다. 체구가 작고 왜소해 보여도 마음은 강처럼 깊고 생각은 산처럼 컸다.

최승주는 술을 마시다가 흥이 나면 아내의 옷을 필요한 만큼 벗겼다. 때론 완전한 나신을 그리기도 하고 때론 양팔을 벌린 채 벽에 붙여 세워서 두 눈을 붉은빛으로 그려 넣기도 했다. 홍조를 띤 진노랑 달이 어둠을 은은하게 밝혀놓는 날이면 아내를 데리고 강가로 나가서 즉흥시를 읊어주며 서로 웃고 껴안다가 사랑이 온몸을 달구면 집으로 돌아와 불사르곤 했다.

불행이 더 이상 달려들 것 같지 않았다. 마을 사람들과 가깝게 지내지는 못해도 인사는 정겹게 나누는 일상이 됐다. 그들은 더 이상 측은한 눈빛을 던지지 않았으며 자신들의 삶에 관여하지도 않았다. 하늘이에게 나쁜 일이 생기지 않기를 걱정처럼 달고 살았지만 서로를 아껴주며 편안한 시절을 보냈다. 바람 부는 대로 흔들거리는 뒷산의 나무들처럼 살기를 바랐다. 그러나 상처 입은 세월이 몸속에서 병으로 자라는 것을 막을 수는 없었다.

무쇠처럼 강단으로 똘똘 뭉쳐 있던 여홍녀가 현장에서 쓰러졌다. 뜨거운 열기가 꼬리뼈 있는 데서 등뼈를 타고 올라와 송곳처럼 머릿속을 쑤시는 것을 느꼈고 눈을 떴을 때는 읍내 병원이었다. 무슨 일인가 싶어 일어나려 하자 남편이 제지했다. 기운이 하나도 없고 뜻 모를 불안감이 온몸을 돌아다녔다.

읍내 병원에서는 원인을 알 수 없으니 큰 병원에서 정밀검사를 받아보라고 했다. 집으로 돌아온 여홍녀는 밤새 뒤척거리다가 새벽에 일어나 아침 식사를 준비했다. 피곤과 불안한 기운이 배 속에 남아 있었지만 견딜 만했다. 그녀는 남편에게 별일 없을 거라고 웃어 보이면서 출근을 서둘렀다. 그런데 버스를 타자마자 알 수 없는 공포가 서서히 생겨나더니 물밀듯이 온몸으로 쳐들어왔다. 그녀는 오 분 동안 간신히 버티다가 면에서 내려 남편에게 전화를 걸었다. 공포심은 조금씩 수그러들었으나 원인 모를 불안감이 뒷덜미를 뜨겁게 달궜다.

최승주는 원주 대학병원 내과에 아내를 입원시켜 뇌까지 CT 촬영을 해봤지만 병의 원인을 들을 수 없었다. 결국 아내의 불안과 공포 증세를 본 의사는 정신과로 진료를 이관해 상담받게 했다. 정신과 의사는 아내에게 잠은 잘 자느냐고 물었다. 아내는 일 년 전부터 잠이 잘 들지 못하더니 아프기 한 달 전부터는 잠을 잔 것 같지 않은 시간을 보냈다고 했다.

의사가 이번 같은 증상이 처음 있었느냐고 묻자 어릴 적 아버지가 돌아오지 않았을 때 등에서 치솟아 오르는 열기를 느꼈고 감당하기 어려운 일이 있을 때마다 그 열기를 다시 느꼈는데 그때마다 정신이 어디론가 사라져버리는 것 같았다고 말했다.

의사는 고개를 끄덕거리며 호르몬 검사를 하더니 수치가

정상인의 삼분의 일도 안 된다고 했다. 폐경기로 인한 여성호르몬 부족 현상으로 몸이 제 기능을 못해서 일어난 병이라고 했다. 아내의 상태가 심해서 호르몬 치료와 정신과 상담 치료를 병행해야 한다고 했다.

보름을 다녔지만 병이 호전되지 않고 심각한 모습만 더 드러냈다. 아내는 시체처럼 누워 끝도 보이지 않는 심연 속에서 죽음을 부르는 우울 증세에 시달렸다. 한순간 자리를 비워 화장실에 갔다 오면 어느 순간 전홧줄로 목을 감기도 했다. 또 어느 날은 멍하니 천장만 바라보며 눈물을 흘리기도 했다.

용하다는 한의원도 찾아가봤다. 그들 대부분은 아내의 오장육부가 노쇠할 대로 쇠했다고 말하며 탕약을 권유했다. 호르몬 약을 끊고 한약을 먹으며 침도 맞아봤다. 하지만 아내의 정신은 더 달아나 어떨 때는 호흡곤란까지 일으켜서 병원 응급실로 들어가 산소호흡기를 꽂아야 했다.

최승주는 온갖 정보를 인터넷에서 찾았지만 병명을 알 수 없었다. 아내는 공황장애와 우울증과 정신분열을 보이면서 그를 혼란에 빠뜨렸다. 그렇게 다섯 달이 지날 무렵 마지막이다 싶은 심정으로 간 한의원에서 아내의 몸이 왼쪽에서 오른쪽으로 깨졌다는 소리를 들었다. 의사는 아내가 오랜 세월 동안 힘겨운 일을 겪어온 사람일 거라고 말했다. 강인한 의지로 몸을 지탱해왔지만 한계를 넘어서면서 병이 밖으로 드러난 것이라고 했다.

그 말을 듣자 아내가 정신과 의사에게 꺼내놓은 이야기가 가슴을 아프게 찔렀다. 그녀는 몸이 힘들어도 전혀 내색하지 않았으며 일 년 동안 불면증에 시달리면서도 한 번도 수면 부족이라는 말을 입에 올리지 않았다. 최승주는 무슨 일이 있더라도 아내의 병을 고쳐주고 싶었다.

한의사에 대한 믿음을 갖고 다시 치료를 시작하기 위해 아내에게 모아놓은 돈이 있으면 내놓으라고 했다. 아내는 소용없는 일이라고 고개를 저었다. 그녀는 귀신이 자신의 몸에 들어온 거라고 했다. 그 귀신이 조금 남은 재산을 다 탕진시키고 자신을 데려갈 거라고 처연하게 웃었다.

최승주는 집 안과 밖을 뒤지기 시작했다. 아무리 뒤져도 예상했던 저금통장은 나오지 않았다. 그는 아내에게 모질게 굴어서라도 돈을 찾을 마음으로 방문을 열었지만 아내가 보이지 않았다. 겁이 덜컥 나서 사방을 뛰어다니며 찾아도 보이지 않았다. 신발도 그대로 있고 옷도 그대로였다. 가슴을 조이는 브래지어를 찰 수 없어 팬티만 입고 이불 속에 누워 있던 그녀였다.

최승주는 밖으로 나가 사방을 훑어봤다. 마을 쪽으로 갔으면 누군가가 봤을 터인데 조용했다. 그는 뒷산으로 뛰어 올라갔다. 야산 꼭대기 강이 내려다보이는 곳에서 아내가 알몸으로 무릎을 꿇고 손발이 닳도록 빌고 있었다. 하느님, 소리가 저절로 나오는 지친 몸을 철퍽철퍽 이끌고 그녀 곁에 다가가 앉았다.

여홍녀는 남편이 옆에 있는 것도 아랑곳없이 아버지 어머니를 불러가며 미안하다고 용서해달라고 빌었다. 때론 원망도 했지만 그건 그때뿐이었다고 말하면서 자신에게만 벌을 주고 하늘이는 당신들의 손녀니 건드리지 말고 행복하게 해달라는 애달픈 주문이었다.

최승주는 아내를 다독이며 집으로 데려왔다. 그녀는 또다시 자신만의 세계로 돌아가 천장만 바라봤다. 공포와 불안에 시달리며 밥도 제대로 못 먹은 몸이 짧은 시간 사이에 시들어가고 있었다. 윤기 있던 살이 빠져나간 몸은 움푹 꺼진 배에 갈비뼈까지 드러냈다. 하늘을 쳐다보던 오만한 젖가슴도 고개를 숙인 채 탄력을 잃어버렸다.

도대체 이런 병도 있나 싶었다. 그는 아내가 아픈 뒤로 잠을 제대로 잔 적이 없었다. 모든 감각은 아내에게 가 있어 바스락거리는 소리만 들려도 눈을 떴다. 그녀가 겪는 상상할 수조차 없는 고통을 헤아리며 잠을 쫓고 온갖 궁리를 거듭해가며 치료법을 찾았다. 밤이 깊어지자 어둠의 귀신이 사정없이 눈꺼풀을 내리눌렀다. 그는 아내의 극단적인 행동을 막기 위해 참담한 심정으로 그녀의 양손을 나일론 끈으로 묶었다. 그리고 자신의 손목에 고리를 만들어 걸고 잠에 취했다.

눈을 떴을 때 아내가 곁에 앉아 있었다. 먼 세상을 들락거리는 그녀의 정신이 돌아와 서글프게 자신을 바라봤다. 그녀는 눈물이 가득 고인 눈살을 떨면서 말했다.

"내가 없으면 당신 어떡해?"

나약한 그녀의 목소리가 온몸에 슬픔을 일으켰다.

"걱정 말아요. 다 좋아질 거야."

"당신은 정말 좋은 사람이에요."

그녀는 통장 여덟 개를 내밀었다. 한 개는 적금 통장이었고 나머지는 모두 생명보험 통장이었다.

"웬 생명보험을 이렇게 많이 들었어요?"

"나 죽으면 우리 딸 어떡해요? 무서울 때마다 하나씩 들어 놓은 거예요. 돈 없어서 우리 딸 고생시키면 안 되잖아요."

"당신이 왜 죽어? 당신 병은 반드시 나을 거야."

최승주는 아내가 건네준 통장을 내려놓고 그녀를 껴안았다. 그녀가 안쓰러워 그녀의 몸을 파고들었다. 말라버린 몸이 애처롭게 느껴졌지만 사랑으로 그녀의 마음을 회생시키고 싶었다. 그 마음이 욕정으로 타올라 그녀의 온몸에 쏟아부어졌다.

보험 통장은 젖혀두고 적금 통장을 봤다. 통장에는 이천백사만 원이 찍혀 있었다. 최승주는 아내에게 이번 한의사는 믿을 만하다고 여러 차례 강조했다. 그는 한의원이 있는 곳에 여관방을 잡고 치료를 해보면 반드시 좋은 결과가 있을 거라고 말했다.

여홍녀는 웃었다. 아주 오랜만에 보는 그녀의 웃음에 남편은 기운이 솟았다. 그는 아내를 데리고 한의원으로 곧장 떠나고 싶었으나 아내는 집 안 단속을 해놓아야 한다며 다음 날로 미뤘다. 구석구석 지저분한 것들을 말끔히 치우고 옷장 속의 철 지난 옷들도 서랍 속에 잘 정돈해두었다. 딸과 남편이 그려놓은 그림들 중 마음에 드는 것을 모아 방에다 붙여놓았다.

최승주는 다시 한 번 그녀가 생의 기운을 끌어올린다고 믿었다. 그 역시 마당의 잡풀을 제거하고 멍멍이와 닭을 보살피며 집 안의 생기를 되살리려 애썼다. 한 줄기 희망의 빛을 가슴에 품은 채 잠이 들었다가 새벽녘에 눈을 떴을 때 아내가 보이지 않았다. 그는 아내를 부르며 방과 부엌을 뒤져보다가 화장실 문을 열었다. 아내가 변기 위에 앉아 조는 듯 고개를 숙이고 있었다. 그가 잘 잤느냐고 물으며 아내에게 다가갔다. 대답이 없어 여보, 하고 그녀의 얼굴을 들어 올렸지만 '툭' 하고 다시 떨어졌다.

여홍녀는 변기에 한 무더기 똥을 싸놓은 채 말이 없었다. 최승주는 화장실 바닥에 털썩 주저앉았다. 화장실 안에 후텁지근하게 남아 있던 생의 열기가 열린 문을 통해 바람처럼 빠져나갔다. 그는 덜덜 떨리는 두 손으로 아내의 얼굴을 들어 올렸다. 스물다섯 해를 같이 살면서 처음 보는 편안한 얼굴이 자신을 바라보고 있었다. 여홍녀의 나이 쉰다섯 살 때였다.

여홍녀의 최종 사망 원인은 '자율신경 실조증'으로 인한 '뇌일혈'로 밝혀졌다. 하지만 부유면 사람들은 미심쩍은 눈길을 거두지 않았다. 그들은 뭔가가 분명히 있을 거라고 했다. 그렇지 않고서야 그렇게 많은 보험을 들어놓았을 리가 절대 없다며 '지독한 년!'이라고 여전히 수군거렸다.

최승주는 아내의 유해 반을 집 뒤 은행나무 밑에 묻고 나머지 반은 붉은빛이 감도는 달빛 흐르는 남한강 강물 위에 흘려보냈다. 그녀는 갔지만 그녀의 체취는 집 안 구석구석에 배어 슬프게 반짝거렸다. 그는 생전에 더 많이 그녀의 눈물을 닦아주지 못한 것을 자책하며 두문불출하고 술만 마셨다.

날이 추워지면서 강물은 더 푸르러졌다. 산속의 나무들도 헐벗은 몸을 차갑게 드러내며 얼어붙고 있었다. 꽃도 나무 이름도 잃어버린 채 순식간에 산이 늙어가고 있었다. 며칠 전부터 부유면 하늘 위를 맴돌던 길 잃은 흰 새 한 마리가 그 산으로 날아가 자취를 감춰버렸다.

* 본문 중 "꽃도 나무 이름도 잃어버린"이라는 문장은 고(故) 박영근의 시 「늙은 산」에서 차용한 것임을 밝힙니다.

폐허를 보다

심연처럼 깊이 가라앉은 어둠 속에서 한 여자가 굴뚝 위로 올라가고 있다. 키가 작고 바짝 마른 몸은 물기 잃은 풀처럼 위태로워 보인다. 굴뚝에 박힌 디딤쇠를 한 칸 한 칸 올라설 때마다 그녀의 단발머리가 어깨 위에서 출렁거린다.

공장 지붕이 그녀의 발밑에 드넓게 펼쳐져 있다. 날이 밝으면 수많은 노동자들을 빨아들이기 위해 깊은 휴식을 취하는 듯하다. 파수꾼 같은 불빛들도 사방 곳곳을 밝히며 끝없이 이어져 있다. 을씨년스러운 적막감이 공장 하늘을 뒤덮었다.

오만하게 하늘을 찌른 굴뚝 위로 올라갈수록 바람은 거세졌다. 거대한 공장 담벼락을 끼고 바다로 흘러가는 강물 위에서 불어온 바람이 여름밤을 서늘하게 식혀놓았다. 바람결에 그녀의 머리칼이 헝클어지며 뺨을 쳐댔고 원피스도 둘둘 말렸다. 초점을 잃고 무엇인가에 사로잡혀 거침없이 공장 굴뚝을 오르던 그녀의 발길이 멈췄다.

"죽은 놈만 병신이지."

술로 세월을 보내던 승자 남편은 오 년 전 승용차를 끌고 바다에 몸을 던졌다. 오 년의 세월 탓일까, 험악한 말을 뱉어내고도 그녀의 표정은 무덤덤했다. 단물을 빼먹고 지겹도록 씹던 껌을 뱉어낼 때처럼 목소리에도 거침이 없었다.

나도 그러지 않았던가.

정희는 남편의 모습이 떠올라 눈을 감고 디딤쇠를 힘껏 잡았다. 한 번도 남편의 마음을 제대로 헤아려보지 못한 죄책감이 밀려들어 울컥했다. 발밑에선 수많은 탄식이 비명처럼 올라왔다. 정문 앞에서 공장을 태워버릴 것 같은 불길이 검은 연기를 피워 올리던 모습도 생생했다. 그 불길 사이로 눈물을 뚝뚝 흘리던 자신의 모습도 보였다. 그녀는 번져드는 슬픔을 추스르며 굴뚝을 다시 오르기 시작했다. 바람이 그녀를 떠밀고 습한 기운이 그녀의 몸을 휘감았지만 수많은 사람들의 눈물이 그녀 몸속으로 들어와 온몸을 뜨겁게 달궜다.

남편을 두 번 죽일 순 없어!

굴뚝을 오르기 시작한 순간부터 온통 머릿속을 떠다니던 소리가 다시 들려왔다.

궁핍한 삶은 슬퍼할 시간도 주지 않았다. 삼 년 전 남편이 죽었을 때 장례를 치르고 정희는 보름 동안 집 안에서만 지냈다. 고통스럽게 죽어간 남편의 모습이 집 안 곳곳은 물론 마당에서까지 그녀를 불렀다. 먹지도 못하고 점점 가늘어지던 남편의 숨소리가 귀에 남아 떠나지 않았다. 불쌍하고 애처로워서 그가 남긴 일기장과 앨범을 수없이 들여다보며 눈물을 떨구다 오열하기도 했다.

"미안하다."

남편이 생의 마지막 숨결과 함께 그녀에게 남긴 말이었다. 숨이 뚝뚝 끊기기 시작하면서 남편은 눈도 못 뜨고 속죄하듯 그 말만 힘겹게 되풀이했다.

"뭐가 미안해. 당신 때문에 나도 행복했어. 그러니까 미안해하지 마."

정희는 남편의 머리칼과 뼈마디만 남은 몸을 어루만지며 힘겨워하는 그를 품어주었다. 그래도 그는 그 말을 되풀이했고 마지막까지 입술을 달싹거리다가 그녀의 품에 안긴 채 이승에서의 삶을 마감했다.

울산을 떠나지 않았더라면.

남편을 그리워하는 마음은 시간이 갈수록 회한을 불러왔다. 자식 둘을 데리고 살아갈 세월도 아득한 두려움을 몰고 왔다. 불면의 시간들이 머릿속에 환한 불을 켜놓고 생각의 파도를 일으키며 떠다녔다. 남편의 결단을 거스를 수 없어 평생직장으로 믿었던 자동차 공장을 떠난 것이 남편에 대한 원망으로 변해 그녀를 괴롭혔다. 지나간 세월이 가시처럼 혓바늘로 돋아서 아이들만 밥을 먹여 학교를 보내놓곤 방구석에 처박혔다.

그때 방문을 열고 찾아온 사람이 덕주 언니였다. 아랫집에 사는 그녀는 도닥거리며 말했다.

"나이 마흔에 혼자 될 때 죽을 것만 같았네. 자식들 걱정에 악착같이 살자고 했지. 시간이 지나면 다 괜찮아지네."

삼십여 가구가 모여 사는 덕산 마을에 들어왔을 때 가장 먼저 반겨준 사람도 덕주 언니였다. 환한 웃음을 지으며 나타난 그녀는 남편 혼자 짐 나르는 것을 안쓰럽게 여기고 이장을 불렀다. 이장은 남자 두 명을 데리고 와서 짐 부리는 것은 물론 집 주위의 잡풀까지 낫으로 정리해주었다. 일이 다 끝나갈 무렵엔 돼지고기 두 근에 막걸리 서너 병까지 사 와서 술을 뿌리며 잡신을 쫓고 잘 살라는 덕담까지 건네주었다.

덕주 언니는 폐가로 버려진 집이 깨끗해졌다고 좋아했다. 정희의 어깨를 툭툭 치며 젊은 이웃이 생겨서 든든하다고도 했다. 작은 키에 통통한 체구인 그녀는 몸빼를 입고 "받으시오, 받으시오" 너스레를 떨면서 남편과 다른 사람들의 빈 잔에 막걸리를 채웠다. 정희는 낯선 곳으로 들어온 불안감을 떨치며 덕주 언니의 흥겨운 어깨춤과 신바람을 일으키듯 씰룩

거리는 엉덩이를 보며 마음껏 웃고 즐거워했다.

"바쁘게 살아. 그러다 보면 다 지나가네."

덕주 언니는 산 사람은 살아야 한다며 우울한 기운에 사로잡혀 옴짝달싹도 하지 못하는 정희를 공장으로 끌고 갔다. 낯선 공장에서 낯선 도구를 들고 일을 배우면서 그녀는 남편을 잃은 그늘에서 차차 벗어났다.

삼 년 가까이 공장 생활을 하면서 새롭게 마주한 삶의 현실을 받아들였다. 자식 둘을 위해서라도 열심히 살아야 한다는 욕구도 넘쳐났다. 그런데 덕주 언니의 눈에서 눈물이 터져 나왔다. 그녀의 울음소리는 격분을 넘어 비통함으로 얼룩졌다. 그 눈물만 보지 않았더라면 울산 가는 막차는 타지 않았을 것이다.

버스가 경주로 들어서자 창밖에 불빛이 몇 점씩 나타났다 사라지기를 반복했다. 시커먼 어둠이 꽉 들어찬 차창 너머로 덕주 언니의 눈물을 밟으며 사장이 나타났다. 양 볼 밑으로 주머니처럼 축 처진 살을 매단 사장은 매의 눈으로 현장을 둘러보았다. 아주머니들의 수다와 웃음소리가 만발하던 현장은 냉기가 도는 침묵으로 가라앉았다.

아주머니들 셋이서 감자를 썰었다. 멕시코에서 수입한 막대감자를 손톱만 한 크기로 잘게 잘랐다. 중국에서 온 조선족 남자가 기계를 돌려 반죽을 치면 다른 한쪽에선 아주머니 한 사람이 프레스에 소시지를 올려놓고 한 번에 열 개씩 막대를 끼웠다. 5센티미터 간격으로 스프링이 달린 벨트컨베이어가 배수로처럼 스테인리스로 만들어놓은 뜨거운 기름통 위에서 돌아갔다. 소시지와 감자 그리고 반죽이 기름통 옆 스테인리스 탁자 위에 올려지면 기름통 양쪽에 두 명이 한 조로 서서 핫도그를 만들어냈다. 아주머니들은 소시지를 들고 반죽에 담갔다 감자를 입혔다. 감자가 떨어지지 않게 손으로 살살 반죽 속으로 집어넣어 스프링에 막대를 꽂았다. 벨트컨베이어를 타고 기름 속을 삼 분 정도 지나가면 노랗게 튀겨져 윤기가 도는 핫도그가 만들어지는데, 다 익은 핫도그가 자동으로 철판 위에 떨어지면 그걸 쟁반에 담아서 밀차에 차곡차곡 꽂아 급속 냉동실에 넣었다 포장하면 제품이 완성된다.

사장은 한 시간 거리에 있는 또 다른 공장에서 찐빵을 만들었다. 핫도그와 감자떡을 만드는 공장은 제2공장이었다. 그는 사흘에 한 번 정도 와서 현장을 살폈다. 생산량 목표는 아홉 시간 동안 만 개를 만들어내는 것이었다. 평균 7,000개를 만들다가 최근 9,000개까지 만들어내자 만 개도 만들어낼 수 있다고 다그쳤다.

“이봐요, 뒤쪽에서 나오는 거 중량 좀 재봐.”

사장은 핫도그를 만드는 아주머니들을 유심히 지켜보다가 초로의 작업자에게 지시했다.

"조금 많이 나가는데요."

"몇 그람 나가요?"

"75그람 나가는데요?"

"거봐, 아주머니. 밀가루를 너무 묻혀! 50그람짜릴 75그람으로 만들면 우린 뭘 먹고 장사하나? 하, 이거 참! 다시 좀 잘 해봐요!"

50그램짜리 핫도그는 60에서 70그램으로 만들어야 한다. 냉동실에 들어가 수축되는 것을 고려한 그램 수다. 덕주 언니의 얼굴이 붉어졌다. 사장은 저울이 있는 곳으로 가서 덕주 언니가 만들어내는 핫도그를 계속해서 달아봤다.

"아주머니, 이리 나와요. 공장장! 공장장!"

감자떡실에 있던 공장장이 허겁지겁 달려왔다.

"현장 관리를 어떻게 하는 거야? 저 아주머니 다른 일 시켜. 아니, 청소나 하라고 해!"

쇠를 긁는 듯한 사장의 목소리가 평균 나이 예순이 넘는 아주머니들을 위축시켰다. 그네들은 입을 꾹 다물고 침통한 표정으로 소시지를 반죽에 찔러 넣었다. 사장은 핫도그실을 걸어 나가다가 돌아서 소리쳤다.

"나이가 많아서 그런 거 같으니까 그냥 집에 가시라고 해!"

사장은 말끝에 '에이!', 하고 혀를 차며 사무실로 향했다. 아무도 입을 열지 않았다. 반죽 돌리는 기계 소리와 프레스 찍는 소리만 쿵쾅거렸다.

"아니, 왜 또 저러는 거야? 신경 쓰지 마시고 일하세요. 사장 저러는 거 많이 봤잖아요."

공장장이 현장 분위기를 바꾸려고 했지만 아무도 그를 쳐다보지 않았다. 점심시간이 되자 사람들은 덕주 언니를 위로했다. 사장이 한 번씩 현장을 뒤집어놓는 일이 어제오늘의 일은 아니지 않느냐고. 덕주 언니는 푸념처럼 똑같은 말만 되풀이했다. 나이 많아 내쫓겠다는데 나가면 되지 않느냐고. 그녀는 하루 종일 주름진 얼굴 위에 슬픈 그림자를 올려놓았다.

퇴근 후 아주머니들은 덕주 언니를 위로하기 위해 모두 음식점으로 갔다. 술과 안주를 시켜놓고 사장을 성토했다. 사장이 자기들을 머슴 취급한다고 억울해했다. 모두들 집에서는 귀한 사람인데 공장만 오면 짐승처럼 취급받는다고 화를 냈다. 악질 중에 악질이라고 '개자식!'이라는 욕설도 퍼부었다.

"사장이 개자식이면 우린 개자식의 종이여! 기분 풀고 술이나 마시자고."

덕주 언니는 사람들에게 술을 권하며 애써 웃음을 흘렸다. 사람들은 덕주 언니가 활기를 찾아가는 모습을 보자 덩달아 기뻐했다. 하지만 그 시간은 그리 오래가지 못했다. 어깨춤을 추며 노래를 부르던 덕주 언니가 철퍼덕 주저앉아 흐느꼈다.

"언니, 울지 마세요."

정희는 덕주 언니의 눈물을 보자 가슴이 미어졌다. 사장이 덕주 언니에게 막말을 할 때도 가슴이 콱 막히고 눈물이 핑 돌았다. 그녀에게 덕주 언니는 어머니와 같은 존재였다. 힘들 때마다 자신을 일으켜 세워주고 어머니처럼 보듬어주는 사람이었다.

"죽을 나이가 됐나벼."

덕주 언니는 울음을 참으려고 정희가 건네준 휴지로 눈물을 닦고 코도 풀었지만 밀려오는 설움을 막을 수가 없었다.

"내가 여기서 칠 년을 일했는데, 정말 이럴 수가 있는가?"

덕주 언니는 남편이 죽고 여러 공장을 떠돌았다. 마지막으로 카드 만드는 공장을 다니다가 나이가 많다고 쫓겨난 뒤 들어온 곳이 핫도그 공장이었다. 식품 회사들은 나이 든 아주머니들의 손재주를 선호했고, 값싼 임금으로 부릴 수 있어서 마다하지 않았다.

"이제 여기서 쫓겨나면 무덤으로 가야것지."

덕주 언니는 터져 나오는 울음소리를 삼키며 애끓는 신음을 꺼이꺼이 내뱉었다. 그 소리가 정희의 가슴을 찢어놓았고 아주머니들의 눈에서 눈물을 쏟게 했다. 대부분 예순이 넘은 아주머니들은 덕주 언니의 일이 자기 일처럼 받아들여졌다. 그네들은 평균 근속 연수가 삼 년이 넘는다. 이 공장 저 공장을 떠돌거나 밭일을 다니다가 들어온 사람들이었다.

논에 모를 꽂는 것처럼 단순노동은 멀리서 보면 풍경이지만 하루 종일 일하는 사람에게는 고되고 지겨운 작업이다. 소시지를 꽂았다가 꺼낼 때 반죽을 일정한 양으로 떨어내느라 어깨를 종일 흔들다 보면 팔꿈치와 어깨에 무리가 온다. 병원에 가서 통증 가라앉히는 주사를 맞아가며 일하는데 덕주 언니는 더 이상 주사의 효과도 바랄 수 없을 만큼 상해버려 한의원에 가서 침을 맞으며 일했다.

"언니들, 이 일은 그냥 넘겨선 안 될 거 같아요. 우리가 돈을 더 달라는 것도 아니고 작업 환경을 개선해달라는 것도 아니잖아요. 휴식 시간도 없애고 두 시간마다 교대로 화장실만 갔다 오라고 해도 아무런 항의도 안 했잖아요. 해고는 사장 맘대로 하는 게 아니에요. 자기보다 나이가 많은 사람들에게 함부로 대하는 거 더 이상 못 보겠어요. 최소한 인격은 존중해줘야 하잖아요. 이건 사과를 받아야 해요. 안 그러면 언니들도 그런 무시를 당할 거예요. 지난번 명자 언니도 당했잖아요. 감자떡 모양 제대로 못 낸다고 다른 일 시키라고."

정희는 하루 종일 억누르고 있던 말을 꺼내놓았다. 열두 명의 아주머니들은 그녀의 말에 동조했지만 무엇을 할 수 있는지를 몰라 수군거렸다. 사장에게 사과받는다는 말이 태산을 넘는 것처럼 어렵게 여겨졌다.

"핫도그 내일 안 만들면 당장 납품할 물량 없는 거 아시죠?

감자떡도 재고 하나도 없는 거 아시죠?"

핫도그는 학교 급식으로 납품되거나 고속도로 휴게소나 식품 유통 회사로 나가 소매점으로 판매되었다. 공장에서 만들어내는 물량이 한정돼 기계를 한 대 더 늘리려는 중이었다.

"사장한테 덕주 언니에게 사과하고 최소한 인격적인 대우를 해달라고 해야죠."

"그 인간이 잘도 그렇게 하겠다. 택도 없어."

"하게 만들어야죠. 그렇게 안 하면 우리도 내일 출근을 안 한다고 해봐요. 그럼 사장도 고민할걸요? 당장 물건을 만들지 못하면 납품을 못하는데, 가만있겠어요?"

"싸우자는 얘기네?"

"그럼 싸우지 않고 그놈이 고분고분 우리 얘기 들어주겠어?"

아주머니들이 한마디씩 꺼내놓았다.

"돈 더 달라는 것도 아니고 인격적인 대우를 해달라는 건데, 사장이 손해 보는 것도 아니잖아요?"

"그래요, 한번 해봐요. 여기 그만둔다고 당장 굶어 죽는 거 아니잖아요? 좀 더 있으면 씨팔년이란 소릴 들을까 봐 겁나네요."

덕주 언니와 나이가 같은 왕언니가 구석에서 조용조용 말하자 아주머니들이 깔깔거리며 웃었다. 입술에 빨간 립스틱을 꽃처럼 그리고 다니는 그녀는 '천상 여자'라는 말을 들으며 아주머니들의 신뢰와 사랑을 듬뿍 받고 있었다.

"왜 웃어요? 사장 걸어 다닐 때 얼굴 봐봐요. 머리 위에서 씩씩거리며 김을 내뿜는다니까. 어휴 무서워라. 씨팔년만 하면 다행이지."

또다시 씨팔년이란 소리가 나오자 아주머니들이 박장대소했다.

"그려, 우리도 많이 참은 거여. 사람들 다 보는 데서 면전에 대고 그렇게 말하면 안 되지. 그럼 어떻게 했으면 좋겠남?"

순남 씨였다. 그녀는 일하다가도 뜬금없는 말을 던져 사람들을 웃게 만들었다. 졸음이 오면 괴성을 지르며 하품을 쩍쩍 해대고 속이 허전하면 핫도그에서 떨어져 나온 감자 부스러기를 한 주먹씩 입에 털어 넣기도 했다. 똥마려우면 똥마렵다고 소리치면서 일하다 말고 화장실도 자주 들락거렸다. CCTV를 통해 스마트폰으로 현장을 시시때때로 들여다보는 사장에게 여러 번 지적을 당해도 그녀는 개의치 않았다. 덩치도 좋고 넉살도 좋아 사람들은 그녀를 팔계 언니라고 불렀다.

"옥순이! 너 배신하고 일하러 나오면 죽는겨!"

"아, 언니 왜 나보러 그래? 사장 놈 올 때 뱀이나 두어 마리 잡아다가 현장에 뿌려버릴까 생각하는데!"

옥순이는 공장과 붙어 있는 산 밑에 작은 텃밭을 만들어 온갖 채소를 심어 먹는다. 봄이 시작되면 그녀는 새벽 첫차를 타고 공장에 와서 텃밭을 일구고 씨를 뿌린다. 일하다가 뱀이 나오면 독사도 무서워하지 않고 돌로 짓이겨 죽인다. 일하다가 현장에 쥐가 나타나서 모두들 비명을 지르며 도망갈 때도 눈에 불을 켜고 쫓아가 장화 신은 발로 짓누르곤 했다.

그렇게 드센 그녀도 젊은 날 남편의 폭행에 시달리며 한 세월 살다가 이제는 병든 남편을 등에 지고 힘겹게 살아간다. 그래서 그녀는 쉬는 날이 없다. 잔업이 없으면 걱정하고 일요일 특근이 생기면 얼굴에 화색이 돈다. 그녀에게 직장은 목숨줄과 다름이 없었다.

몇 년을 같이 일하면서 서로를 잘 아는 그네들은 공장장을 통해 자신들의 의사를 사장에게 전달하기로 했다. 그 일이 정희에게 맡겨졌다. 정희는 아주머니들의 의견을 모아 공장장에게 전화했다. 그네들은 불안과 초조함과 기대감으로 정희의 말 한마디 한마디에 귀를 기울였다. 그녀는 이번 일에 대해 사장이 사과해야 하며, 인격을 무시하는 일이 다시는 일어나지 않도록 약속해줘야 내일 출근할 수 있다고 전했다. 사장이 직접 하기 어려우면 공장장을 통해 전해도 괜찮다고 했다.

"젊음이 좋긴 좋구먼. 말도 어쩌면 저렇게 또박또박 잘하냐. 멋져부러. 자, 이제부턴 기다리면 됩니다아. 덕주 언니도 눈물 뚝 그쳤네? 울다 웃으면 똥구녕에 털 난다고 했는디?"

순남 씨의 넉살이 사람들의 긴장을 풀고 웃음을 불러왔다. 그네들은 다시 음식에 손을 대고 술도 몇 잔씩 돌렸다. 모두들 사장이 사과 안 할 수 없을 거라고 이야기했다. 그네들이 손을 놓으면 현장엔 아홉 명이 남는다. 포장반 아저씨는 생산을 할 줄 모르고, 반죽사와 반죽사 부인 그리고 인도에서 온 부부와 태국에서 온 불법체류자 두 명이 있었다. 그중에서 여자 셋만 생산을 할 줄 아는데 그들 가지고는 절대 생산 라인을 돌릴 수 없다고 믿었다.

시간은 초조하게 흘렀다. 애써 시계를 보지 않고 말꼬리를 잡으며 수다를 떨었지만 걱정스러운 마음을 내려놓을 순 없었다. 한 시간쯤 지났을 때 뜻밖에도 공장장이 술집에 직접 나타났다. 그는 아주머니들이 어떻게 됐느냐고 묻는 말을 귓등으로 들어 넘기며 들고 온 서류 봉투에서 종이를 꺼내 한 장씩 나눠 줬다.

각서

1. 회사에 대한 불만 불평을 늘어놓으며 작업장 분위기를 해치는 사람은 퇴사 조치한다(단, 건의 사항은 괜찮다).

2. 현장에서 잡담을 하다가 세 번 이상 지적받는 사람은 퇴사 조치한다.

3. 이유 없이 결근을 세 번 이상 하거나 조퇴를 자주 하는 사람은 퇴사 조치한다.
4. 상급자의 지시에 따르지 않고 회사 기강을 흩뜨리는 자는 퇴사 조치한다.

공장장은 각서를 읽어주고 나서 다음 날 출근할 때 사인을 한 사람만 공장에 들어올 수 있다는 말을 덧붙였다. 아주머니들은 어이없다는 표정으로 멍하니 서로를 쳐다보았다.

버스는 울산에 도착했다. 남편이 죽고 마음이 힘들면 일 년에 두세 번 정도 선경 언니를 찾아왔다. 울산 터미널에 발을 내디딜 때마다 자신도 모르게 바라보던 '셸부르의 우산'이라는 레스토랑. 남편이 옆에 없듯 그곳도 이제는 없다. 하지만 그쪽을 쳐다볼 때마다 남편의 목소리가 귓전으로 스며들었다.

"울산 공기는 답답하고 더러운데 정희 씨랑 있으면 달콤하네요."

유치하기 짝이 없는 그 소리가 당시에는 얼마나 훈훈하던지. 돌아보면 그와의 인연이 시작된 것은 그날 새벽 악수로부터였다. 그 악수만 하지 않았더라면. 추억으로 잠겨 있던 기억이 그녀의 애잔해진 눈가로 번져들었다.

정희가 이해민을 처음 만난 것은 부산에서 출판사를 다닐 때였다. 울산에 살던 선경이 편집장인 선배를 만나러 자주 사무실에 들렀다. 그때마다 선경은 정희와 잘 어울릴 것 같은 사람이 자동차 공장에 있는데 소개해주고 싶다고 했다. 어느 날 두 언니가 날을 잡아서 정희를 선경네 집으로 초대했다.

선경의 집엔 이미 건장한 자동차 노동자들 다섯 명이 앉아 있었다. 그들 중에 딱 한 명이 사복을 입고 있었는데 키가 제일 작고 몸도 호리호리했다. 얼굴이 하얗고 눈도 작고 주근깨가 눈 밑에 깨알처럼 박혀 있었다. 정희는 그가 이해민이라는 말을 듣고 관심을 기울였다. 하지만 밤늦도록 이어진 술자리에서도 그는 별말을 하지 않았고 특별히 주목할 만한 뭔가를 보여주지 않았다.

도대체 언니들은 왜 그를 멋진 사람이라고 했을까? 괜찮은 구석이 하나도 없는 거 같은데.

그녀는 실망해서 잠이 들었고 새벽에 일어나자마자 선경에게 인사하고 집을 나서려고 했다. 선경은 잠깐 기다리라고 하더니 이해민을 깨워 버스 정류장까지 배웅하라고 시켰다. 정희는 해민의 배웅이 불편했지만 거절할 수 없었다.

해민은 버스 정류장까지 가는 동안에도 별말이 없었다. 정희는 버스 정류장에 다다르자 버스가 빨리 오기만을 안달하며 기다렸다. 다행히 오 분도 안 돼서 버스가 오는 게 보여 고마운 마음에 반가웠다며 해민에게 손을 내밀었다.

그게 화근이었다. 해민은 그녀가 청한 악수를 관심이 있다는 뜻으로 해석하고 일주일 후 느닷없이 전화를 걸어 부산으로 오겠다고 했다. 정희는 좌불안석이 되어 편집장 언니에게 발을 동동 구르며 하소연했다.

"언니 어떡해, 해민 씨가 여길 온대."

"만나면 되지 뭘 그래? 니가 마음에 들었나 보다."

"난 싫다니까. 정말 내 스타일 아니라니까!"

"그럼, 오지 말라고 해."

"어떻게 그래? 나 미치겠다, 언니!"

정희는 할 수 없이 부산대학교 근처에 있는 '황태자의 첫사랑'이라는 레스토랑에서 해민을 만났다. 그런데 해민은 일주일 전에 본 그 해민이 아니었다. 말이 없던 그가 말을 쏟아냈고 웃지도 않던 그가 웃음을 활짝 열어 보였다. 말 속에 재치와 유머가 넘쳤고 웃음 또한 소년처럼 맑고 깨끗했다. 정희는 그의 입담에 흡수돼 탄성과 웃음을 터뜨리며 즐거워했다.

"처음 여자를 만나는 거라 어떻게 해야 할지 모르겠더라고요. 일주일 동안 고민하다 그냥 나를 보여주자고 생각했어요."

해민은 태어나서 처음으로 여자와 마주 앉아 얘기해보는 거라고 했다. 그 말을 하면서 쑥스러운 웃음을 짓던 해민. 그때 울산을 떠나지 않았더라면. 아니 남편의 결단을 막았어야 했는데. 돌아보면 온통 후회와 원망만 남아 있는 기억들.

정희는 터미널에서 택시를 타고 선경의 집 앞에 내리며 현실로 돌아왔다. 아파트 문이 열리자 선경의 뒤에서 승자가 "언니!" 하며 달려왔다.

"승자야, 니도 왔네. 이게 얼마 만이노. 정말 반갑다!"

가슴으로 파고드는 승자를 껴안고 두 사람은 몸을 흔들었다. 몸에서 몸으로 전해지는 따뜻한 기운을 느끼며 정희는 눈시울을 붉혔다. 승자 남편이 죽었다는 소식을 해민이 죽고 난 뒤에야 알고 한동안 마음 아파했다. 칠성은 해민이 누구보다도 소중히 여기던 동생이었다.

"오늘 멋진 동생 한 명 얻었다."

술을 거의 못하는 해민이 붉어진 얼굴로 들어와 기분 좋게 말했다. 소주 세 잔을 마셨다는 말에 무슨 일인가 싶어 물었다. 남편은 대답 대신 호쾌하게 웃었다.

노조 간부 중에 한 사람이 지역 건달들의 협박 때문에 조합에 들어오는 물품을 그들이 납품하도록 서류를 조작했다. 그 사실을 알게 된 해민이 간부를 질책했다. 위원장까지 알면 불신만 더해질 테니 납품 승인을 철회하고 공개 입찰하라고 권고한 것이다. 그러자 며칠 뒤 점심시간에 노동조합 위원장실로 두 놈이 쳐들어왔다. 한 놈은 도끼를 들고 또 한 놈은 횟집에서나 쓰는 날카로운 칼을 입에 물고 들어와 위원장을 협박했다. 지역 건달들과 연결된 비조합원들이었다.

"당신이 납품 승인 철회를 시킨겨?"

해민에게 사건 경위를 들어서 알고 있던 위원장이 황당해하며 의자에서 일어났다. 입에 칼을 문 칠성이 잽싸게 위원장을 향해 던졌다. 칼은 위원장 얼굴 옆을 지나 벽에 부딪혀 떨어졌다.

"뭣들 하는 겁니까?"

도끼를 들고 위원장실로 두 사람이 들어갔다는 소리를 듣고 이해민이 달려왔다.

"오늘 피 좀 봐야 쓰것네."

180이 넘는 큰 키에 다부진 몸을 흔들며 칠성이 비웃음을 흘렸다. 그러자 체구도 작은 이해민이 더 크게 웃었다.

"이 사람들 봐라, 우릴 협박하러 온 거요? 허허, 당신들 우리가 누군지 몰라? 당신들은 돈 몇 푼 때문에 칼 자랑을 하지만 우린 자동차 자본이라는 막강한 권력과 싸워온 사람들이야. 그깟 칼이 무서우면 우리 조합운동 안 해."

이해민은 위원장 옆으로 다가가 떨어진 칼을 주웠다. 그는 칼끝을 잡고 칠성에게 다가갔다.

"받아요. 이 칼로 찔러서 납품 문제가 해결될 거라고 믿으면 나를 찌르고 위원장을 찔러요. 한 가지 물어봅시다. 위원장이나 노조 간부가 돈 좀 챙기고 만지게 되는 자리라고 믿고 있지요?"

"당근이지."

"당근 아니거든!"

이해민이 그의 눈을 뚫어지게 보며 목소리에 날을 세웠다.

"더러운 눈으로 세상을 보니까 모든 게 더럽게 보이겠지. 잘 들어요. 우린 조합을 통해 당신같이 파렴치한 비조합원까지 정당한 대우를 받게 하려는 겁니다. 당신들이 이제까지 본 노동조합이 어쨌든 간에 우린 조합을 더럽게 만들려는 사람들을 앞으로도 그냥 보고 있지 않을 거요. 그러니 위원장님에게 사과해요. 만일 사과하지 않으면 그 칼에 찔려도 당신들과 저 밖의 건달들까지 가만두지 않을 겁니다. 내 목을 걸고 약속하죠. 사과해요!"

금방이라도 뭔 일이 일어날 것 같은 살벌한 기운이 위원장실에 가득 찼다.

"완전 똥 밟았네. 칠성이 형 갑시다!"

"가만있어."

기가 죽은 만서의 말을 자르며 칠성은 이해민을 뚫어지게 쳐다보았다.

"근데 몇 살이슈?"

"스물일곱."

"형님이네? 근데 그런 조합 정말 만들 거요?"

"만들 거요."

"야, 배짱 좋네. 싸움 많이 해봤지만 칼 앞에서 눈빛 흔들리지 않는 사람 처음 봤소. 무슨 깡다구요?"

"신념!"

"신념?"

칠성은 읊조리듯 신념이란 말을 되풀이해서 씹으며 해민의 눈을 응시했다. 위원장실 밖에서는 소식을 듣고 달려온 조합원들을 만서가 도끼를 휘두르며 막고 있었다. 칠성은 한 발 뒤로 물러서 만서에게 칼을 넘겨주었다. 그의 눈빛이 해민의 눈에서 벗어나 허공으로 가서 박혔다. 흐릿한 초점으로 잠시 생각에 잠긴 듯하더니 위원장 앞으로 뚜벅뚜벅 걸어갔다.

그는 아무 말 없이 위원장을 향해 허리를 90도로 꺾었다. 해민의 눈빛이 뜨겁게 빛났다. 그는 칠성에게 다가가 손을 내밀었다. 칠성은 커다란 손으로 그 손을 힘 있게 움켜잡으며 웃었다. 그날 저녁 네 사람은 술집에서 다시 만나 조합 가입을 약속하고 칠성은 해민을 형님으로 모셨다.

칠성은 시간만 나면 해민을 따라다녔다. 해민은 책을 못 보겠다는 칠성에게 말로 노동조합과 노동운동을 설명해가며 그의 머릿속을 흔들었다. 그런 그가 이해민이 죽기 두 해 전에 아들 하나를 남긴 채 바닷물 속에서 승용차와 함께 발견됐다.

"복도 더럽게 없는 년이라니까!"

승자는 술집에 다니고 있었다. 술집 손님이 없는 날이면 노래방 도우미로 불려 다녔다. 사실 결혼하기 전에도 그녀는 술집 여자였다. 어렸을 적부터 봐온 목사인 아버지의 이중적인 모습에 진력이 난 그녀는 집을 나와 고등학교 시절부터 술집을 전전했다. 그러다가 울산으로 와서 칠성을 만났다.

칠성은 단순 무식 과격파였다. 건달 중에서도 행동대장이었는데 어느 누구도 그를 함부로 대하지 못했다. 칠성이 느닷없이 조직에서 떠난다고 했을 때도 그를 막지 못했다. 건드려봐야 시끄러운 피만 부를 뿐 아무 소득도 없다는 걸 조직에서 알고 있었기 때문이다.

승자는 건달과 결혼해서 힘겹게 사는 친구들을 보며 건달과는 인연을 맺지 않았다. 칠성이 자신을 색시로 점찍었다고 숱하게 달라붙었지만 호락호락 넘어가지 않았다. 그러던 어느 날 그가 건달 생활을 청산했다고 말했다.

"앞으론 노동자들을 위해 자본가 놈들과 싸울 거다!"

승자는 칠성의 입에서 쏟아져 나온 말이 웃겨서 "맘대로 사셔" 하면서 피식거렸다.

"사람답게 살고 싶어서 그런다니까!"

칠성이 성질을 냈지만 승자는 알았다며 일축해버렸다. 그러자 며칠 뒤 이해민을 데리고 나타났다. 그제야 승자는 칠성의 말이 거짓이 아님을 확인하고 그의 과격한 사랑을 받아들였다.

"내 팔자도 더러운 팔자라니까!"

소주 두 병을 비우면서 세 여자는 수다를 한 바가지 퍼냈다. 정희 역시 공장에서 있었던 일을 꺼내놓으며 답답해서 울산에 왔다고 했다.

"왜 나섰어?"

"덕주 언니의 눈물을 보니까 참을 수가 없더라고!"

선경은 1998년 자동차 정리해고 반대 파업 때 가족대책 위원장이었다. 그녀가 깊은 한숨을 내쉬며 술잔을 기울였다. 승자가 입에 물고 있던 담배를 손가락 사이로 옮기며 이마에 주름을 잡았다.

"언니, 착하게 살지 마. 착하게 살면 벌받는 세상이야."

"그래서 어떡할 건데?"

"모르겠어. 아주머니들은 화가 나서 내일 절대 출근하지 말자고 했는데 다들 불안해하는 게 역력하지, 뭐. 막 욕을 해대고 핏대를 올리면서도 각서 종이는 다 챙겨 넣더라고."

정희의 말에 두 여자가 깔깔거렸다.

"일단 지켜봐. 사장이 겁준 거니까, 미리 걱정 싸매지 말고. 그런 놈들이 슬그머니 뒷걸음 많이 치거든. 그리고 이번 일 잘 풀리면 절대 나서는 일은 하지 마. 결국 나서는 사람만 다쳐."

선경은 학생운동 출신으로 1987년 노동자 대투쟁 때 울산에 내려와 노동자 교육을 하다가 지금의 남편을 만났다. 그의 남편은 이해민과 같은 조직 라인 사람이었다. 해민을 친동생처럼 아끼고 사랑한 사람으로 3대 노동조합 위원장을 역임하기도 했다.

"해민 씨가 그때 조금만 자존심을 꺾고 현장에 남았더라면 얼마나 좋았겠니?"

선경은 소주 한 잔을 단숨에 비우고 나서 말을 이었다.

"해민 씨에게 널 소개시킨 걸 많이 후회했다. 왜 혼자 모든 짐을 떠안고 간 건지. 남아서 현장을 살리기 위해 노력해야 했는데 말이야. 어찌 보면 해민 씨도 그 지긋지긋한 상황에서 도망가고 싶었던 건지도 모르지. 그랬으면 잘 살기나 했어야지. 니 꼴을 보면 화가 난다."

"언니야, 말이 좀 지나치다. 해민 씨가 도망간 건 아니잖아?"

정희는 남편이 도피한 것처럼 받아들여진 것에 적지 않은 충격을 받았다. 그것도 자신과 남편을 잘 아는 선경의 입에서 그런 소리가 나오자 화까지 치밀었다.

"도망갔다 안 갔다가 뭐 그리 중요한데? 지금 자동차 꼬라지를 봐라. 사람들은 귀족 노동자라고 불러. 헌데 귀족이 아니라 노예야. 정규직 임금 노예지. 자기들 월급만 충분하다고 생각하면 더 이상 싸우지 않아. 노무현 때 비정규직 노동자들이 대거 늘어났어. 그들은 정규직 노동자들과 같은 일을 하면서도 모든 게 반토막이었어. 임금도, 밥값도, 대우도. 그들이 부당하다고 싸우는데 정규직들은 쳐다보기만 하지. 아니, 쳐다만 보는 게 아니라 싸움을 막기도 했어. 혹시라도 자신들의 밥을 축내거나 훔쳐가지 않을까 경계하는 거야. 왜 그렇게 변해버렸을까?"

선경은 얼굴에 핏대를 잔뜩 세우며 술잔을 기울였다.

"구팔 년 파업 때 모든 것이 죽었어. 그때 만 명이 넘는 노동자들이 회사에서 퇴출됐어. 퇴직금 받고 쫓겨난 그 사람들, 다들 비참하게 살아. 자동차 만지는 것뿐이 할 줄 아는 게 뭐 있어? 이 일 저 일 손댔다가 다 날려먹고 자동차 하청 업체나 다른 회사 비정규직이 돼서 사는 사람도 많고, 울산을 떠난 이들도 많지. 기억나지? 마지막 해고된 사람들 중에 태반이 사수대 사람들이었고, 식당 아주머니들이었어. 당시 위원장이 직권조인을 하면서 가장 강한 사람들과 가장 약한 사람들을 쫓겨나게 만든 거야."

선경의 말이 다 잊은 줄 알았던 기억을 눈앞에 생생히 펼쳐놓았다. 38일 동안 이어진 파업의 결실이 밀실에서 직권조인으로 무참히 짓밟힌 날, 식당 어머니들이 넋을 잃고 바닥에 주저앉았다. 그중 한 어머니는 노동조합 사무실 앞에 나뒹굴면서 피울음을 토해냈다.

"내가 쫓겨나면 내 가족들은 어이 먹여 살리노! 밥해주고 투쟁 열심히 하라고 했더니 나가라고? 차라리 나를 죽여라, 이놈들아!"

억장이 무너지는 어머니의 통곡 소리였다. 정희는 그날의 기억이 가슴을 파고들어 술잔을 비워냈다.

"가장 열심히 싸운 사람들을 내쫓은 노동조합을 보며 누가 싸우려고 할까? 그들은 엄청난 교훈을 얻은 거야. '싸우면 쫓겨난다!'라는 무서운 교훈이지. 해민 씨가 죽기 전에 직권조인을 할 수밖에 없었다던 위원장의 사과를 받아들였다지만 그들이 진정으로 사과한 걸까? 미안하기는 했겠지. 그 역시 해민 씨에겐 친형 같은 존재였으니까. 그러면 아직도 미안해할까? 해민 씨 장례를 마치고 돌아와 울산에서 술을 할 때 다들 해민 씨가 불쌍하게 죽었다고 했지. 하지만 해민 씨가 왜 울산을 떠났고, 그의 마음이 어떠했는지는 아무도 말 안 해. 설사 알아도 말해서 자신들의 부끄러움을 다시 들추기 싫었겠지. 술에 취해서 어떤 사람은 해민 씨가 유별나게 굴었다고 탓하기도 했고, 혼자서만 양심이 있는 것처럼 굴었다고도 했어. 삼 년이 지났어. 해민 씨의 진정성을 알고 그 마음을 조금이라도 간직하려는 사람이 몇이나 될까? 아마 다들 해민 씨를 기억에서 지워버렸는지도 모르지."

"언니야, 제발 그만해라. 나 듣기 싫어서 갈란다."

정희가 자리에서 일어나자 승자가 끌어 앉히며 입을 열었다.

"언니, 도대체 와 그라노? 우리 남편 죽었을 때도 언니는 칠성이를 개무시했다."

칠성은 퇴직금으로 당구장을 운영하다 삼 년 만에 접어버렸다. 그는 결국 자동차 하청 업체로 들어가 비정규직 노동자가 됐다. 그의 몸에 화가 독버섯처럼 자랐고, 그는 술집에서 자동차 노동자들을 만나면 시비를 걸고 행패를 부렸다. 특히 98년 노동조합 때 조합 간부였던 사람들을 만나면 물불을 안 가리고 주먹을 날려 유치장에 처박히기도 했다.

"내가 언제 느그 남편을 무시했다 그라노?"

선경은 너까지 왜 그러냐는 듯 볼멘소리를 했다.

"칠성이가 살해당한 거 같다고 했을 때도 언닌 믿지 않았다. 술을 너무 먹어서 그랬다고 한 게 개무시한 거 아니고 뭐꼬?"

"그건 사실로 밝혀진 거잖아?"

"사실이 아니라고 내가 몇 번을 말했노?"

술집에 칠성이 있으면 자동차 노동자들은 피했다. 그의 횡포는 점점 심해졌다. 술에 절어 자동차 공장 정문 앞으로 가서 발로 문을 차고 노동조합을 향해 어용들이라고 고함을 쳤다. 관리직들에겐 오만 가지 욕설을 퍼붓고 죽이겠다며 눈에 핏발을 세웠다. 경비들도 그를 말리기 어려워 경찰이 달려와 여러 차례 끌고 갔다. 하지만 그럴수록 그는 더 거세게 돌변했고 심지어는 관리자들의 집 주변을 술 취해 배회하기도 했다. 그가 가슴에 칼을 품고 다닌다는 소문이 자동차 공장에 나돌았다.

"만서 자슥이 여러 번 내를 찾아와 위험하니까 칠성이를 말리라고 했다. 자동차에서 뭔 사주를 받았는지 조직에서 뭔 일을 벌이려는 것 같다고. 마지막으로 찾아온 지 사흘 만에 칠성이가 죽었다."

칠성의 자동차는 방어진 바닷가에서 건져졌다. 부검을 했지만 자동차 핸들에 달아놓은 손잡이에 오른쪽 눈이 박혀 눈알이 반쯤 튀어나온 것 빼고는 외상도 없다고 했다. 혈중 알코올 농도가 만취를 넘어 치사량에 가깝다고 밝혀졌다.

"만서 그 개 같은 놈이 그날 알리바이는 다 만들어줬다. 칠성이랑 저녁 늦게까지 술 마셨다고! 그래 놓곤 내가 찾아가도 만나주지 않더라. 다섯 번을 찾아갔을 때 나한테 왜 칠성이를 말리지 않았냐고 화를 내면서 술 취해서 지가 죽은 거니까 다시는 찾아오지 말라고 하더라. 그 말이 뭐꼬?"

"증거가 없잖아? 니 말만 있지, 증거가 어딨노?"

"그래서 증거를 찾아달라고 했잖아! 난 못 배웠고 언닌 많이 배웠고 똑똑하잖아, 근데 무시했잖아. 술 먹고 뒈졌다고 무시한 거잖아!"

승자는 연신 술잔을 비워내며 악을 썼다.

"그만해라! 다 지난 일 이런다고 뭐가 달라지노?"

정희가 눈물을 뚝뚝 흘리며 술을 들이켰다. 한순간 텅 빈 적막감이 술자리에 들어찼다. 정희는 승자가 말을 하는 동안 마음 깊은 곳에 묻어둔 아버지의 모습이 떠오르는 걸 억누를 수 없었다.

아버지는 평생 미장일을 하면서 공사판을 떠돌았다. 한 번도 자기 집을 갖지 못하고 월세와 전세를 전전하며 살았다. 어느 날 아버지는 현장감독에게 재개발이 된다는 판자촌 정보를 입수하고 웃돈을 붙여 전세방을 얻었다. 다행히 두 해가 채 안 돼서 판자촌은 재개발 구역으로 선정돼 철거가 공표됐다.

문제는 입주 시기였다. 재개발 소문이 퍼지면서 강변엔 우후죽순 판자촌이 소리 없이 세워졌다. 재개발 시점이 다가올수록 '떴다방'들이 뒷거래로 사람들을 끌어들였다. 결국 시에서는 삼 년 전에 입주한 세입자들만 분양권을 준다고 공시했다. 아버지와 같이 그 이후에 입주한 사람들은 절망했다. 그들은 분양권 획득을 위해 철거를 막고 나섰지만 한 달도 못 가서 철거 용역반원들에게 피투성이가 되어 밀려났다. 비가 속절없이 내리던 날, 아버지는 포클레인에 무너져버린 집 주위를 배회하며 술에 취해 울면서 밤새도록 떠돌았다.

아파트 단지는 일 년도 안 돼서 조성됐다. 눈부시게 솟아오른 아파트. 아파트 단지 옆에서 멀리 떨어지지 않은 빈민가로 이사한 정희 집은 상실감에 젖어 있었다. 비가 억수로 퍼붓던 날, 아버지는 자신이 살던 터에 세워진 아파트 앞에 가서 비명을 지르듯 울음을 토해냈다. 원망과 분노와 좌절이 들끓던 폐허 속의 눈물. 결국 경찰에 의해 아버지는 집에 돌아왔지만 그 이후로도 비가 오는 날이면 술에 취해 그 아파트 앞에 가서 절규를 하곤 했다. 참다 못해 아파트에선 낮은 담벼락 위에 철조망을 칭칭 둘렀다. 그래도 아버지는 멈추지 않았다. 철조망 밖에서 더 처절하게 울부짖었다. 그때마다 온몸을 오그라뜨리게 하는 아버지의 울부짖음을 고스란히 상처로 받아내면서 집으로 데려온 건 중학생 정희였다.

"미안해, 귀염둥이 우리 막내딸."

아버지는 결국 삼 년 만에 뇌졸중으로 쓰러져 파출부로 일하던 어머니를 집으로 들여 똥오줌을 받게 하다 돌아갔다. 그 힘든 세월 탓이었을까. 어머니 역시 삼 년 후 위암으로 고생하다가 생을 마감했다. 연이어 부모님을 여읜 그녀는 사람들을 기피하고 우울증에 시달렸다. 간신히 고등학교를 졸업했지만 집 안에만 틀어박혀 지냈다. 보다 못해 출판 일을 하는 큰오빠가 정희로 하여금 출판 교육 과정을 이수하게 해 출판사에 취직시켰다.

그때 오빠의 도움이 없었다면 어찌 됐을까.

정희는 칠성이 아버지처럼 산산조각 난 마음의 집을 찾지 못해 절망했을 거라고 안타까워했다. 그건 어머니마저 잃고 나서 어디에도 안주할 수 없었던 자신의 모습이었다. 그녀는 폐허가 된 판자촌을 걷던 아버지의 얼굴 위로 자꾸만 칠성의 얼굴이 겹쳐지는 게 싫었다. 그들의 모습을 머릿속에서 치우고 싶어 술잔을 잡았다.

"맞다, 지가 죽었든 누가 죽였든 이제 와서 뭔 소용 있겠노. 언니야, 미안하다. 내는 노동운동 그런 건 모르지만 자동차 싹수는 노랗다. 칠성이가 죽었을 때 자동차 사람들 딱 두 사람 왔다. 언니 남편하고 해민 씨가 너무 울어서 난 눈물도 제대로 못 흘렸다."

승자의 말을 듣고 있던 정희는 깜짝 놀랐다. 그녀는 남편에게 칠성이 죽은 것과 그곳을 다녀왔다는 사실을 들어본 적이 없었다. 그녀는 승자의 얼굴을 보았다. 두터운 화장으로 덧칠해진 그녀의 눈가에 눈물이 그렁그렁했다.

"방어진에 가서 뼈를 뿌릴 때 해민 삼촌이 칠성이 이름을 부르면서 미안하다고, 미안하다고 얼마나 부르짖던지. 아직도 생각나면 눈물이 난다. 나는 해민 삼촌이 암에 걸려 죽었다고 했을 때 울산 떠나면서 암 씨앗이 생겼을 거라고 생각했다. 장례식장에도 가고 싶었지만 더러운 인간들 보기 싫어서 못 가고 집에서 울기만 했다. 정말 살기 싫은데 죽지 못해서 산다."

"그래, 사는 게 왜 이 모양이 됐는지……. 요즘 나도 내가 누군지 모르겠어. 남편은 늘 조합을 살리고 운동을 일으켜야 한다고 밤낮이 없지만 희망도 없고 공허해 보여. 한때는 노동운동을 위해 남편과 결혼하고 평생 동지로서 한 생을 살리라 다짐했지. 하지만 이젠 노동자의 해고를 자유롭게 하겠다는 뉴스를 보면서도 멍하니 화면만 바라보며 늙어가는 주부야. 꿈도 소망도 잃어버린……."

선경의 눈에 눈물이 돌았다.

"언니야, 그라지 마라. 언니가 그라면 나 같은 년은 죽어야 한다."

승자는 혀 꼬부라진 소리를 내며 아들이 칠성을 닮아 덩치가 크다고 했다. 싸움을 잘해 아이들을 후리고 다닌다며 걱정스러운 얘기를 꺼내다가 무슨 생각이 났는지 킥킥거리며 웃었다.

"언니들, 구팔 년 파업 때 위원장 옆에 졸졸 붙어 다니던 무슨 국장인가 하는 놈 있잖아. 호리호리한 게 키도 크고 눈도 약간 찢어져서 야사시하게 보였던 놈 말이야."

"그래, 최상필이라고 아직도 조합 활동 한다."

"어느 날 노래방 도우미로 갔는데, 그놈이 자동차 사람들하고 온기라. 근데 내를 딱 알아보고 다른 사람으로 바꿔달라고 하대. 나도 불편해서 그냥 나왔어. 그런데 며칠 뒤에 다시 불러서 갔는데 그 새끼가 술에 취해서 나를 부른 거야. 혼자 와서 뭐라는지 아나?"

승자는 술을 들이켜고 허리를 접어가며 또다시 웃었다.

"어차피 노래방에 오면 도우미를 부르는데 아는 사람 도와주는 게 좋을 거 같아서 불렀다는 거야. 정말 웃기데. 술병으로 그 새끼 대가리를 부숴버리고 싶었는데 술 몇 잔을 마시다 보니 다 부질없더라고. 내가 노래방 도우민데 손님이 불러주면 고마운 거지 싶은 거야. 알고 보니 온갖 변태 같은 짓은 다 하는 씨발놈이더라고. 나 그렇게 살아, 언니들."

쓸쓸하고 안타까운 소리들이 술병 위로 떠다녔다. 승자는 손님들이 돈을 내고 요구하면 노래방 테이블 위에 올라가 발가벗고 춤을 추기도 한다고 욕설을 붙여가며 떠들었다. 상필이란 자는 성기를 꺼내놓고 씩씩거리며 자위를 한다고 깔깔거렸다. 검푸른 마스카라가 눈물로 번졌고, 선명한 주홍빛 립스틱을 바른 입술이 일그러졌다.

선경이 그녀의 어깨를 후려치고 손으로 입을 틀어막았다. 그만 마시라며 술잔을 빼앗았지만 그녀는 다시 술잔을 갖고 와 연신 술을 들이켜더니 남편 이름을 부르며 울기 시작했다. 그 눈물을 막을 수 없어 선경은 술만 들이켰고 정희는 머릿속이 어지러워 힘겹게 일어났다. 그녀는 소파에 가서 누웠다. 눈을 감았는데도 남편의 죽어가던 모습이 머릿속에 가득 떠다녔다. 주체할 수 없는 눈물이 뺨을 타고 흘러 소파 등짝에 얼굴을 묻고 몸을 웅크렸다.

눈을 떴을 때 불이 켜진 거실은 엉망이었다. 선경은 방으로 들어갔는지 보이지 않았고 승자만 거실에 곯아떨어져 있었다. 정희는 소파에 앉아 승자의 얼굴을 들여다봤다. 해민이 결혼 전에 집으로 초대했을 때 승자는 샘이 날 정도로 날씬하고 활기차고 어여뻤다. 칠성을 깡패들 속에서 끌어내고 자신을 술집에서 건져내줘서 고맙다고 환하게 웃던 그녀. 94년 말, 조합 사람들 수십 명과 건달 친구들 서너 명을 불러 음식점에서 결혼 서약과 반지를 교환하고 신접살림을 시작해 삼 년이 지나서 아들을 낳았다. 98년에 파업할 때도 그녀의 미모는 빛나서 많은 노동자들의 시선을 한 몸에 받기도 했다. 파업 현장 천막 안에서 뽀얀 가슴을 내놓고 아이에게 젖을 물리던 그녀가 떠오르자 정희는 깊은 한숨을 토해냈다.

내가 누구인지 모르겠어.

죽을 때까지 흔들리지 않을 거라고 믿었던 선경 언니의 목소리가 베란다 창밖의 어둠처럼 먹먹하게 젖어들었다. 정희는 가방을 챙겨 들고 아파트를 빠져나왔다. 채 식지 않은 미적지근한 열기를 품은 삼산동 밤거리를 가로등이 밝혀놓고 있었다. 십 년 전 그녀가 살았을 때만 해도 황무지처럼 버려져 있던 땅에 고층 아파트들이 세워졌다. 아파트 맞은편은 현대백화점과 롯데백화점이 불을 밝히고 있었고 주변은 온통 술집과 모텔 그리고 패션을 파는 가게로 들어차 있었다.

해민이 죽고 처음 선경의 집에 오면서 너무도 변한 삼산동 모습에 놀라웠다. 아파트에 들어서서는 부러운 마음마저 일었다. 그녀는 베란다 창밖으로 물고기들이 다시 돌아왔다는 태화강을 내려다보며 억울해하기도 했다. 울산만 떠나지 않았어도 어쩌면 자신도 그렇게 살고 있지 않을까, 해민을 원망도 했다.

정희는 아파트 사이를 걸어 나와 태화강을 끼고 달리는 강변도로 변에 올라섰다. 가로등 불빛들 사이로 물고기 비늘 같은 물결이 반짝였다. 태화강 너머 너른 벌판이 있던 곳을 바라봤다. 그러자 수천 대의 오토바이와 승용차들이 도로로 몰려나와 태화강 둔치를 향해 달려가는 소리가 들렸다.

"이건 우리만의 싸움이 아냐. 여기서 밀리면 전국의 수많은 노동자들이 직장에서 쫓겨날 거야."

97년 국가 부도 이후 노동자들을 향한 해고 칼바람이 몰아쳤다. 경제 회생을 위해 어쩔 수 없는 일이라며 정부와 기업이 당위성을 내세웠다. 노동자들은 작업 시간을 쪼개서 노동시간을 나눠 갖는 등 해고를 최소화할 방안을 찾아 안간힘을 썼다. 부실 대출과 부실 금융 등 정부와 기업이 부패와 무능으로 나라를 망쳐놓고 노동자들의 희생만 강요한다고 강력히 저항했다. 자동차 노동자 2만 명도 본관 앞에서 투쟁의 결연한 의지를 다지고 민주노총 지역 집회에 참가하기 위해 오토바이와 자동차를 끌고 깃발을 휘날리며 태화강으로 향했다.

강바람이 간간이 정희의 몸을 씻고 지나갔다. 선경의 집을 수차례 오면서 태화강을 보고 한 번도 떠올리지 못했던 기억이 해민의 목소리와 함께 선명하게 되살아났다. 자동차 정문 앞에서 바라본 그들의 분노에 찬 행진. 그때 해민은 가족들도 함께 싸움을 시작해야 한다고 말했다.

> 살아가야 할 분명한 존재의 이유를 찾았다. 나는 노동자다. 나의 자유와 꿈과 희망을 위해서, 사람이 사람을 억누르지 않는 따뜻한 평등을 찾아서 첫발을 내디딘다.

해민이 죽고 그의 서랍 속에 간직된 일곱 권의 일기장을 읽고 또 읽었다. 1990년 봄부터 시작된 그의 일기장 첫 페이지에 적힌 글처럼 그의 삶은 온통 노동조합과 노동운동에 던져져 있었다.

"노동조합은 노동자의 집이야. 그 집에서 함께 권리를 찾고 서로의 존재를 찾아가는 것이지."

해민이 연애 시절부터 늘 해오던 말이었다. 사랑하는 사람의 말이라 고개를 끄덕거렸지만 결혼을 하자 그 일이 험난한 길이라는 걸 오래 지나지 않아 온몸으로 알게 되었다.

그리워서 읽다가 원망으로 던져버린 그의 일기장. 정희는 어둠을 밝혀놓은 가로등 불빛 사이로 아련히 떠오르는 해민을 보았다.

"언니야, 세 번 정도는 더 만나보기로 했다."

신경질을 부리며 부산을 찾아온 해민을 만나러 나갔던 정희는 그가 막차를 탈 때까지 즐거워하며 함께 있었다. 다음 날 출근했을 때 편집장 언니가 묻자 담담하게 답했다.

"마음에 드는 구석이 생겼나 보네?"

"아직 모른다. 부산까지 달려온 사람 성의를 생각해서 그런다."

세 번을 만난 후 언니가 또다시 물었다. 정희는 눈빛을 빛내며 언니를 휴게실로 끌고 갔다. 그녀의 얼굴에 생기가 차올라 빛났다.

"언니야, 그 사람이야말로 진흙 속에 묻혀 있던 진주다!"

언니가 깔깔거리며 웃었다.

"정말이라니까! 세상에 그 사람처럼 순수한 사람 처음 봤다."

"니 스타일 아니라며?"

"나도 몰랐지. 그 사람 차버렸으면 큰일 날 뻔했다."

화들짝 놀란 표정으로 두 여자는 마주 보면서 한참을 소리내어 웃었다.

그날 이후 해민과 정희는 사랑의 소용돌이에 휘말렸다. 주말이면 해민이 달려와 정희의 자취방에서 지내다가 월요일 새벽 출근을 위해 택시를 타고 울산으로 올라가기를 반복했다. 평일 저녁엔 매일매일 밤늦게까지 전화통화를 했다. 해민은 시를 낭송해주었고 정희는 졸면서도 전화기를 놓지 못했다. 두 사람은 주말을 기다리는 마음을 달래며 손편지를 주고받기도 했다. 한 달 정도 지났을 때 언니가 물었다.

"느그 두 촌닭들 손이라도 잡아봤나? 아니, 사랑 고백은 했는지 모르것다."

"손? 손은 잡아봤다."

정희는 부끄럽게 대답하면서도 자지러지게 속웃음을 웃었다. 사랑한다는 해민의 다디단 목소리를 하루에도 수없이 듣고 있었다. 얼마 전에는 그녀의 자취방에서 술 몇 잔을 놓고 해민의 품 속으로 파고들었다. 그 따뜻하던 해민의 손길.

어떻게 그 모든 것을 다 잊어버렸을까.

간간이 쏜살같이 달려오는 차들이 바람을 몰고 왔다. 그 바람이 정희의 치마를 부풀리고 머리칼을 헝클어뜨리며 마음을 흔들었다. 그녀는 강변에 서서 자동차 공장이 밝혀놓은 불빛을 바라봤다. 불빛 너머 어두운 하늘 위로 해민의 얼굴이 언뜻언뜻 나타났다.

"민주노총까지 정치적 타협으로 나섰어. 이제 자동차에서 투쟁의 불길을 지피는 수밖에 없는 거야. 여기서 무너지면 정부와 자본가들은 모든 고통을 노동자들에게 덮어씌울 거야. 당신도 함께해야 돼."

태화강에서 보여준 노동자들의 투쟁 열기를 정치적 타협으로 진정시키려 하자 자동차 공장은 파업에 돌입했고 해민은 사수대를 조직했다. 가족들까지 모두 현장에 들어가 천막을 치고 농성에 합류했다. 칠성은 행동대장으로 새벽 기상이 시작되면 사수대를 이끌고 드넓은 자동차 공장 안을 구호에 맞춰 돌았다.

"결사 항쟁! 투쟁, 투쟁!"

텔레비전에서는 연일 자동차 파업 투쟁이 아홉 시 톱뉴스로 보도됐다. 하늘 높이 솟은 굴뚝 위에서는 역대 노조 위원장을 지낸 세 사람이 손을 흔들고 있었다. 굴뚝 끝에는 타원형 난간 세 개가 차곡차곡 세워졌다. 그들은 헬리콥터를 타고 공격해 올 것을 대비해 두 번째 난간 안에 합판을 깔고 식수를 쌓아놓았다. 서너 개의 마대 자루 속엔 저항을 위한 팔뚝만 한 너트들이 가득 들어 있었다.

"이길 거야. 지더라도 싸움을 통해 우리는 더 강해질 거야. 당당하게 지면 놈들은 자신들이 원하는 대로 모든 것을 가져갈 수 없어. 여론의 눈치를 보고 노동자들의 눈치를 보겠지."

왜소한 체구의 남편은 노동운동을 위해서라면 자신의 목숨까지 내놓을 태세였다. 때론 두렵기도 하고, 때론 걱정으로 잠 못 들어도 그건 남편의 신념이자 살아가는 힘이었다.

시간이 흐르면서 싸움은 혼돈 속으로 빠져들었다. 민주노총 지도부는 노사정 위원회 안으로 들어가 대타협을 시도했다.

정치인들은 자동차 공장으로 내려와 비밀리에 위원장을 만나 타협을 종용했고, 위원장이 속해 있는 조직의 선배들도 협상이 최선책이라고 압박했다.

투쟁할 것인가 타협할 것인가 두 갈래 길 앞에서 서로 다른 생각에 대한 불신들이 뒤얽혔다. 사수대는 파업 중단이라는 불길한 징후가 여기저기서 드러나도 기세를 꺾지 않았다. 수천 명의 노동자들도 현장을 지키며 떠나지 않았다. 볼 일이 있어서 나갔거나 밖에서 관망하던 조합원들도 현장이 침탈당할 수 있다는 첩보가 나돌면 경찰 저지선을 뚫고 담을 넘어 현장으로 들어왔다.

하지만 그런 투쟁 의지는 밀실의 논의가 거듭되면서 한순간에 무너졌다. 투쟁 38일이 되는 날 새벽, 조합원들의 의견도 묻지 않고 위원장의 직권조인으로 파업은 끝났다. 위원장은 해고를 최소화하기 위해 어쩔 수 없었다고 했지만 가장 나약한 식당 어머니들이 해고의 대상이 되었고 사수대가 해고자 명단에 대거 올랐다.

"떠나자!"

남편은 자동차 공장의 노동운동이 죽었다고 선언하듯 말했다. 떠나서 다시는 자동차 공장 쪽을 쳐다보지도 않겠다며 처음으로 눈물을 보였다. 해고 1순위였던 남편을 조합이 빼냈지만 남편은 오히려 치욕스러워하며 사수대 동료들에게 미안하다고 울었다.

정희는 태화강 명촌교 다리 위에서 끝내 주저앉아 가슴을 쥐어뜯었다. 남편의 눈물이 강물처럼 그녀의 가슴으로 흘러들었다. 그러자 칠성에게 미안하다며 울부짖었다던 승자의 목소리가 들려왔다. 그녀는 심장이 찢겨나가는 듯한 고통으로 신음을 흘렸다. 죽어가면서도 미안하다고 말한 건 사수대 동료들을 향한 속죄의 말처럼 느껴졌다.

“미안해. 미안해요, 정말! 보석같이 소중한 당신을 그렇게 사랑했는데, 난 도대체 뭘 사랑했던 걸까요. 난 도대체 어떤 사람인가요.”

정희는 눈물을 거둬내고 일어서서 걸었다. 어둠은 여전히 불빛 너머에서 남편의 눈처럼 자신을 응시하고 있었다. 먹지도 못하고 물만 마셔도 토하면서 남편이 말했다.

“미안해, 고생만 시켜서.”

의사는 암세포가 전신으로 퍼져 더 이상 어찌해볼 도리가 없다고 했다. 남편 역시 죽음이 목전까지 왔다는 사실을 겸허하게 받아들였다. 남편은 아무에게도 자신의 병을 알리지 말라고 했다. 그러나 정희는 그와 깊은 인연을 맺고 있던 3대 위원장에게 말하지 않을 수 없었고, 그에게 다른 사람들에겐 알리지 말라고 했다. 그러나 98년 파업을 같이 한 노동자들이 병원으로 대거 몰려들었다. 그 속에 파업 당시 위원장을 지낸 사람도 있었다.

그들은 힘내라고, 해민 동지의 의지라면 이겨낼 수 있을 거라고 위로했다. 해민 역시 다시는 얼굴을 안 볼 것처럼 여겼던 마음을 풀고 그들을 받아들였다. 그들은 가능한 한 지난 이야기들을 입 밖으로 꺼내지 않았다. 다만 98년 당시 위원장은 그때 힘들게 해서 미안했다고 해민이 죽는 순간까지 정희와 연락을 취하며 괴로워했다.

정희는 그때 남편이 마음에 맺힌 모든 은원을 풀고 갔다고 믿었다. 그들은 장례식장까지 와서 남편의 마지막 길을 함께 해주었다. 남편을 보내고 난 뒤 혼자 남은 정희는 텅 빈 외로움과 살아갈 나날들에 대한 두려움 속에 젖어 있다가 덕주 언니의 손에 이끌려 공장으로 갔다. 그녀는 고된 노동을 견디며 지난 일들을 바람 같은 세월이라고 날려 보냈다. 지나간 바람이 다시 오지 않는 것처럼 현실은 그녀를 또 다른 바람 속으로 밀어 넣었다.

삶은 한 치 앞을 예측할 수 없다고, 지난 시절의 바람이 먼 곳을 돌아 비수로 변해 다시 쳐들어올 줄은 몰랐다. 정희는 휘청거리면서 걸었다. 먼 바람이 어둠 속 남편의 눈처럼 휘몰아쳤다. 남편의 일기장에 있던 활자들이 우수수 바람에 날렸다. 남편의 목소리가 그녀의 허리를 감싸 안으며 함께 걸었다.

왜 먼저 떠났어. 사람들이 당신을 비웃는다잖아. 난 당신이 그런 취급을 받는 거 견딜 수 없어.

당신도 날 원망했으면서.

그랬지, 나도 당신을 미워하고 원망했어. 하지만 그들이 당신을 기억하지는 못할망정 비웃다니! 난 참을 수 없어! 그건 당신을 두 번 죽이는 거야! 당신은 그들을 위해 모든 것을 던졌는데, 떠날 때는 다 용서하고 떠났는데, 왜?

내가? 용서는 내가 하는 게 아니고 그들 스스로가 하는 거지.

맞아, 당신은 용서한 게 아니었어. 오히려 사수대에게 그 긴 세월을 속죄하면서 살았으니까! 왜 난 그걸 몰랐을까? 왜 나에게 말해주지 않았어?

나 때문에 힘들어진 당신을 더 이상 아프게 할 수 없잖아.

그랬겠지. 당신은 그런 사람이야. 당신 일기장에서 봤어.

사랑을 하면 사랑하는 것이 다치지 않게 하기 위해 모든 것을 다해야 한다.

난 정말 당신을 사랑한 걸까? 아이들에게도 당신이 울산을 떠날 수밖에 없었던 얘기를 건성으로 했어. 나 역시 당신이 울산을 떠날 수밖에 없었던 고통을 진정으로 알지 못했던 거야. 그래서 설명할 수 없었고 아이들에게 제대로 알려주려는 노력도 하지 않은 거야.

정희는 자식들 얼굴이 그려지자 흐느꼈다. 자식들에게조차 아버지의 진정한 마음을 제대로 전하지 못했다는 죄책감과 남편에 대한 미안한 마음이 물밀듯이 밀려들었다. 그들은 아버지를 어떻게 기억하고 있을까. 큰딸은 대학을 포기하고 비정규직으로 직장에 들어갔다. 작은아들은 고등학교를 다니지만 방황을 거듭하고 있다. 어쩌면 아이들은 아버지 때문에 자신들의 삶이 불행해졌다고 믿고 있을지도 모른다.

날 용서해요. 나부터 당신을 두 번 죽인 거예요.

그녀는 세월의 물결에 휩쓸려온 자신의 모습을 흐릿하게 보았다. 사랑도 분노도 희망도 없이 걸어온 시간 속에서 덕주 언니의 주름진 얼굴에 매달린 눈물을 보았다. 그 눈물 속으로 핫도그 공장의 문에 새겨진 글귀가 보였다.

'세상에서 가장 깨끗한 음식을 만들겠습니다.'

사장은 모든 것을 아꼈다. 돈이 되는 모든 것을 그러모을 심산인 듯 그는 유통기한이 지난 소시지도 버리지 못하게 했다. 쥐똥과 쥐 오줌으로 물든 밀가루도 버리지 못하게 하고 채로 걸러 쓰게 했다. 감자가 쉰 듯한 냄새가 나면 부랴부랴 튀김옷을 입히게 했다.

생산에만 열을 올려 청소할 시간이 없었다. 걸이대는 기름때로 절어 곰팡이가 피어 있었다. 벨트컨베이어가 박힌 스프링 속에는 기름때가 까맣게 끼어 기름 속으로 떨어져 내렸다. 기름을 한 번 부으면 핫도그에서 탄내가 나서 더 이상 쓸 수 없을 때까지 쓴다. 기름이 줄어들면 중간중간 기름 속에 마가린을 섞어 핫도그를 튀겨낸다. 그러면 마술을 부린 듯 핫도그의 빛깔이 황금색으로 빛난다.

"큰일 났네. 우리 손주가 일곱 명인데 어느 놈 급식에 들어가도 들어갈 건데 말여."

아주머니들은 걱정을 하면서도 웃었다. 공장에 들어와 공장의 지시대로 움직이면서 몸도 마음도 생각도 기계처럼 일만 하는 일상으로 변해버렸다.

나는 무엇이고 누구일까. 세상을 바꿔야 한다던 선경 언니가 노동자의 해고를 자유롭게 하는 노동악법을 청년의 일자리 증대 방편으로 미화시키는 뉴스를 보면서 멍하니 늙어가고 있다며 한탄했다. 난 그런 생각이라도 해본 것일까? 더러운 음식을 만들면서 죄책감도 못 느끼게 된 나. 남편이 십 년을 노동운동에 몸 바치고 죽을 때까지 죄책감으로 살았는데 난 무슨 생각으로 살아온 것일까. 도대체 난 누구냔 말이야!

자신을 책망하며 걷다가 앞을 쳐다봤을 때 자동차 공장 명촌 정문이 마주 보고 있었다. 환하게 밝혀진 정문 안쪽으로 어둠이 웅크린 채 꿈틀거리고 있었다. 처음 울산에 왔을 때 남편의 손에 이끌려 공장 여기저기를 둘러보았다. 어마어마한 공장 규모에 놀라 촌년처럼 두리번거리던 곳.

그곳에서 정리해고 반대를 외치며 38일 동안 천막에서 노숙한 기억들이 어둠을 물어뜯으며 현실처럼 아른거렸다. 한밤중에 여름 장대비가 쏟아져 천막 안이 물바다가 됐다. 엄마들은 놀라서 우는 아이를 껴안고 뜬눈으로 밤을 보냈다. 걱정과 한숨이 묻은 눈빛들이 어둠 속에서 서글프게 그녀를 불렀다.

정희는 문 앞에 쳐놓은 바리케이드 사이로 몸을 집어넣었다. 삶을 송두리째 바꿔놓은 98년 기억들이 쏟아져 들어왔다. 그녀는 샌들을 질질 끌며 공장을 가로질러 갔다. 한참을 넋을 잃고 걷다가 걸음을 멈췄다. 환하게 밝힌 정문이 보였다. 기억의 문이 열리고 그녀의 눈앞에서 사수대들이 바쁘게 움직이는 게 보였다.

사수대는 본관 로비로 달려갔다. 이미 본관은 관리자들이 둘러싸고 있었다. 사수대와 관리자들이 실랑이를 벌이는 동안 위원장은 기자회견을 하러 로비를 지나쳤다. 그는 마이크 앞에 서서 자동차 공장 파업 중단을 선언한다는 말로 기자회견을 시작했다.

투쟁을 부르짖던 사수대와 조합원들은 공황 상태에 빠졌다. 그들은 너 나 할 것 없이 투쟁 조끼를 벗어 던지고 작업복 윗도리를 벗어 던졌다. 던져진 옷을 발로 질질 끌며 정문 앞에 밀어버렸다. 농성 천막이 무너지고 모든 집기들이 옷 위로 던져졌다. 사수대는 승리를 염원하며 매달았던 수많은 깃발들을 울면서 부러뜨렸다. 울분을 참지 못해 부러진 깃발과 화염병을 노동조합 창문을 향해 던졌다. 유리가 깨지고 조합 사무실에 불이 붙었다. 조합은 더 이상 그들을 따뜻하게 지켜주는 집이 아니었다.

누군가가 산처럼 쌓아놓은 집기에 불을 질렀다. 눈물로 젖은 노동자들의 눈에 벌건 불길이 일었다. 그들은 바닥에 주저앉아 울었고 그 뒤에서 해민이 굳어버린 몸으로 불길을 응시하고 있었다. 정희는 그 모습을 볼 수 없어 몸을 돌렸다. 공장의 불빛들 사이로 굴뚝 몸통이 희멀겋게 드러났다.

38일 동안 매일 사수대는 공장을 한 바퀴 돌고 굴뚝 밑에 정렬했다. 남편은 사수대를 앞에 두고 기운차게 선창했다.

“여러분, 우리의 투쟁은 이 땅의 모든 노동자들을 위한 투쟁입니다. 맞습니까?”

“투쟁!”

사수대의 옹골찬 함성이 굴뚝을 타고 위원장들이 있는 곳으로 치솟아 올랐다.

“목숨을 걸고 투쟁할 수 있겠습니까?”

“투쟁! 투쟁!”

사수대는 일사불란하게 하늘로 손을 내뻗었다.

“오늘 하루도 힘차게 지낼 수 있도록 위원장님들에게 인사를 전합시다.”

“밤새 안녕히 주무셨습니까?”

남편의 선창에 맞춰 사수대의 우렁찬 함성이 울려 퍼졌다.

굴뚝은 승리를 염원하는 희망의 상징이자 죽음도 불사하겠다는 마지막 투쟁의 보루였다. 남편은 그 밑에서 매일같이 굴뚝 높이만큼 희망을 만들어내려고 안간힘을 썼다. 기대는 한순간에 무너져 내렸고 남편의 염원은 바람처럼 날아가버렸다.

한 인간으로서 존재의 의미를 찾아 끊임없이 나아간 남편. 거짓 없이 모든 사람들이 따뜻한 평등을 나눠 가질 수 있기를 바라며 그 빛을 좇아간 남편. 하지만 그와 동고동락한 사람들에게조차 울산을 떠난 그의 마음은 왜곡되고 그의 정신은 패배의 연기에 그을려 무참히 짓밟혀 찢진 깃발처럼 버려졌다.

정희는 해민의 영혼이라도 불러내 용서를 빌고 싶었다. 그를 또다시 죽게 만들 수 없다는 절박함이 밀려들었다. 그녀는 굴뚝을 향해 걸었다. 굴뚝 꼭대기로 올라가면 작은 희망이라도 만날 수 있을지 모른다는 간절함이 그녀의 등을 떠밀었다.

태화강에서 바람이 불어왔다. 강 하류에 있는 미포조선 쪽으로 길게 늘어선 선박 위의 크레인은 불빛을 대낮처럼 밝혀 놓았다. 방어진 화학 공장들이 모인 곳에서도 창끝 같은 불빛들이 빛났다. 빨간 불빛, 하얀 불빛을 흔들며 비행기 한 대가 울산역을 거쳐 태화강을 지나 공항으로 내려앉고 있었다.

굴뚝 꼭대기 난간 위에 서서 정희는 정문을 내려다봤다. 여전히 그 앞에서는 어둠 속에 벌건 불길이 요동치며 패배의 검은 연기를 피워 올리고 있었다.

깊은 사랑은 깊은 분노를 일으킨다. 사랑하는 것을 지키기 위한 위대한 분노다.

남편의 일기장에 쓰인 분노는 그날 꺾였다. 어쩌면 그의 생은 거기서 무너졌을 것이다. 택시 운전을 하며 지낸 구 년의 세월, 그는 뉴스도 드라마도 보지 않았다. 오직 일만 했고 필요한 말만 했다. 그는 그때 죽었던 것이다.

정희는 굴뚝 난간에 주저앉아 오열했다.

미안하다고, 한 번도 제대로 당신 눈물을 닦아주지 못해서 미안하다고 통곡했다.

산다는 건 무엇인가.

그녀는 어둠 속에 숨어서 눈빛만 빛내고 있는 남편을 불렀다. 그에게 자신이 누구인지 묻고, 어떻게 살아야 할지 물었으나 대답이 없었다. 매일매일 태엽을 되감듯 살고 있는 세월. 밖의 시간보다 공장에서 보내는 시간이 더 많은 갇힌 삶. 더러운 음식을 만드는 걸 묵인하고 목숨을 연명하기 위한 돈 몇 푼에 매달린 인생. 평생을 그렇게 살아온 공장 언니들. 희망은 어디에도 보이지 않고 존재에 대한 물음은 달아나버렸다.

생각이 이어지지 않았다. 뚝뚝 끊기는 생각. 대답을 찾지 못하는 질문. 그녀는 남편을 떠올리며 그를 붙들고 싶었다. 여전히 그는 어둠 속에서 아무런 길도 보여주지 않았다. 공장 맞은편 염포산 등성이에서 푸른 여명이 산의 경계를 그리며 나타나기 시작했다. 어둠은 한 점의 빛에도 힘을 잃어버리고 흩어졌다. 태화강이 점점 푸른빛으로 살아나며 바다로 흘러갔다. 굴뚝 아래로 거대한 공장이 위용을 자랑하듯 끝없이 이어졌다. 강 하류엔 선박들이 모여 있고 화학공업단지도 높은 굴뚝으로 하늘을 찌르고 서 있었다.

활짝 열린 공장으로 수많은 자동차와 오토바이가 들어왔다. 작업복을 입은 사람들이 줄지어 들어오다가 그중 누군가가 굴뚝을 향해 손가락으로 가리켰다. 경비실에서 사람이 나오고 푸른 작업복을 입은 노동자들이 굴뚝 밑으로 모여들었다. 내려오라는 고함이 하늘로 오르며 흩어졌다.

발밑에 있는 노동자들이 벌레처럼 여겨졌다. 밟으면 모두 신발 바닥으로 사라질 하찮은 벌레들이 꿈틀거리는 것 같았다. 그러자 남편의 일기장에 박혀 있던 글이 환청처럼 울려왔다.

'자본의 세계에 태어나 자본이 가르쳐준 세상만 보고 죽는구나.'

그녀는 사방을 둘러싼 공장들을 보았다. 그 속으로 자신이 걸어 들어가는 모습을 보았다. 공장으로 들어갔다가 공장이

주는 돈으로 공장이 만드는 물건을 사고 공장이 만들어내는 텔레비전에 두 눈이 붙잡힌 모습도 보았다.

알 수 없는 공포가 밀려들었다. 염포산 위로 거대한 장벽이 올라와 울산을 둘러싸고 있었다. 쇠가시가 박힌 장벽은 점점 올라와 하늘까지 뒤덮었다. 정희는 영혼이 빠져나가는 듯한 극심한 전율에 휩싸여 뒤로 물러섰다. 거대한 울타리 안에서 수많은 노동자들이 분주하게 움직이고 있었다. 그 사이로 부패된 벌레처럼 아버지와 칠성의 모습이 썩어가는 게 보였고 뼈만 남은 남편이 마지막 숨을 내쉬는 모습도 보였다. 그들 옆에서 핫도그 공장 언니들이 두려움에 떨며 허둥거렸다. 뒤틀려버린 자신의 몸뚱이가 가냘프게 숨을 헐떡거리고 있었다.

티끌 같은 희망이라도 잡고 싶어 굴뚝을 올라왔지만 황폐해져버린 인간의 삶이 눈에 가득했다. 정희는 절망으로 무너져 내리는 마음을 어쩌지 못해 뒷걸음질 쳤다. 그러자 신기루처럼 장벽은 사라지고 광활한 초원이 울타리 밖으로 드넓게 펼쳐졌다. 눈부신 햇살, 드높은 하늘, 나무와 숲이 생명의 기운을 피워 올렸다. 온갖 생명체들이 자유롭게 뛰고 날아다니며 평화로웠다. 하지만 울타리 안 사람들은 울타리 밖으로 나가려고 하지 않았다. 그들은 자신의 삶이 울타리 안에 있다고 믿으면서 기를 쓰고 생존을 위해 발버둥치고 있었다.

정희는 소리치고 싶었다. 아버지를 끌어내고 남편을 끌어내고 그 안에 있는 모든 사람들을 끌어내고 싶었다. 하지만 자기 또한 그 안에서 나약한 눈망울을 굴리며 힘겹게 생존의 끈을 붙잡고 버둥거리고 있었다. 그녀는 허물어지는 몸을 굴뚝에 기댔다. 굴뚝 밑에서 일제히 비명이 터져 올라왔지만 들리지 않았다. 정신을 차리려고 기를 쓸수록 울타리는 더욱 좁아져 그녀의 숨통을 틀어막았다.

'노동자 여러분 안녕하십니까.'

느닷없이 등 뒤에서 남편의 목소리가 들려왔다. 그녀는 굴뚝 아래를 내려다봤다. 정문 안으로 여자 둘이 뛰어 들어오고 있었다. 승자가 비명을 지르며 달려오고 있었다.

발문
작가의 말

영하의 공장 뒷골목에 그가 나타났다

홍인기(소설가)

이인휘 형이 장편소설 『내 생의 적들』(실천문학사, 2004)과 『날개 달린 물고기』(삶창, 2005)에 이어 긴 침묵 끝에 중·단편 소설집 『폐허를 보다』로 우리 곁에 돌아왔다. 거의 십 년 만이다. 가까운 이들을 통한 그간의 소식은 그저 아내의 간병을 위한 절절한 고행 중일 거라는 짐작이 대부분이었을 것이다.

나는 조작된 세기말적 불안과 밀레니엄 버그의 공포가 뒷골목을 빠져나갈 무렵, 그러나 여전히 우리 앞에 전 세기의 독재 폭력과 음험한 국가보안법이 활보하는 길 한복판에서 그를 만났다. 내가 지역 작가회의 사무국 일을 맡았을 때인데, 당시 민족문학작가회의 자유실천위원회 위원장이었던 그가 준비한 서울 거리 집회의 먼발치에서였다. 무섭고 형형한 눈빛과 겨울 칼바람을 휘감고 있는 몸피의 범상치 않은 외모에서 그때 나는 얼핏 백여 년 전 러시아의 어느 혁명가의 모습을 떠올렸던가.

몇 년 뒤 나는 남한강 강가 어느 마을에서 그를 다시 만났다. 소설가 김한수와 함께 간 강원도 원주 부론이라는 시골이었다. 낯설지 않은 농부 광대패(모두골) 소리꾼들과 판각, 사진가와의 질펀한 술자리에 그가 있었다. 몹시 수척해진 모습이었는데, 무엇보다 술 몇 잔 끝에 이어지는 노래가 슬프고 무겁기 그지없었다.

> 공장은 끝없이 펼쳐진 논 한쪽에 섬처럼 떠올라 있습니다. 공장에서 십 분쯤 걸어 나오면 마을과 마을을 이어주는 지방도로를 만납니다.
>
> —「공장의 불빛」 중

위의 문장은 십 년의 긴 침묵을 깨고 나온 이인휘 형의 첫 울음이다. 울음이 아닌 차분하고 평화롭기까지 한 수채화 같은 묘사인데 내겐 다르게 읽힌다. 올바른 수사인지 모르나 지난 육 년을 그와 함께 보낸 나로선 달리 표현할 길이 없다. 물론 바로 전에 발표한 중편소설 「알 수 없어요」가 있지만, 그 작품은 오래전에 써놓았던 걸 새롭게 고쳐서 발표한 것이어서 그렇다. 지방도로, 마을과 마을 사이, 논 한복판에 조성된 공업단지 안에 섬처럼 떠 있는 공장. 그곳에 합판 가루와 본드를 온몸에 뒤집어쓴 반백의 그가 있었다.

그는 참 불행하게도 여러 길을 돌아 그곳에 당도했다. 그 공장에 가기 직전 그는 한 손에 깁스를 하고 있었다. 쇠망치에 왼손 손가락 세 개가 바서졌기 때문이다. 어느덧 나이 제한에 이르러 쉽사리 일자리를 얻기 어려운 터라 비교적 쉽게 얻은 날품 일을 나갔다가 사고를 당한 것이다. 살을 찢는 겨울바람이 몰아치는 벌판에 어떤 가림막도 없이 쌓여 있는 거대한 철골 빔에 들러붙어 있는 굵은 용접똥을 떼어내는 일이었는데, 그만 쇠망치로 자기 손등을 내리치고 말았다. 몸이 얼어서였을까 한동안 아픈 줄도 모르다가 무언가 장갑 안이 뜨뜻해져 알았다고 했다.

전신 마취 수술 뒤 잘못된 처치로 그는 이틀 만에 깨어났다. 그리고 오랜 시일 배꼽 부근에 손가락을 심어 이식을 끝마쳤다. 그런데 이상하게도 그는 웃고 있었다. 추위에 벌벌 떨며 일할 때도 그랬고 간호사의 잘못으로 죽을 뻔했는데 탓은커녕 돌아왔으면 됐지, 하며 환하게 웃었다.

거기엔 아내에 대한 깊은 고마움이 있었다. 그의 말에 따르면, 현대 의학도 쉽게 고치기 어려운 병을 앓던 아내가 칠 년 만에 아름답게 돌아온 터여서 모든 게 고맙고 경이로울 따름이었다.

그는 오랜 시간, 긴 날을 비틀거렸다. 아내에게 찾아온 고통은 온전히 부부만이 감당해야 하는 몫이었다. 현대 의학이 포기하거나 아마 이 정도가 최선일 거라는 진단의 한계를 그는 처절한 영혼의 몸부림으로 아내와 함께 뛰어넘었다. 어렸을 때부터 숙명처럼 맞았던 가난과 노동 그리고 죽음의 처절한 현장을 목격하며 그는 불치의 병을 앓았다. 그래서 글쓰기를 했다. 그것이 문학일까. 그러나 그게 대수일 수 없었다.

가끔 우리는 가까운 거리에 계시는 홍일선 형과 용환신 형을 만난다. 오늘도 다름없이 천년의 이야기를 담고 유장히 흐르는 남한강. 그 곁에서 어느 날 두 선배를 만났다. 자연의 모든 이름에 '님' 자를 붙여 모시는 흙님의 바보 농부 시인 홍일선 형님과 매향리의 의로운 선비 시인 용환신 형은 우리가 참으로 드물게 닮고 싶은 선배다. 그분들은 늘 따뜻한 술을 권했다. 이인휘 형은 그런 자리에서 눈물을 흘리곤 했다. 아니, 눈물이나 울음이 아니라 차라리 비명이었다. 그는 술을 빛의 속도로 마셨다. 어둠이 오기 전에 서둘러 집으로 가야 했기 때문에 생긴 버릇이다. 시골 외딴 집에 혼자 있는 아내가 언제나 걱정되었다.

해가 강 건너 서쪽 어둔 산 너머로 순식간에 사라졌다. 그가 울부짖었다. '씨발', 로 시작한 그의 울음은 분위기를 마구 난

도질했다. 두 분의 얼굴이 어둡게 변하다가 '문학이 뭐야, 형들 좆같다!' 할 무렵엔 두 분의 눈가에 물기가 어리곤 했다. 그가 안고 있는 상처와 분노를 어찌 보듬어줄 수 있을까. 점점 스스로를 제어하기 어려울 정도로 피폐해지는 그의 모습이 안타까울 뿐이었다.

몇 해 전엔 읍내에서 그렇게 순식간에 술병을 비우고 귀가하다가 길옆 가로수를 정면으로 들이받은 적이 있다. 자동차가 엉망으로 망가지고 눈두덩과 입술이 찢어지는 참사였는데 그는 뒷날까지 그 일을 사고로 받아들이지 않았다. 그게 아내든 또 다른 어느 곳이든 그곳으로 가는 길 위의 여정이라고 믿었다. 단지 타인의 생명과 경제적인 위협이 따르는 부끄러운 행동이라는 깨달음을 얻어 읍내의 택시 한 대를 음주 전용 자가용으로 만들었을 뿐이다. 간혹 내가 그 택시를 타면 기사가 이인휘 형을 말하곤 했다. 주머니에 돈이 없으면 외상으로 타곤 하는데, 택시 안에서 그는 끊임없이 무언가를 향해 욕을 한다는 것이었다. 처음엔 그게 자기에게 그러는 거 같아 싸움이 날 뻔했는데 내리면서 느닷없이 얼굴에 뽀뽀를 했다는 거였다.

그에게는 한낮의 휴식 같은 마을 친구들이 있는데, 돌이켜보면 그들 한 명 한 명이 자신의 이야기로 그에게 기운을 넣어주었다. 물론 오래된 문우들이 도시에 있지만 여기서는 가까이 살며 시시때때 술잔을 기울이는 몇 분을 언급하려 한다. 이들의 생이 어쩌면 이인휘 형의 귀환에 영향을 주었다고 믿기 때문이다.

그 맨 앞에 해마다 땅 위에 작물보다 더 많은 들풀을 키우면서 그 틈을 씩씩하게 뚫고 솟은 먹을거리 작물을 고마워하며 거두는 광대 소리꾼 이지원 부부가 있다. 이인휘 형은 그 부부를 미친 농부 부부라고 불렀는데, 그는 그들이 수확하는 고추며 배추 그리고 방목해 키우는 닭의 알로 영양을 보충했다. 비싼 도지로 얻은 밭에 그들은 칠 년 동안 한 번도 화학비료나 농약을 치지 않았다. 생명이 기운을 뻗는 기분 좋은 현장이었다. 형은 이제 글을 쓰기 전에 반드시 그 부부에게 먼저 주사처럼 이야기를 꺼내놓고 울리고 웃긴다.

그리고 그 부부가 밭 가에 만들어놓은 작은 움막엔 몇몇의 은둔 고수들이 모인다. 모두 아름답고 멋진 이들이다. 허름한 옛 마을회관을 고쳐 작업실로 쓰는 판각가 한 분은 날마다 독한 술과 싸우며 상처투성이인 자신과 시대의 암울을 나무에 새기고 있다. 내가 보기에 그 그림과 글씨 그리고 그 스스로가 바로 부처인 게 분명한데 한사코 자신은 고개를 젓는다. 다만 작업실 한쪽에 고아한 전시실을 꾸며 지나가는 바람이나 햇빛 그리고 강과 산의 푸른 생명과 밤의 별빛이 시나브로 들러주길 바란다. 안근식이란 분인데, 이인휘 형은 동갑인 그에게

서 종교적 깊은 울림을 느끼곤 한다. 또한 곁에는 사람과 우주 사물의 근원적 세계를 탐구 소환하려 인간계의 한계를 뛰어넘어 날고자 하는 유학파 사진가가 이웃해 있다. 그녀는 내게 판타지에 가까운 누이며 인휘 형에게 그림 같은 다른 세상의 이야기를 품게 하는 막역한 친구이다.

그리고 또 한 명, 일찍 등단해서 시와 소설, 동화 수십 권 그리고 번역서를 포함해 백여 종의 책을 발간한 또래의 술벗이 있는데, 이곳에 와서 만난 그는 무림 고수 중에 고수다. 십 년 전 이곳보다도 더 깊은 산속에 터를 잡은 그는 발소리가 조용하고 세상에서 새우깡 과자를 가장 무서워한다. 사기막 도인이라 불리는 가짜 농부 원재길이다. 농사철이 되면 이웃에게 얻은 너덜겅 묵밭에 감자와 고구마를 심는데, 감자나 고구마 싹보다 개·참·쇠비름, 명아주 풀이 고랑과 이랑에 가득하다. 딴엔 한낮 무더위를 피해 풀을 뽑기도 하는데 대개 뽑다 지쳐 뒷발로 슬쩍슬쩍 밟는 게 고작이다. 그런 모양을 지켜보던 마을 친구가 '야, 이 무식한 놈아. 제초제 한 방이면 될걸 그거이 무슨 지랄이냐? 그래서 넌 계속 가짠 거여' 하는 거였다.

어느 날 그의 출판 기념 자리에서 이인휘 형은 시종 침묵으로 일관하다가 그의 손등을 잡았다. 처음엔 축하 의미의 악수일 거라 생각했는데 그만 다음에 해괴한 일이 벌어지고 말았다. 그의 손등을 물어 이빨 자국을 남긴 것이다. 형이 떠난 뒤에 원재길이 손등을 쓰다듬으며 “저 형이, 뭔가 큰일을 낼 모양이야”라고 중얼거렸다.

어쨌든 우리는 자주 어울렸다. 이인휘 형이 한낮에 나타나 잠시라도 함께하는 횟수가 늘어나면서 화제도 다채롭게 넉넉해졌다. 형은 맛있게 술을 마셨다. 취기가 오르면 누가 시키지 않아도 터져 나오는 윤시내의 〈열애〉에서 무거움과 슬픔이 서서히 사라져가고 있었다.

더욱이 이곳은 임경업 장군이 어릴 적에 상민의 벗들과 양반의 자식들을 이끌고 병정 놀이를 하던 고을이고 홍길동전을 남긴 허균과 그의 누이 난설헌의 스승인 손곡 이달 선생이 사시던 마을이기도 하다. 조선 중기의 내로라하는 학자 가운데 손곡 이달과 친교를 맺지 않은 자가 없을 정도로 그는 대문호였는데, 어머니가 관기(官妓)였던 터라 술과 시로 한세상을 사신 분이다. 그래서인지 지금도 때때로 이 마을 고샅엔 오래된 슬픔과 오늘의 이야기가 어깨동무하고 걸어 다닌다. 나는 이인휘 형이 김한수에게 소개한 싸고 괜찮은 산 밑 외딴집을 가로채 살게 된 뒤 줄곧 그 역사와 오늘을 대면하고 있다. 호강하고 있는 셈이다.

왼손의 깁스가 풀리자 이인휘 형은 곧바로 새 일을 얻으러 나섰다. 고용노동부 부설 지역 인력 센터에 정보를 입력하고 본격적으로 일자리를 찾았다. 얼마 뒤 그는 가까스로 일터를 구했다. 여러 두께의 합판에 각종 무늬의 필름을 입히는 가공 공장이었다. 주로 부엌 싱크대나 장롱, 탁자 따위의 가구 제작용으로 쓰이는 제품이었다. 그 무렵 나는 마그네슘 합금 공장 용광로 앞에서 쇳물을 젓는 일을 하다가 공장이 다른 지방으로 이전하는 바람에 퇴사한 상태였다. 그러다가 어느 노인병원에서 무자격 간호보조 치료사로 일을 하던 중에 함께 일하자는 형의 추천을 받았다. 자격증은 나중에 천천히 따면 된다는 병원 측의 꾐에 넘어가 병실을 오가며 노인들의 욕창이나 수술 부위를 소독하는 일을 했는데, '선생님'이란 호칭과 몸에 맞지 않는 흰 가운이 영 거북살스러워 견딜 수 없던 터였다. 알고 보니 이보다 더한 사기 행각도 없었다.

> 어둠이 슬픔을 머금고 짙어질수록 공장의 불빛은 눈부시게 빛납니다.
>
> —「공장의 불빛」 중

공장의 불빛은 이 땅 곳곳에서 빛난다. 산업의 이름으로 찬란히 발광하는 이 불빛은 이미 도시뿐 아니라 전 국토를 점령했다. 사회 대부분의 권력이 입을 닫고 은밀하게 손잡은 무시

무시한 정책들이 산하를 뒤덮었다. 각 지역의 지방자치단체는 재정 확보를 위해 수도권에선 상상할 수조차 없는 규제를 풀어놓고 깊은 골 농토 한가운데를 파헤쳤다. 그곳에 당당히 공장을 불러 모았다. 우뚝우뚝 솟은 공장 굴뚝들은 독한 살인 가스를 피워 올리고 강 옆 땅속으로는 쉼 없이 폐수를 쏟아 넣었다. 이 미친 자본의 괴물은 시시각각 자연과 사람의 생명을 앗아가고 있다.

이제 어디에서도 어둠은 슬픔을 머금을 수조차 없다. 산 중턱에 들어선 마그네슘 합금 공장은 폐수 정화 시설을 철저하게 아꼈다. 비 오는 날 조용히 밖으로 끌어낸 도가니에 염산을 부었다. 염산은 도가니의 시뻘건 녹을 안고 빗물과 섞여 공장 옆 도랑을 빠져나가 논바닥으로 스며들었다. 공장 뒷산 아름드리나무들은 철 이르게 노란 단풍을 매달았다. 공장에서 뿜어져 나오는 유해가스 탓이었다. 뒤늦게 벼이삭이 시들해지고 누렇게 죽어가는 걸 발견한 촌로가 공장 바깥문 옆에서 서성이면, 사장의 개들이 나가 그의 허리춤에 봉투를 찔러 넣었다. 그리고 사장은 명령했다. "조금 더 신중하게 처리해! 아직도 노하우를 얻지 못했어? 약품의 농도와 배출 속도를 연구하란 말이야!" 환경단속요원이라는 자는 코빼기도 볼 수 없었지만, 어쩌다 민원이 발생해 벌금이 부과되어도 그 정도의 액수는 지불해야 할 접대비쯤으로 여겼다.

이인휘 형은 합판에 필름을 입히는 일을 했다. 소설 「공장의 불빛」에 자세히 묘사되어 있는 현장이다. 그곳의 기술자들은 비교적 쉬운 기술을 참으로 어렵게 가르치는 독특한 방법을 택했다. 벨트컨베이어를 타고 소란스럽게 들어오는 합판이 본드가 묻은 두 개의 커다란 고무롤러 사이를 지나 아래위로 매달려 있는 필름을 입고 압착 롤러를 비집고 나오면, 합판과 합판 사이의 필름을 커터 칼로 끊고 양 옆에 남겨진 필름을 잘라내는 일이었다. 하루에도 수백 번 숨 가쁘게 철 계단을 오르내리며 하는 작업이라서 퇴근 무렵엔 녹초가 되곤 하는데, 공장 안을 가득 채운 합판 부스러기 먼지와 본드 냄새까지 들이켜다 보니 당장 죽음이 코앞에 와 있는 걸 깨닫곤 한다. 그곳이 바로 소설 속 죽음의 현장이었다.

몇 달 뒤 우리는 식품 회사로 옮겼다. 머리부터 발끝까지 위생복으로 무장해야 하는 공장이어서 좀 더 나은 환경이기를 바랐다. 이번에는 형보다 내가 조금 먼저 옮겨 와 내심 자랑스럽기까지 했다. 비록 주 6일 53시간의 최저임금 노동이지만 그곳엔 꽃 아주머니들의 환한 웃음이 있었다. 온종일 섭씨 200도 철판에서 호떡을 뒤집고 펄펄 끓는 기름에 핫도그를 담그며 온몸이 식용유 기름에 범벅이 되어도 아주머니들은 즐거워했다.

오라버니, 오빠, 여-봉. 아주머니들이 형을 부르는 호칭이었다. 놀리듯 번갈아 형을 부르면 공장 안이 웃음소리로 가득 찼다. 대부분 40~50대에서 60대의 아낙들인데 그녀들은 지난 수년을 다녔어도 요즘처럼 즐겁게 일한 적이 없다고 했다. 뜨거운 철판 위에서 올라오는 유증기에 옷이 젖고 눈이 벌겋게 충혈되는 일상에 형은 청량제가 되기로 기꺼이 맘먹었다. 언젠가 인제의 권혁소 시인이 "늙은 공돌이가 뭔 교수 분위기를 풍긴다냐?"라며 농을 쳤지만, 어느 순간 그의 모습이 달라져 있었다. 그녀들에게서 자칫했으면 영원히 지나치고 말았을 처연한 아픔을 목격했기 때문이다. 모두가 오누이와 어머니 같은 이들이 이전과 다를 바 없이 여전히 짐승의 시간을 살아가는 일은 얼마나 끔찍한가. 그녀들의 미소가 눈물겹고 아프도록 아름다웠다.

퇴근 뒤 형은 꼭 주막에 들러 막걸리를 들이켰다. 치밀어 오르는 분노를 삭이기 위해서였다. 깔깔거리는 아주머니들의 웃음 뒤에 숨겨진 이야기들이 너무도 가슴을 후벼 팠다. 살아도 살아도 점점 더 팍팍해지는 살림에 조금이라도 보탬이 되려고 공장을 찾은 사람들. 평생 농군의 아내이거나 땅뙈기 한 자락 가져보지 못한 집안의 엄마이거나 낙향한 도시 부적응자의 동반자인 그녀들에게 공장은 무엇보다 소중했다. 그래서 몸이 병들어가는 노동의 고통과 그보다 더한 모욕도 견뎠다. 언제라도 쫓겨날 수 있는 이주노동자 신세를 면하려면 눈 감고 입 닫고 로봇처럼 일해야 했다. 공장 안 곳곳에 설치되어 있는 CCTV 눈에 꼬투리를 잡히지 않아야 했다. 눈깔에 불을 켜고 지켜보는 사장의 충복들이 수시로 들이닥쳐 "아줌마, 손이 왜 그렇게 느려? 화장실은 무엇 땜에 우르르 몰려가! 이래서 나만 욕먹잖아!" 했다. CCTV 앱을 손전화에 내려 받은 사장은 공장 밖에서도 안을 훤히 들여다봤다. 사장을 포함한 공장의 관리자들은 하루에 한 번꼴로 현장에 나타나 번갈아가며 아주머니들을 쥐 잡듯 몰아세웠다.

"감자떡 모양이 이게 뭐야! 니가 여기서 제일 굼뜨고 형편없어!" 아주머니의 얼굴이 붉게 물들고 손이 파르르 떨렸다. 현장을 빠져나가며 사장은 뒤따르는 자들에게 한마디씩 더 했다. "하루에 한 번씩 이렇게 족쳐! 그래야 정신 차리고 열심히 일한단 말이야!" 미친개라고 표현할 수밖에 없는 그들에게 물어뜯긴 상처를 조용히 눈물로 견뎌야 하는 현실이 가슴을 찢었다. 참을 수 없어 몸을 부르르 떨면, "오라버니, 참아! 우리 오래 함께 일하자. 응?" 그때마다 다른 아주머니들이 팔목을 잡아끌었다. 어쩌란 말인가. 형은 분노를 슬픔으로 눌렀다.

그리고 공장에서 만들어내는 음식이 날이 갈수록 쓰레기로 여겨졌다. 자재 창고에 쌓아둔 반죽용 밀가루 포대 안에 쥐들이 뚫고 들어가 질식사하기 다반사인데, 얼마 전까지 사장은 폐기하지 말고 가는 체로 쳐서 쓰라고 난리를 쳤다. 튀김용 기름도 한 달 내내 갈지 않고 쓰기 일쑤고 기름에 절고 닳아 걸레가 된 장갑이며 앞치마는 어쩌다 방문자라도 나타나야 교환했다.

이런 일을 겪으며 공장의 온갖 허드렛일을 하는 생활이 반년이 지날 무렵 형의 눈빛이 달라졌다. 글을 쓰기 시작한 것이다.

죽음의 음식을 만드는 꽃 아주머니들의 아픈 미소를 남모르게 조용히 그렸다. 그것이 일하며 눈물 흘리며 쓴 소설, 식품 회사와 합판 공장 이야기 「공장의 불빛」이고, 「폐허를 보다」의 일부다.

형의 가슴에 또 다른 이야기가 똬리를 틀었다. 정말 놀라운 일이었다. 공장을 오가며 고작 일주일에 하루를 쉬는데, 파김치의 몸에서 어떻게 그런 힘이 나오는지. 그는 또다시 생명의 이야기를 시작했다. 생을 참으로 아프게 살다가 떠난 친구 박영근 시인에게서 얻은 영감이었다. 형은 많은 눈물을 흘리며 아프게 써내렸다. 그가 함께하고 목격한 수많은 일들과 인연의 한가운데엔 항상 처절한 아픔이 있었다. 그 이야기의 하나가 소설 「시인 강이산」이다.

가만히 들여다보면, 그를 지탱하는 큰 힘의 하나는 시대나 이웃에 대한 죄민스러움이었다. 그건 어떤 슬픔이나 분노보다 무거워 언제나 자신을 짓눌렀다. 그러한 부단한 자학의 시간이 소설을 길어 올리고 있었다. 노동으로 지친 몸을 위로하려 들른 읍내의 작은 술집에서도 오히려 그는 더한 슬픔을 얻곤 했다. 술 파는 통닭집 꼬꼬네 여사장의 눈빛에서도 그는 단번에 한 편의 소설을 건져 올렸다. 동시대를 살아온 우리네 누이의 아픈 생을 그린「그 여자의 세상」이라는 소설이다. 이 소설은 가난하고 순박한 시골 소녀가 성장하며 자본이 만들어놓은 온갖 탐욕의 덫을 통과하지 못하고 끝내 허망하게 스러져간 처절한 기록인데, 이 또한 변화의 징후가 보이지 않는 오늘을 이야기하고 있다.

> 발밑에 있는 노동자들이 벌레처럼 여겨졌다. 밟으면 모두 신발 바닥으로 사라질 하찮은 벌레들이 꿈틀거리는 것 같았다. 그러자 남편의 일기장에 박혀 있던 글이 환청처럼 울려왔다.
> '자본의 세계에 태어나 자본이 가르쳐준 세상만 보고 죽는구나.'
> 그녀는 사방을 둘러싼 공장들을 보았다. 그 속으로 자신이 걸어 들어가는 모습을 보았다. 공장으로 들어갔다가 공장이 주는 돈으로 공장이 만드는 물건을 사고 공장이 만들어내는 텔

레비전에 두 눈이 붙잡힌 모습도 보았다.

알 수 없는 공포가 밀려들었다.

—「폐허를 보다」 중

이토록 자본이라는 이름의 괴물이 만들어놓은 세상에서 살다 가는 생이란 폐허의 삶이 아니고 무엇인가. 끝이 보이지 않는 이 황폐의 시간이 참으로 서럽고 분하고 무섭다.

이인휘 형은 소설집 『폐허를 보다』의 원고를 출판사에 보낸 뒤에도 글쓰기를 멈추지 않고 있다. 공장을 다니며 변함없이 병행하는 그 작업은 때때로 곁에 있는 벗들의 걱정을 불러일으키기도 한다. 그러나 그는 더욱 맹렬해진다. 그의 입에선 깊은 한숨이 쉴 새 없이 새어 나온다. 수없이 스스로에게 질문한다.

노동자는 언제 울음을 멈추는가.

이 나라 기업 노동조합들은 여전히 안녕하신가.

그는 오늘도 영하의 맵찬 바람이 몰아치는 공장의 뒷골목을 걷고 있다.

나는 이 글의 청탁을 받았을 때 손사래를 쳤다. 애초에 어떤 글의 평을 할 깜냥도 되지 못하거니와 글의 재주를 타고나지 못했기 때문이다. 그래도 고민 끝에 이 글을 쓰기로 마음먹은 까닭은 나이 들어가는 두 중년의 뒤늦은 공장 생활과 변방의 이웃들이 어울려 사는 모습이 다른 이름의 한 조각 소설로 읽혔으면 하는 생각에서다.

바람이 있다면 이제 그의 공장 노동이 끝나고 다만 저 깊은 한숨이 조금이나마 열어지도록 뚜벅뚜벅 창작에 매진했으면 하는 것이다.

돌아보면 힘겨운 세월을 살아왔다. 누가 그러라고 한 건 아니지만 시대의 소용돌이에 휩싸여 삶을 끌고 왔다. 인생은 예측할 수 없는 일들을 많이 만난다. 십 년 전쯤 아내가 아파 모든 인연을 끊고 살아갈 수밖에 없었다. 다행히 그 힘든 세월을 이겨내고 아내는 건강을 되찾았다.

하지만 지난 시간들과의 단절은 내 안에서 깊은 병이 되어 온 몸과 마음을 피폐하게 만들었다. 시도 때도 없이 울화가 치밀고 눈물이 흘렀다. 명확히 그 화와 슬픔이 뭔지도 모른 채 술만 먹으면 증오에 휩싸여 누군가에게 실수를 했다.

그런 내 모습이 싫어 삼 년 전 공장을 다니면서 공장 일기를 썼다. 그러다가 소설을 다시 쓰게 됐다. 하루 열 시간씩 공장에 있으면서 오래전에 써놨던 한 편의 소설을 다듬고 네 편의 소설을 새로 썼다. 한 편의 소설을 쓰고 나면 또 다른 소리들이 들려왔다. 모든 이야기들이 상처와 슬픔의 노래들이다.

이 소설이 나올 수 있었던 건 공장 덕분이다. 합판 공장의 젊은 친구들, 식품 공장의 어머니들, 그들과 함께 시간을 보내면서 오래전 공장을 다닐 때 노동운동을 하던 모습들을 새로 봤다. 그 고단했던 삶. 긴 세월이 흘렀지만 여전히 공장은 어둡고 처참했다. 세상에 떠도는 이야기들을 듣기 싫어 뉴스도 잘 안 보다가 세상의 소리들에 귀를 기울였다.

어느 날 새벽, 담배를 물고 새벽하늘을 바라보는데 울림처럼 소리가 들렸다.

'자본의 세상에 태어나 자본이 가르쳐준 것만 보고 자본이 만들어준 수의를 입고 죽는구나.'

그 순간 내가 살아온 시간들이 인간의 삶을 황폐하게 만드는 자본과 권력에 대한 저항의 시간이었음을 봤다. 숨 가쁘게 달려오면서 습관처럼 행동했던 것들이 가슴으로 스며들며 짙은 아픔으로 온몸을 휘감았다.

상처와 슬픔, 그리고 분노를 소설에 담았으니 화가 수그러들 줄 알았다. 그런데 여전히 날것 같은 증오에서 벗어나지 못하고 있다. 오히려 소설을 들고 오만과 분노에 휩싸여 날뛰는 모습도 봤다. 내 급한 성격을 꺼내놓으며 변명할 필요가 없다. 눈만 뜨면 보이고 들리는 자본과 권력의 거짓과 위선, 그리고 인간의 정신을 가두는 쓰레기 같은 자본의 언어 때문이라고 떠벌릴 필요도 없다.

새벽 남한강을 따라 걸으며 나를 씻어본다. 눈을 씻고 귀를 씻고 마음을 씻어본다. 하루아침에 그 모든 것이 씻길 수는 없으나, 그 정신만은 잊어버리지 말자고 다짐해본다. 어둠 속에서도 쉼 없이 흐르는 강물처럼 한결같기를 바라면서.

이 소설이 나오기까지 수많은 지인들의 격려와 배려가 있었다. 많은 분들이 있지만 꼭 인사를 드려야 할 분들이 있다. 문학평론가 황광수 선배님은 내 글쓰기에 늘 버팀목이 돼주셨다. 한국작가회의 사무총장 정우영 시인은 그 옛날부터 지금까지 조언자 역할을 해주며 따뜻한 정을 베풀고 있다. 그래서 내가 쓴 소설이 그나마 세상 밖으로 나올 수 있었다. 고마운 마음 깊이 전한다.

창밖으로 한 해가 가고 새해가 오는 모습이 보인다. 앞산 위로 밝은 빛이 올라오고 있다.

지난 한 해는 비루먹은 개가 비틀거리며 기어가는 모습만 보았다. 잎이 다 떨어진 앞산도 박영근의 시처럼 늙고 허름한 산이다. 그래도 세상은 밝아오고, 봄이면 눈부시게 새순이 올라와 사람들 가슴을 환하게 열어줄 것이다.

분노보다는 깊은 사랑을 안으며 살고 싶다.

해가 앞산 위로 생명의 기운을 뻗치며 올라오고 있다.

2016년 새해에

이인휘

폐허를 보다

2016년 1월 29일 1판 1쇄 펴냄
2016년 10월 3일 1판 2쇄 펴냄

지은이 이인휘
펴낸이 윤한룡
편집 김현, 최지인
디자인 이지윤
관리 · 영업 김일영, 박혜영

펴낸곳 (주)실천문학
등록 10-1221호(1995.10.26)
주소 서울특별시 성북구 보문로 82-3 801호(보문동 4가, 통광빌딩)
전화 322-2161~5
팩스 322-2166
홈페이지 www.silcheon.com

ISBN 978-89-392-0747-9 03810